中公文庫

異常探偵

苺さん殺人事件

前田司郎

中央公論新社

目次

異常探偵　苺さん殺人事件

異常探偵　苺さん殺人事件

各書目の下段の数字はISBNコードです。978－4－12が省略してあります。

シ-10-1
戦争概論
ジョミニ
佐藤徳太郎訳
19世紀を代表する戦略家として、クラウゼヴィッツと並び称されるフランスのジョミニ。ナポレオンに絶賛された名参謀による軍事戦略論のエッセンス。
203955-1

い-134-1
リデルハート　戦略家の生涯とリベラルな戦争観
石津朋之
平和を欲するなら戦争を理解せよ。「間接アプローチ戦略」「西側流の戦争方法」など戦略論の礎を築いた二十世紀最大の戦略家、初の評伝。
206867-4

い-130-1
幽囚回顧録
今村均
部下と命運を共にしたいと南方の刑務所に戻った「聖将」が、理不尽な裁判に抵抗しながら、太平洋戦争を顧みる。巻末に伊藤正徳によるエッセイを収録。
206690-8

く-30-1
ラバウル戦線異状なし　現地司令長官の回想
草鹿任一
激戦下の南太平洋において落日無援の孤城を守り抜き、自給自足で武器と食糧を調達、最後まで航空戦を指揮した名将の回顧録。初文庫化。〈解説〉戸高一成
207126-1

か-93-1
動乱の蔭に　川島芳子自伝
川島芳子
清朝の王女として生まれ、祖国再興に身を捧げる。初恋の思い出や女性を捨てた経緯を語る。伝説の「男装の麗人」による半生記を初文庫化。〈解説〉寺尾紗穂
207109-4

し-45-1
外交回想録
重光葵
駐ソ・駐英大使等として第二次大戦への日本参戦を阻止するべく心血を注ぐが果たせず。日米開戦直前まで約三十年の貴重な日本外交の記録。〈解説〉筒井清忠
205515-5

し-5-2
外交五十年
幣原喜重郎
戦前、「幣原外交」とよばれる国際協調政策を推進した外交官であり、戦後、新憲法に軍備放棄を盛り込むことを進言した総理が綴る外交秘史。〈解説〉筒井清忠
206109-5

と-2-2
時代の一面　東郷茂徳大戦外交の手記
東郷茂徳
開戦・終戦時に外務大臣を二度務め、開戦阻止や戦争終結に尽力。両大戦にわたり直接見聞、関与した事件・諸問題等について克明に綴る第一級の外交記録。〈解説〉東郷茂彦
207090-5

と-31-1
大本営発表の真相史 元報道部員の証言
冨永謙吾
「虚報」の代名詞として使われ、非難と嘲笑を受け続ける大本営発表。その舞台裏を、当事者だった著者が関係資料を駆使して分析する。〈解説〉辻田真佐憲
206410-2

い-61-2
最終戦争論
石原莞爾
戦争術発達の極点に絶対平和が到来する。戦史研究と日蓮信仰を背景にした石原莞爾の特異な予見は、日本を満州事変へと駆り立てた。〈解説〉松本健一
203898-1

い-61-3
戦争史大観
石原莞爾
使命感過多なナショナリストの魂と冷徹なリアリストの眼をもつ石原莞爾。真骨頂を示す軍事学論・戦争史観・思索史的自叙伝を収録。〈解説〉佐高　信
204013-7

チ-2-1
第二次大戦回顧録 抄
チャーチル
毎日新聞社 編訳
ノーベル文学賞に輝くチャーチル畢生の大著のエッセンスをこの一冊に凝縮。連合国最高首脳が自ら綴った、第二次世界大戦の真実。〈解説〉田原総一朗
203864-6

ハ-16-1
ハル回顧録
コーデル・ハル
宮地健次郎 訳
日本に対米開戦を決意させたハル・ノートで知られ、「国際連合の父」としてノーベル平和賞を受賞した外交官が綴る国際政治の舞台裏。〈解説〉須藤眞志
206045-6

マ-13-1
マッカーサー大戦回顧録
マッカーサー
津島一夫 訳
日米開戦、屈辱的なフィリピン撤退、反攻、そして日本占領へ。「青い目の将軍」として君臨した一軍人が回想する「日本」と戦った十年間。〈解説〉増田　弘
205977-1

ク-6-1
戦争論（上）
クラウゼヴィッツ
清水多吉 訳
プロイセンの名参謀としてナポレオンを撃破した比類なき戦略家クラウゼヴィッツ。その思想の精華たる本書は、戦略・組織論の永遠のバイブルである。
203939-1

ク-6-2
戦争論（下）
クラウゼヴィッツ
清水多吉 訳
フリードリッヒ大王とナポレオンという二人の名将の戦史研究から戦争の本質を解明し体系的な理論化をなしとげた近代戦略思想の聖典。〈解説〉是本信義
203954-4

中公文庫既刊より

各書目の下段の数字はISBNコードです。978－4－12が省略してあります。

あ-89-1
海軍基本戦術
秋山 真之
戸高一成 編
丁字戦法、乙字戦法の全容が明らかに！ 日本海海戦を勝利に導いた名参謀による幻の戦術論が甦る。本巻は同海戦の戦例を引いた最も名高い戦術論を収録。
206764-6

あ-89-2
海軍応用戦術／海軍戦務
秋山 真之
戸高一成 編
海軍の近代化の基礎を築いた名参謀による組織論。巨大組織を効率的に運用するためのマニュアルが明らかに。前巻に続き「応用戦術」の他「海軍戦務」を収録。
206776-9

い-131-1
真珠湾までの経緯 海軍軍務局大佐が語る開戦の真相
石川 信吾
太平洋戦争へのシナリオを描いたとされる海軍軍人が語る日米開戦秘話。日独伊三国同盟を支持し対米強硬を貫いた背景を検証。初文庫化。〈解説〉戸高一成
206795-0

し-31-5
海軍随筆
獅子 文六
海軍兵学校や予科練などを訪れ、生徒や士官の人柄に触れ、共感をこめて歴史を繙く「海軍」秘話の数々。小説『海軍』につづく渾身の随筆集。〈解説〉川村 湊
206000-5

と-32-1
最後の帝国海軍 軍令部総長の証言
豊田 副武《そえむ》
山本五十六戦死後に連合艦隊司令長官をつとめ、最後の軍令部総長として沖縄作戦を命令した海軍大将が残した手記、67年ぶりの復刊。〈解説〉戸高一成
206436-2

の-2-3
海軍日記 最下級兵の記録
野口冨士男
どこまでも誠実に精緻に綴られた、横須賀海兵団で過ごした一九四四年九月から終戦までの日々。戦争に行くはずのなかった「弱兵」の記録。〈解説〉平山周吉
207080-6

と-35-1
開戦と終戦 帝国海軍作戦部長の手記
富岡 定俊
作戦課長として対米開戦に立ち会い、作戦部長として戦艦大和水上特攻に関わった軍人が、日本海軍の作戦立案や組織の有り様を語る。〈解説〉戸高一成
206613-7

中公文庫

連合艦隊《れんごうかんたい》

——参謀長《さんぼうちょう》の回想《かいそう》

2021年11月25日　初版発行

著　者　草《くさ》鹿《か》龍《りゅう》之《の》介《すけ》

発行者　松田陽三

発行所　中央公論新社
〒100-8152　東京都千代田区大手町1-7-1
電話　販売 03-5299-1730　編集 03-5299-1890
URL http://www.chuko.co.jp/

DTP　嵐下英治
印　刷　三晃印刷
製　本　小泉製本

Published by CHUOKORON-SHINSHA, INC.
Printed in Japan　ISBN978-4-12-207137-7 C1123

第一話　怪人物・空気ゴキブリ

都内に無数の系列店を持つ安い居酒屋である。天井の低い店内に酔っ払いたちのくぐもった叫声《きょうせい》や空虚な笑い声が膨張し、破裂寸前のゴム風船のように軋《きし》んでいた。薄暗い座敷で酒宴を楽しむ一団がある。安くただ異様に冷たいだけの酒をあおりながら、自らの話をそれぞれが大声でがなりあう。それだけの宴《うたげ》ではあったが、彼らはそれぞれに楽しんでいるように見えた。

男が五人、女が三人。いや、男は六人居る。一番声の大きな男が自分の学生時代の話をしている。彼は年輩で、他の者は話に手を打って笑ったり、相槌《あいづち》を入れたりする。女たちは飽きて、空いたコップにビールを注ぎ、互いに目を合わせ力なく微笑《ほほえ》みながら、冷めた料理を箸で弄《もてあそ》んだ。

やがて二つの話題が同時に別々に進行し、座が二つに分裂した。話題と話題の間に小柄な男が座っている。男は、どちらの話題にも入っているようで、どちらの話題にも入っていない。小さく座って時に頷《うなず》き、時に笑いを浮かべ、温《ぬる》くなったビールのコップを傾《かたむ》けながら視線を外し、まるでその場に溶け込んでいる。黒々とした髪が歳《とし》より若く見せているようであるが、年齢を当ててみろと言われると答えに困る。何歳にも見え、何歳にも見えない。特徴と言えばギョロリと大きな目玉だけであるがそれも何の変哲もない黒縁《くろぶち》の眼鏡に打ち消されている。ふっくらした頬とは対照的な細い身体《からだ》も、世界中どこに行っても買えるようなシャツとスラックスに隠されて、特徴にはなり得ない。まるで工場で量産されたかのように凡庸《ぼんよう》な、その変哲のない容姿こそ彼の一番の特徴と言えるかも知れない。

ただ、もしあなたが、この飲み会を最初から最後まで注意深く観察出来るほどの忍耐力を持っていたのなら、恐るべきことに気付くことが出来ただろう。この男はこの十八時過ぎから二十四時近くまで繰り広げられた飲み会において、ただの一言も言葉を発していないのだった。恐るべき奇跡である。誰もが彼の存在を認識していながら、まるで魔法にかけられたように、彼を意識しない。言葉の矢が彼に向けて放たれても、矢は彼を逸《そ》れ別の人物に刺さる。

それは魔法でも何でもなく、彼一流のテクニックなのである。

思い出して欲しい。あなたが誰か特定の人物に言葉をかける時、彼の方を見て発話するだろう。彼は視線なり仕草なりであなたの言葉を受け取ったことを示し、さらにあなたに言葉を返すことで会話が成り立つはずだ。

その男の名は、いや、彼に名前など無意味であることを作者は知っているのである。しかし便宜上、彼が会社で名乗っている通り「山田《やまだ》」を彼の名としよう。もしあなたが彼に話しかけたら、彼はまずあなたの視線を受け流す。それはちょうど鏡と正対せずに斜めに向き合ったようなものだ。そしてあなたの言葉は彼を反射板として、別の誰かに届いてしまうだろう。別の誰かがあなたの言葉に反応している間に、山田は綺麗《きれい》にその会話の輪から離脱しているのである。これ以上ここで彼の無数にあるこういった類のテクニックについて語るのはやめよう。ただその一つから、山田がいかに巧妙に他者との関わりを避けているか知っていただければよろしい。山田は恣意《しい》的に他者から無視されることが出来るのだ。他者を無視するのではない。相手に無視させるのだ。

さて、飲み会も終わり、一同解散の運びとなった。店の前で名残を惜しむようにしばらくたむろした後、連れ立って最寄の駅の方へ歩き出すのであるが、すでに山田の姿はそこにはないのだ。消えた山田はいったいどこへ行ったのだろうか？　山田は家には帰らず、彼の恐るべき耽溺《たんでき》に身を浸《ひた》すべく夜の街に溶けていったのである。が、そのことをお話しする前に、山田という人物をもう少し紹介しておきたい。

彼はなぜ空気のように振る舞うのだろうか。

彼と関わった人間で彼のことを覚えている者は極端に少ない。彼の存在を覚えている者でもその容姿を思い出そうとした途端、靄《もや》に包まれたような心持になる。彼の姿は輪郭だけ残し、詳細は霧散《むさん》するのだ。ちょうど馴染《なじ》みの薄い漢字を思い出そうとした時、その大体の輪郭は思い出せても、どうしても書くことが出来ないのに似ている。誰の心の中にも彼は住みつかない。

また彼の裸形を見た者は、その肉体の造形に驚くことだろう。瘦《や》せた肢体は野生動物のようにしなやかな筋肉で覆《おお》われている。贅肉《ぜいにく》のほとんどない身体は三十五という彼の年齢に似つかわしくない。普段の彼を知る者には衝撃だろう。

それは山田の全ての欲望が、ある一つの目的、ある一つの希求に束《たば》ねられている結果なのだ。

常人の欲望が個人という一点から放射線のように拡散しているのに対し、彼の欲望は逆さに持った扇《おうぎ》のように要《かなめ》に向かって一つに束ねられているのだった。食欲も睡眠欲も性欲も、物欲、顕示欲も、すべての欲望が、ある一つの目的に向かっている。

その目的が、世間の人々の希望と重なっていれば彼は後世に名を残すような英雄であったはずだ。しかし、彼の欲望はもっと惨《みじ》めで陰惨なものを求めているのだった。

深夜二十三時二十三分。

同僚たちから離れた山田は大崎広小路《おおさきひろこうじ》駅に向かった。一旦、改札を通り構内に入ると、今度は駅から出て行く人の背中にぴたっと張り付くようにして同じ改札を出て行く。

街に戻ると、金曜日の喧騒から一本裏へ入り、街の中心から少しずつ離れて行く。建物の角を小まめに曲がり、道の左側を歩き、途中で右側に移動する、かと思えばそのまま急に細い路地に曲がり入ったりするのだった。その奇妙な歩行に何の意味があるのだろうか。

と、暗い小道の角に女が立っている。

五月も後半、半袖では少し肌寒いくらいの夜とは言え、彼女は頭巾《ずきん》のような布で頭を覆っている。この辺りで有名な奇人である。どんな時でも頭を覆い隠している。ムスリマのヒジャーブのようでもあるが、それとは違う。彼女が頭巾を被《かぶ》る意味を知る者は少ない。細い目と痩せた頬は少し貧弱な印象も持たせるが、その陰のような表情は厳しくも妖艶であった。

この街の、時に街角で、時に喫茶店で、思惟《しい》する彼女の姿を多くの人が目撃していた。山田もまた彼女のことを知っていた。興味も持ってはいたが、彼女が気付く前に、スッと方向を変え彼女の視界から消えた。

その刹那《せつな》、女は山田を見た。本当のところ山田よりも先に彼女は山田に気付いていたのだ。女は山田が消えた方向に視線を残し、煙草《たばこ》に火を点《つ》けた。

山田は人通りのない細道を影のように歩く。

もうお気付きだろうか。誰からも認識されないよう、同僚や友人にも自らを隠す男、山田。そう、彼こそが、かの有名な怪人物「空気ゴキブリ」なのだ。

読者諸氏は「空気ゴキブリ」を御存知ないだろうか？　もし御存知なくとも自らの無知を嘆く必要はない。空気ゴキブリを知る者はほとんど居ないのだ。誰からも知られないから空気ゴキブリなのである。ゴキブリが空気で出来ていたら、誰が彼を恐れよう？　誰が彼を忌《い》み嫌おう？　誰も彼を恐れず嫌えないのである。彼は見えないのだから。稀代《きたい》の怪人物「空気ゴキブリ」は余人から知られていないからこそ希少であり有名なのである。なんという矛盾だろうか。知られないことにかけて有名であろうとは。

人通りの無い道。昼間の陽射《ひざ》しで温められたアスファルトはすでに熱を失い、夜の湿り気を帯びて、しっとりと、ニヤニヤ笑いのような厭《いや》らしい輝きを見せていた。この景色を見てそこに人がいるとは誰も気付かないだろう。擬態《ぎたい》する虫のように、空気ゴキブリはそこに居る。眼鏡を外し、目を細め、頬も先ほどより痩せている。口に含んだ綿を取り出したのだ。ビルとマンションの間の道は、車一台がどうにか通れるほどの幅である。

小さな人影は湯気のように、ゆらゆらとビルの壁に手を突くと、それまでからは想像出来ない程の速さで壁を登り出す。手足を使い、三点で身体を保持し、脚《あし》を尻尾のように使ってバランスをとりながら、身体の重心を器用に移動させて壁を数メートル垂直に登ってしまった。そこで一旦止まったかと思うと、手足にぐっと力が入り、カエルのように脚を縮《ちぢ》こめる。

と、危ない。

さすがの空気ゴキブリにも間違いがあるのか、両手が壁から剝《は》がれる。足だけが壁に接している。刹那、引き絞《しぼ》った弓弦が開放されるように、縮んだ脚が伸びる。

彼の身体は重力を無視するように、宙を舞い、捻《ねじ》れた。次の瞬間、マンションを囲む高い塀《へい》の縁を摑《つか》み、あっという間、猫のようにその塀の上にしゃがんでいた。

この荒唐無稽なほどに超人的な彼の動きにどうか、この物語から離れていかずにもらいたい。

まるで人間離れした芸当に見えるだろう。しかし空気ゴキブリの日ごろの修練を見ればこの程度の芸当は出来て当然と思えるはずである。彼は五ミリほどの引っかかりが三カ所あれば、手指足指の力で自らの体重を支え、あまつさえ自らの身体をいくらか上昇させることすら出来るのだ。その芸当を支える修練は、その全容を一からここに開示するよりも、彼の指を見ていただければ想像出来るだろう。硬質化した空気ゴキブリの指先の皮膚は、まるで指先自体が爪のようであり、手足二十本の指の筋肉は血の通った針金を編んで作ったようにしなやかで強かった。

気になっておられる読者のために、補足しておくが、空気ゴキブリの履《は》く靴《くつ》は靴底の足指の部分が切り取られており、上から見れば何の変哲もないが、底から見ると足の指が飛び出したなんとも滑稽な靴なのである。それによって、靴を履いていても足指を使って小さな取っ掛かりに体重を預けることが出来るのだ。

空気ゴキブリは塀の上に立ち上がると、マンション二階のベランダの縁に飛びつき、振り子のように身体を揺らし、音もなく、フワッと身体を浮かせると、ベランダの手すりの上に立ってしまった。そして、手すりの端から無造作に跳《と》ぶのだ。

はっしと、マンション外壁に露出した塩化ビニル製のパイプを摑み、まるで蛇のようにしなやかにそれにまとわりつくと、登り出す。三階、四階、五階、六階と、よどみなく登っていく。

分厚く重い灰色の雲の隙《すき》から苦しそうに細い月が覗《のぞ》いている。薄い月明りから陰になったマンションの外壁を、一人の怪人がスルスルと登っていく。それは滑車で引かれる荷物のようで。たとえ誰かが目撃したとしても、まさか人間だとは思わないだろう。それは妖異か化け物の類に見えた。

影で出来た化け物がピタリと止まる。空気ゴキブリはマンションの八階に達していた。

パイプから壁に向かって右手を伸ばす。次いで足を伸ばし、ついに、壁に直接張り付いた。ように見える。マンションの外壁にはレンガを模したタイルが張られている。タイルの縁の数ミリの厚さに手足の指をかけたのだ。

死が恐くないのだろうか。それとも死など知らないのであろうか。

空気ゴキブリは壁に四つん這《ば》いに張り付いている。風が吹いている。数ミリの出っ張りに命を引っ掛けて、一人の人間が壁に張り付いている。

風が収まるのを待ち、右足を壁から離し、捻るように身体の軸の向こうに伸ばす、左足を伸ばし、右手の指をタイルの隙に引っ掛けた。そこから横移動で、カタツムリの歩みのようにヌルヌルとゆっくりかつスムーズに、壁の中央に向かって進んでいく。

その手がついに換気口の雨避《あまよ》けフードを摑んだ。と、身体が壁から剝がれる。

右手一本で換気口にぶら下がりながら、左手でスーツのポケットを探る。小さな工具を取り出すと、あっという間に換気口の蓋《ふた》をはずし、まるでカタツムリの殻の中に入り込むマイマイカブリのように、四十センチ四方にも満たない小さな換気口に侵入してしまった。

もう、壁の外側に怪人の姿は見えない。換気口の鎧戸《よろいど》状の蓋が壁の中から引っ張られ、その口をそっと塞いだ。

細く輝く月が不思議そうにその光景を眺めていた。

彼はまさに空気ゴキブリの名に相応《ふさわ》しい怪人である。換気口や冷暖房の室外機などはゴキブリにとっても恰好《かっこう》の侵入路である。

私たちはゴキブリの何を一番恐れるのであろうか。街を歩いていると、道路に黒い影が走ることがある。道で見るゴキブリは大して恐ろしくなかろう。街は私たちにとって、外だからである。

＊

何を当たり前のことを言っておるのだ。と、お考えの御仁もおられようが、私たちは自分の部屋を持ち、自分の家を持ち、自分の街を持っている。そこに異質なものが入り込むことを極端に嫌う。まるで自分の中に侵入されたかのような気味悪さを感じる。ゴキブリを家の中に見付けた時。例えばそれが玄関に居るのと、居間に居るのと、自分の部屋に居るのと、気味の悪さは違ってこよう。より個人的なところに入ってくるゴキブリこそ強い嫌悪の対象となろう。狭いシャワールームにそれを見付けた時の気味悪さを思い浮かべてみたまえ。自分の芯の部分に近づかれる恐怖。剝《む》き出しの自分に異物が接近してくる恐怖と嫌悪。それがゴキブリに伴う嫌悪感の正体ではなかろうか。

また、私たち人間は、他人の個人的な領域に入りたがる生き物でもある。恋人同士の過干渉を思い返しても、頷ける点があるだろう。そこには、相手の中を見たいという欲望が隠れていないだろうか？　他者の中身を見たい、他者と自己との境界を越えて、他者を自己に取り込みたい。自己を拡大させたい。それは健全な欲望にも思える。なぜなら普通、他者の境界の中に入り込む時、自らの芯にある艶《なま》めかしい真実の姿を晒《さら》す必要があるからだ。

ゴキブリが嫌らしいのは、自らの芯を晒さず、相手の領域にただ入って行くことだ。それは蹂躙《じゅうりん》であり、恐ろしい犯罪なのである。

幾つかの穴、幾つかの窓を抜け、空間を侵犯し、今、空気ゴキブリは他人の部屋に立っている。空気ゴキブリの立ち入るところ、そこには必ず人の気配がする。無人の部屋にはやってこない。彼はいったい何を求めてかようにおぞましい犯罪を繰り返すのだろうか。

空気ゴキブリはこの辺りのマンションやアパートの間取りをほとんど把握していた。不動産情報をチェックしているのだ。当然この部屋の間取りも理解していた。さらに言えば、この部屋に侵入するのは初めてではない。しばらくの間、空気ゴキブリは洗面台の下に潜んでいた。部屋の主の様子を探っていたが、やがて脱衣所を兼ねた洗面所を出ると、キッチンに向かった。空気ゴキブリの身体は洗面所の湿気で湿っていた。つい先ほどまで住人が風呂に入っていたのだろう。

部屋の主はキッチンの奥、ドアを隔《へだ》てた向こうのリビングに居る。キッチンでは冷蔵庫がズーと静かに鳴っている。空気ゴキブリはリビングに続くドアに耳を近づけ、棒状の把手《とって》に指をかけ、石のように止まる。冷蔵庫が思い出したように大きな音を出す。きっと庫内の温度に変化を感じて冷却装置を自動的に強めた音だろう。と、空気ゴキブリの姿はもう、ドアの前には無いのである。

彼は冷蔵庫の騒音に紛《まぎ》れて把手を動かす音を消し、リビングに入りこんでいた。

女が居る。

空気ゴキブリはハンガーラックに吊《つ》るされたコートと冬物のスーツの間に、衣類の一つのように立った。気付かれないのが不思議である。しかし、そこは部屋の主の意識の外であった。

誰が、何も変わらない冬物の衣服に日常から注意を払おうか。私たちが常に冷蔵庫の裏を気にしないのと同じに、彼女は冬物の衣服をそこに吊るしたまま、今は全く頭からそのことを除外してしまっているのだ。恐るべきは空気ゴキブリ。この若い女性の心中の死角を察し、そこに音もなく入り込んでしまう技術、なんと奇妙な才能だろうか。

リビングは十二畳ほど、奥にシングルベッドがあり、ベッドの横には一人用の机と椅子がありパソコンが置かれている。女性はキャミソールと下着だけを身につけ、ジュースを飲みながらパソコンを凝視している。

彼女と空気ゴキブリとの距離は僅《わず》か二メートル。

空気ゴキブリからは、長く白い片脚を床に向けて伸ばし、もう片方の脚を二つに折り畳んで抱えながら椅子の上に座る女の姿が見える。パソコンの画面は横向きになっていて見えない。怪人物は女の胸の辺りを見ている。呼吸に合わせて微《かす》かに動くその胸元を見ている。彼女が息を吸い、吐く。その春の海のようにゆったりとした波に、自らの呼吸を合わせ始めた。そしてゆっくりと膝を曲げはじめる。静かな夜だ。しかし、まるで地を這う影のように音もなく彼は、女の背後に這っていく。なんたる大胆。知らぬが仏とはこのことだろう。女は彼に全く気付くこともなく、画面を見ながらキーボードを叩いている。そのカタ、カタカタという不規則な響きが部屋に響くのみだ。女のうなじを汗が流れた。彼女は左手でその汗を拭《ぬぐ》う。その刹那、空気ゴキブリはスッと立ち上がり、彼女の後ろの低い本棚の陰に移動してしまった。

風が、小さく開けられた窓から入り込む。

女は知らず、見知らぬ第三者と、この夜を過ごして居るのだ。

第二話　蠢《うごめ》く女たち

一匹の小虫が女のふくらはぎに止まった。

女の部屋。彼女は椅子に座ってパソコンの画面を見ている。無表情の男が本棚の奥に影法師のように座っている。怪人物・空気ゴキブリである。小柄とはいえ大人の男だ、高さ六十センチ奥行き三十センチほどの本棚の陰に完全に隠れられるはずはない。本棚の方を振り返れば、その陰に男の姿が見えるだろう。しかし、この部屋の主はそこを注視しないのだ。このことは再三説明する必要があろう。

読者諸氏は自らの部屋にいる時、どんなに狭い部屋であろうが全体が見えているわけではなかろう。そしてサーチライトがクルクルまわるように、常に部屋の四方に気を配ってはいない。私たちの日常には常に死角があるのだ。特に自らの家のように「絶対安全である」という過信が存在する空間において、その死角は意外なほどに大きい。空気ゴキブリの天才はその死角を視《み》る。そして相手の呼吸を読み、一瞬の隙を突き、死角に入り込む。

女は無防備の背中を空気ゴキブリに晒している。全くのだらけた背中。空気ゴキブリは彼女の領域を侵犯し、さらにもっと深いところにまで潜っていく。女の前には一昔前のパソコン。ディスプレイの枠に黄色とピンクの付箋《ふせん》がいくつか貼られている。「大山さんに電話」「マーヤ夫人　25日19時」「領収書提出27日まで」などなど。

空気ゴキブリは身を屈《かが》め、画面の文字が読み取れるほど近くまで寄っていく。女はどうやら誰かとパソコンを使って通信をしているらしい。画面には名前と、彼らの発言が映し出されている。パソコンの画面に人の影が一瞬でも映れば、人間の目はその動きを察する。しかし、空気ゴキブリは光の反射を読み、自らの影が女の視界に決して入らないよう近づいていく。彼女の斜め後ろに中腰で立ち、まるで親しい友人のようにパソコンの画面を覗き込んでいるのである。なんという異様な光景であろう。奇怪な人間ゴキブリが、若い女の感覚の死角に立っている。

空気ゴキブリの姿は大きな墓石のように静かで磐石《ばんじゃく》に見えるが、その心の中は嵐のように沸《わ》き立っている。興奮の狂乱をしなやかな筋肉の鎧の中に押し込めて、死人のように立っている。こんなに恐ろしく、気味の悪い光景は他にあるまい。

女は気付かず、画面に向かい、キーボードを打つ。

苺《いちご》さん　：そうですね、ziziさんのおっしゃる通りだと思います
お嬢《じょう》さん：私もziziさんのおっしゃること理解出来ますが、私は少し趣向が違います
目玉　　：イヒヒ、お嬢さんは勇ましいです
zizi　　：苺さんのセンスいつも感心しております。お嬢さんのおっしゃるように、私たち少しずつ趣向は違いますけど、同志ですよね

黒い画面に白い文字が羅列されていく。五人の人間がパソコンを介して会話をしているのだ。文章は画面の下から上に向かって流れて行き、画面の上端に達すると消える。

苺さん　：お嬢さんと、ziziさんの違い、興味深いです

「苺さん」これがどうやらこの部屋の主の仮の名前のようだ。彼女の本名は飯田香織《いいだかおり》。しかし、この名前は忘れていただいて結構。私たちも彼女を苺さんと呼ぼう。

運動靴　：まったく同意です

運動靴　：ziziさんの意見に

お嬢さん：私は子供たちが権力によって隠されるのが恐ろしいのです

苺さん　：ziziさんは少し直接的なものの方がお好みですもんね

zizi　　：お嬢さんはどちらかと言うと着衣の状態がお好きですよね？　私はどちらかと言うとありのままの姿の方が好みです

お嬢さん：子供たちを大人の目から隠すことで、子供たちの価値が増してしまい、本当は成人を愛する者まで子供を好奇の目で見るようなことになると、子供が危険に晒されると思うのです

パソコン画面を介した会話には多少の時間的なズレがあるようだ。苺さんは、お嬢さんの発言を見て、困ったような笑いを浮かべ、「うーん」と唸《うな》り、眼鏡を外し汗を拭《ふ》いた。その刹那、首の筋を伸ばすために、後ろを振り返ったのだ。

危うし空気ゴキブリ。

しかし、苺さんは何事もなかったようにまた画面に戻る。恐るべきは空気ゴキブリの技術である。彼は苺さんの呼吸を読み、彼女が首を曲げるのよりほんの一瞬早く、彼女に一歩近づき身体を屈めた。ゆったりと素早く。空気の急激な対流を起こさずに、スッと彼女の視界の死角にもぐりこんだ。

さらに言うと、我々人間は視覚のみならず、聴覚も嗅覚も駆使して周囲の異変を探知している。ためしに耳の横に掌《てのひら》を持ってきたまえ。掌からは何の音も発していないはずであるが、そこに掌があることを耳で感じていることに気付くだろう。掌が耳の横にあることで遮断された雑音を我々は感知するのである。

もし空気ゴキブリがただ視覚の死角に入り込むことだけに専心していたとしても、彼の存在は彼女に気付かれてしまっていただろう。空気ゴキブリは対象の五感全ての死角が重なる場所を的確に知り、そこにのみ存在する。まさに稀有の才能とたゆまぬ努力を具えた怪人物なのである。しかし彼の目的はいったいなんなのであろうか。それとも目的という目的などないのであろうか。この苺さんなる人物に対する異常な執着。その執着の理由を解き明かすことが空気ゴキブリの目的を知るヒントになるのだろうか。

苺さんたちは女性だけのグループである。同じ嗜好《しこう》を持った仲間だ。彼女たちはそれぞれが集めてきた画像をインターネット上で融通しあい、互いに品評し、趣味の世界を深めていく。我々が見ればなんの変哲もない画像である。例えば苺さんが今日みんなに送った画像は、とある小学校の運動会の風景だった。短パン姿の少年が一生懸命走っている。少し違和を感じるのはそれが望遠レンズで撮られており、少年が大きく写されていることくらいであろう。zizi がみんなと共有した写真はもう少し直接的であって、これを見ると読者諸氏も察しがつくかも知れない。端的に申し上げれば、彼女たちは小児性愛者なのだ。誤解されている方も多かろうが小児性愛は性の対象の異常であり、それ自体は犯罪ではない。彼女たちは互いの性癖《せいへき》について語り合い、画像や映像、情報を共有しあっているだけだ。圧倒的な少数派であり、自分たちの性癖を隠して暮らしている。この小さなディスプレイの中で、お互いが偽名で語りあう時だけ、自分を解放出来るのだ。同志は、苺さん、zizi、運動靴、お嬢さん、そして新しく加わった「目玉」の五人だ。互いの顔や素性は知らない。苺さんだけが全員と面識があった。

苺さんはとある秘密の店で zizi と出会い、あるイベントでお嬢さん、そして運動靴と出会った。目玉は、職場で偶然苺さんと出会い、苺さんに誘われて会合に参加するようになったのである。同好の士は直接顔をあわせることなく、こうしてインターネットを介しディスプレイ上で会合を開くのである。この会合を彼女たちは「お茶会」と呼んでいた。

苺さん　：私はやはり子供たちを犯罪者から守るため、子供を隠すことは大事だと思うのです

お嬢さん：いいえ。苺さん、私も子供たちを犯罪から守りたいのです。そのためには、子供を隠すことは逆効果だと思うのです。子供を国家の権力を使って隠すことによって、子供の性的な価値が上がってしまい、犯罪者から狙われてしま

うと思うのです
運動靴：もっと楽しい話をしましょうよ
お嬢さん：私たちのように、天使しか愛せない者ではなく、ただ、珍しいものを見たい、汚したいという、欲求から、犯罪に及ぶものが、私たちの立場を悪くさせているのです
お嬢さん：ごめんなさい＞運動靴
zizi：お嬢さんのおっしゃること判るけど。まあまあ、押さえて押さえて。ここで熱くなってもしょうがないですよ
目玉：犯罪者と私たちは違いやすよ、へへ
苺さん：お嬢さん。ごめんなさい。子供たちを守りたいということに関しては私たちみんな、同じ意見ですよね

と、ここまで打ち込んで、苺さんはため息をつき、「お嬢さんは熱いなあ」と呟《つぶや》くと、苦笑いを浮かべる。縮こまった背中を伸ばすのだった。そんな姿を空気ゴキブリが無表情に眺めている。いや、心なしか口元にうっすら微笑を浮かべているようにも見えた。

それから数時間が経《た》ち、苺さんが深い眠りについたあと、空気ゴキブリは、玄関から堂々と部屋を出た。特殊な技術で玄関の鍵を閉め、非常階段を下り、途中から壁を伝い、白みはじめた街に出て行った。

なぜ、そのような面倒な道をたどるのか？　監視カメラに映らないためである。

読者の皆さんは彼が居酒屋を出てから、道を真《ま》っ直《す》ぐ歩かずに来たのを覚えているだろうか。それも全て監視カメラに映らない道を通った結果なのだ。もしこの辺りの監視カメラの映像を仔細に分析することになったとしても、空気ゴキブリ、即《すなわ》ち会社員の山田氏は、大崎広小路駅の改札をくぐったまま、忽然《こつぜん》とその姿を消したとしか見えないのである。

その夜から四日後の火曜日。ある会社員の自殺がちょっとした話題になった。ただの自殺なら騒ぎはしない。その動機が大衆の好奇心を刺激するとマスコミは考えたのだ。自殺した女性は小児性愛者であり、自身の性癖に苦しみ、その罪悪感に耐えられず自殺した旨、遺書が残されていたのだった。

そう、お察しの通り、亡くなったのは「苺さん」こと、飯田香織であった。

*

苺さんの死から一月以上が過ぎた。事件はすっかり風化し、東京の街には梅雨の嫌な湿気が満ちていた。五反田《ごたんだ》駅に隣接したビルの地下一階にはスーパーマーケットが入っている。この地で半世紀近く営業している店だ。そのスーパーマーケットで上田真那子《うえだまなこ》は働いていた。五台あるレジスターの一番奥で商品のバーコードを機械に読ませているのが真那子である。三十代前半から中盤に見えるが、実際は四十を超えている。ふっくらと丸い顔は大きな瞳が印象的で華があり、少し垂れた目尻が憂《うれ》いを感じさせ美しい。身長はそれほど高くないが、大きく見えた。他のレジ打ちの女性とはどこか違って、目立つ。その容姿が美しい所為《せい》もあるが、仕事に対する態度がどことなく女優じみているからかも知れない。彼女は数日前にこの店で働き出したばかりであったが、どうにか仕事にも慣れ、もう休憩時間に話せるような友人も出来た。

職場には家事の合間に働く女性が多く、真那子のような独り者は少数である。数人集まると自然、家庭の話になる。真那子は頷き、時に微笑みながら、みなの話を聞いていたが、話の輪の中に居て、ふと彼女が見せる表情はどこか寂しげであった。

店の裏にある控え室で休憩を取っていると、今日もいつものようにそれぞれの家庭の愚痴を話し終え、社員の悪口で盛り上がったあと、話題は一人の女性従業員の噂《うわさ》となった。遠藤《えんどう》君枝《きみえ》、それがその女性従業員の名だ。遠藤君枝はこの場に居ない。休憩中、彼女はいつも喫煙所にいるからだ。何かの研究で博士号までとった才女なのだそうだ。しかし十数年前に不慮の事故で子供を失って以来、少し精神に変調をきたしたらしい。そんなことを先輩従業員たちが面白おかしく、時に同情を装って真那子に語って聞かせる。

「それって、あの頭巾を被っている人ですか？」真那子は椅子から少し身を乗り出して言った。

「そうそう、話して見ると普通なんだけどねえ」五十代の太った従業員が人の良さそうな顔で、ニヤリと笑う。遠藤君枝はいつも頭巾を被って出勤してきた。レジに立つ時も少しコンパクトな頭巾を被っている。

「なぜ彼女はずっと頭巾を被っているのですか？」真那子が聞くと、三人の従業員たちは、コーヒーやお茶を片手に、互いの顔を見合い「さあ、そんなこと判るはずないわ」とでも言うように、首をかしげ微笑して見せるのだ。

「怪我《けが》でもしたのかしら。あれだけ目立つのにどなたも聞いたことないの？」

真那子のその問いかけには誰も答えず、ただ一番歳の若い女が一度みんなを見回してから、前に身を屈め、言葉が周りに拡散するのを防ぐようにして言った。

「あの人、不倫してるんですよ」

「ええ」と大声で先ほどの太った従業員が大袈裟《おおげさ》に驚いて見せた。真那子はただ、曖昧《あいまい》な微笑を浮かべ、黙っているだけだった。

若い従業員の話すところによると頭巾の女、遠藤君枝は毎日のように若い男と会っているのだそうだ。それが想像を超える美男子らしい。太った従業員と、もう一人の痩せた従業員はにわかには信じ難いらしく、しつこく問いただすのだが、若い従業員は意見を変えなかった。どうしても信じられないのなら、仕事終わりに駅向こうのカフェに行ってみると良い、そこで男と逢引《あいびき》しているのが見られるから。と、そこまでのことを言うのだった。

十七時で早番の仕事は終わる。真那子は駅に併設の仕事場を出ると、桜田《さくらだ》通りを目黒川《めぐろがわ》の方へ向かって歩き出した。川の手前にある喫茶店の前に立ち、ガラス張りの店内を窺《うかが》う。意を決したように自動ドアをくぐる。

遠藤君枝を探しに来たようだ。気になっていたからかも知れない。しかし、わざわざ他人のそういう現場を見るために私的な時間を割《さ》くだろうか？　真那子には何かしらの執着があるのかも知れない。

店に入るとカウンターの向こうに店員がおり、そこで注文を聞くスタイルになっている。真那子は細めのジーンズで手の汗を拭う。肩から提げたバッグから財布を出し、まだ何を飲むか決めていないことに気付いて、頭の上にあるメニューを見ると「いらっしゃいませ」、魂の無い声が聞こえてきた。四十代と思《おぼ》しき疲れた男性店員が真那子の方を見もせずに、カウンターの向こうに立っている。一番安いホットミルクのSサイズを頼んだ真那子は、マグカップの載ったお盆を持って、席を探すふりをする。七十席ほどの店内は、奥に喫煙席があり禁煙席と仕切られてはいるものの、密閉されていないから、店中煙草の臭いがする。

禁煙席に遠藤君枝の姿はなかった。お盆を持ったまま喫煙席に移動する。真那子は煙草が嫌いだった。潔癖なほど清潔好きで、こういった不特定多数の集まる場所に自ら進んでくることは滅多になかった。見回すと、大きなテーブルに座りそれぞれ携帯ゲーム機のディスプレイを覗き込む人々、壁際の二人掛けに一人で座り携帯電話をいじり煙草を吸う派手な女、疲れ切った男。

頭巾を被った女は居ない。ガセネタだったか。それとも、まだ早かったか。真那子はもう一度丹念に店内を見回す。禁煙席と喫煙席を隔てるガラスの衝立《ついたて》の端に、観葉植物の鉢《はち》が置いてある。大層な大きさで、人の背丈ほどある。それがどういうわけか、端の方に三つ固めて置いてある。折り重なるように茂る木々の向こうから白い煙が漂ってくる。

真那子は不思議そうに観葉植物の方に近づいていく。と、鉢植えの向こう、壁と仕切りの作った隅はまるで森の奥のようになっていて、辛うじて低いテーブルと安もののソファが見えた。

遠藤君枝はそこに居た。頭巾を被って煙草を吸っている。その向かいには一人の若い男が座っている。銀縁の眼鏡をかけた細い涼しい目をした男。二十代前半にも見えるが、もう少しよく見ることが出来れば彼が三十代に近いことが判るだろう。横顔だけでもその美しい容姿が判る。

二人の席はどこからも死角になっていて、盗み見るためには椅子を大きなテーブルに対して不自然な方向に曲げて座らなければならなかった。それでも視界の端に二人の姿をどうにか捉えるので精一杯だった。

真那子は不自然さを隠すため、遠くの窓を見るふりをして、遠藤君枝とその向かいに座る美青年を盗み見た。なにやら話し込んでいる。君枝は男の話を黙って聞いている。二人の声は極端に絞られているようで、二人から数メートルしか離れていない真那子の耳にも二人の会話は聞き取れなかった。「お嬢さん」「英」もしくは「A」か？　などの単語がどうにか聞き取れた。あとは時々、男の笑い声が届いてくるのみである。男は落ち着いた理知的な面立ちに似合わない軽薄《けいはく》な笑い方をした。

頭巾の女、遠藤君枝とこの謎の男はどういった関係なのだろうか？　真那子は二人の怪人物とどう関わっていくのだろうか。それを語る前に少し時間を戻し、物語が別の道に逸れることをお許し願いたい。ある重要な人物をお見知りおきいただく必要があるのだ。諸君は彼女を知ってはいるが、それが誰かはすぐに判らないだろう。

＊

苺さんの死から十日ほど経過したある日。

外は梅雨を予感させる嫌らしい曇天。古いレコードから音楽が流れている。女の唄う物悲しい歌、グラスに氷のぶつかる音が時々被る。ここは五反田駅のほど近く、有楽街《ゆうらくがい》の雑居ビル。その四階にある酒を出す店。赤い布張りの壁と古びたソファ、暗いシャンデリアの照明は、移転してくる前の意匠《いしょう》をそのまま受け継いだものだ。駅前の開発で古い店舗は壊され、この雑居ビルに店を移して、もう四半世紀経つ。店の最初のオーナーは亡くなり、今は彼女の娘が後を継いでいる。その娘も五十に近い。暗い店内に白い顔を浮かべている。微笑んでいるようで、どこか物悲しい。この店の中では全てが物悲しい。

二十代から三十代の女たちが数人、給仕している。いずれも派手なドレスを身につけていた。女たちはテーブルとテーブルを行き来し、しっとりとした微笑を客たちに配っていく。

青く、中では控えめなドレスを纏《まと》った女が、白髪頭の男と四十代の男の間に座った。四十代の男は嬉《うれ》しそうに彼女に話しかける。彼女は頷き、時に、合いの手を入れるが男の顔を見ない。男が彼女の腰に手を回すと、身体を硬くして黙ってしまう。ついには男の方から手を離すのだ。

　青いドレスの女は、まだこの仕事に慣れていないのだろうか。いや、彼女はもう三年近くもこの店で働いているのだ。こんな仕事振りでよくやっていけるものだといぶかしむ向きもおありだろうが、彼女のこの対応が男たちには新鮮なようで、彼女をわざわざ指名する男は多い。店の稼ぎ頭になっているのである。女は長い手足とすらっと伸びた背を持っており、顔は整って品があり、前歯が少しだけ前に出ているさまも好ましく見えた。細く切れ長な目が時に冷たい印象を与えるが、知性も感じさせかえってチャーミングであった。

「ミズキちゃんは普段何してるの？」

「お店に出ています」

「そうじゃなくて、お店に出ていない時だよ」

「ほとんど家に居るんですよ」

「へえ、明日は？」

「明日はお休みなので、掃除でもしようと思ってます」

「じゃあ手伝おうか？」男はそれが冗談と判るように大袈裟におどけて見せた。

　ミズキと呼ばれた青いドレスの女は、さも面白そうに笑って見せるのだった。男ははぐらかされた気もするが、それでも笑ってもらえた嬉しさを嚙《か》みしめるように、一度顔をさげ、口の中で舌をグルグルまわすと、彼女に笑顔を向ける。

　ミズキはそれでも決して男と目を合わせることはなかった。ミズキは人間が苦手なのだ。

そんな人物がどうしてこのような店で働いているのか？　どのようなところで働こうが人間とは接せねばならない。で、あるならば短時間で高収入が得られるこの手の店は有効かも知れない。

それにミズキは、男たちと接しながら、どこか乗り物に乗って自分はそれに乗っているだけのような感覚を持っていた。乗り物とは自分の身体である。まるで自分が自分という乗り物の操縦士のように感じるのだ。ところが段々その乗り物のコントロールが出来なくなってきた。普段から自分の行為が他人《ひと》ごとのように思える。精神が身体を離れ漂っているように感じられる。ここ最近は特にそうだった。彼女を襲《おそ》った衝撃がそうさせたに違いない。

今も、白髪の男が問わず語りに語っている話に相槌を打っている自分を、頭の少し上から眺めている。

彼女は自らの頭に白髪が混じってきたら命を断とうと決めていた。

ミズキの隣に座った年配の男は、保健所に勤めていたという。去年の暮れ、友人に連れられて来店して以来、足しげく通っている。目当てはミズキであって、彼女の居る日を狙ってやってくる。

今は退職し悠々自適の生活を送っているらしい。保健所時代の野犬狩りの話を延々としている。

ミズキの身体はそれを熱心に聴きながら、精神は別のところにあった。彼女の心には大きな穴が空いている。親友を亡くしたのだ。なんでも話せる友だった。ミズキは友人の死に、疑問を感じていたし、言い知れぬ不安のようなものを抱いていた。友人は殺されたのではなかろうか。どこかでそう思っているのだ。警察は自殺として処理したが、本当のところは判らない。

ミズキは半身を失ったような感覚であって、どうにか真相を探れないか、でも、そんなこと出来ようもない、何か手段はないだろうか、などと考えていた。

男はS区の最後の野良犬のことを話している。S区全域の野良犬を一掃するための作戦に従事していた時、男はその指揮をとっていた。作戦は順調に進んだが、妨害する勢力が現れてからは苦戦をしいられ、ついに野良犬一掃作戦は失敗に終わったのだった。

それは「S区最後の野良犬事件」として語り草になっている。男はそこまで話して、悔しそうにしかしどこか懐かしむように、言った。

「宇宙船の奴が、最後の野良犬を逃がしたんだ」

「宇宙船？　船ですか？」ミズキの身体がオートマティックに聞き返す。

「いいや、人さ。異常な事件を専門に扱う探偵だよ」

それを聞いた瞬間、ふわふわ漂っていたミズキの精神は身体に戻ってきた。

「その話をもっと詳しく聞かせてください」

ミズキは男の目を見て懇願していた。

第三話　異常探偵　宇宙船登場？

夜の店の女給ミズキは歩く。五反田駅へと帰路を急ぐ人々と逆行し、橋を渡り目黒川沿いの掲示板に向かう。

橋の袂《たもと》には喫煙所がある。囲いはなく、ただ道路に白線で枠がひかれ、灰皿が置かれているだけである。灰皿の横にひっそりとガラスとステンレスで出来た地域情報の掲示板が立っている。近くに本屋があるのでミズキもこの辺りを良く通ったが、掲示板がこんなところに立っているのは知らなかった。

こんなに目立たないのなら、掲示板の役にたたないわね。

元保健所職員の男の話では、宇宙船とコンタクトを取るためにはこの掲示板を使う必要があるらしい。依頼の概要を書いたメモを掲示板に残しておくと、数日後には返事がくるのだそうだ。

果たして「宇宙船」とはなんだろうか。元職員の話ではその正体は杳《よう》として知れず、それが集団なのか個人なのか、個人だとしていったいどんな人物なのか、全てが闇の中なのだ。

十数年前、S区の公園で子供が野良犬に襲われる事件が起こった。子供は左腕の神経を損傷し、左手が不自由になってしまったが、一命は取り留めた。この事件を機に区民の安全のため、S区内の野良犬を一掃しようと保健所が動き始めた。そこに現れたのが、自分を人間と野良犬の間に出来た子供だと称する怪人物に雇われた探偵、宇宙船だったのだ。宇宙船の活躍により、野良犬の絶滅作戦は失敗に終わった。

S区最後の野良犬が区の公園で出産を行ったことはちょっとしたニュースになり、宇宙船の名は一部で有名になった。

日が傾いて、美しい夕日が上大崎の方に落ちていく。目黒川の緑の水が、赤く染まっていく。

橋の上のミズキは喫煙するサラリーマンたちの全て去ったのを確認すると、掲示板に近づき、ガラスを留めるステンレスの枠の溝に小さな紙片を挟《はさ》んだ。折り畳まれた紙の表には「宇宙船へ」と書かれている。紙片をじっと眺めたあと、ミズキはその場を立ち去った。

と、しばらくして大きな黒いナイロン鞄《かばん》を持った一人のフリーター風の痩せた若い男がやってきて、気になったのか折り畳まれた紙を抜き取ると、煙草を吸いながら、一通り眺め、興味無さそうに元に戻し、何処《どこ》かへ消えた。

果たして、ミズキは宇宙船に出会えるのであろうか。そして、彼女の相談事とはいったいなんなのか。

ミズキは翌日の仕事帰り、掲示板に挟んだ紙片を見に行った。紙は消えていた。そしてそれから三日後、別の紙がそこに挟まれていることに気が付いたのだった。掲示板のガラス窓の枠に挟まれた紙片をさりげなく抜き取って掌に隠した。

近くのカフェに入り、コーヒーを買って席に座ると、興奮からくる汗に湿った手で小さく折り畳まれた紙片を広げた。

そこには子供が書いたような乱れて汚い文字でこう書かれていた。

『いちどお会いして、お話うかがいたし。ついては下記のばしょで待つように。時間はそちらのごずいいに。こちらのつごうの良いときにこちらから、せっしょくする。宇ちゅうせん』

正体を隠すため子供に書かせたのだろうか？　それとも利き手ではない方の手で書いたのか。その幼い筆跡が謎の人物の不気味さをいっそう際立たせるのだった。

文章の下には手描きの地図が載っている。酷《ひど》く抽象的な図で「目黒川」とか「ごたんだ駅」とか文字が書きこんであり「黒いヒトミの流すナミダを渡り、ミギガワニにある、黒い飲み物をだす店にこられたし」と暗号のような文章が書かれていた。

まさか、目黒川を渡って右側にあるコーヒー屋に来いということではないはず。と、ミズキは思った。何か深遠な謎が隠されているに違いない。しかし、何度読み返してみても、目黒川を渡った右側にある喫茶店に来いとしか読めない。そして、ミズキの今居る喫茶店こそ目黒川を渡って右側にある喫茶店なのだった。ミズキはゆっくり店内を見回す。何者かに見張られているような気がする。

待ち合わせの場所がここであっていたとして、どうして宇宙船は私が依頼者であると知るつもりかしら。からかわれているのかも知れない。

客はまばらである。禁煙席にはミズキしかいない。喫煙席の方には何人かの客があった。隅の観葉植物の近くの席に眼鏡をかけた細い涼しい目をした男が座って本を読んでいた。白い肌と長いまつ毛が女性のように美しい。誰もが目をひく美青年である。靴を脱ぎ、狭い一人掛けのソファの上にしゃがみ込んでいる。床には靴が片方、逆さになって底が上を向いており、もう片方は見当たらない、と思ったら大分離れたところに落ちている。テーブルの上にはストローの袋が水浸しになっている。ストローは水の入ったコップに挿さっていた。いったい何が行われていたのだろう。オレンジジュースの入っていたコップは、中の氷まで完全に食べてしまっているため、綺麗に空である。

ミズキは男を観察する。男は本を両手で顔の上に掲げ、うなじをソファの背に乗せ、無理な体勢で仰ぎ見るように、読みだした。二十代後半とおぼしきその男が読んでいるのは偕成《かいせい》社《しゃ》文庫、ヘレン・ケラーの伝記だ。それにしても落ち着きがない。今度は胸をソファの背に押し付ける恰好になって、片手をブラリと床近くまで下げ、顎《あご》を背もたれの上に乗せて本を読んでいるかと思ったら、本を閉じ表紙の写真を見て、なにやらブツブツ呟いている。美しい顔と相まって彼の行動は薄気味悪くすらあった。今度は鞄から携帯ゲームを出すと、スイッチを入れてゲームを始めた。他の客は黙って煙草を吸っているか、自らの携帯電話をいじっているか、ボーっとしているか、勉強のようなことをしている。

ミズキはこの場から一刻も早く立ち去りたいような気持ちになった。

重大な相談事を、身も明かせないような得体の知れない人物に持ちかけるなんて、なんて馬鹿げたことを考えたのだろう。まるで我に返ったように、急に後悔の念が襲ってくるのだった。

帰ろう。一刻も早く。そして、もっとしっかり考えて然るべきところに相談しよう。でも、いったいどこの誰に相談すれば良いの？　誰に言っても気狂い者のたわ言だと、片づけられてしまうに違いない。でも、ではいったいどうすれば。逡巡《しゅんじゅん》の森の中でミズキは出口を見付けられない。

「あ、」

声がした。男の声。驚いたけど、すぐに顔を上げられない。恐る恐る見上げると、身体に張り付くような安物の黒いカットソーを着たすらりと背の高い男が立っている。銀縁眼鏡の奥に細い目が光っている。先ほどの美青年だ。妙にモジモジしているのだった。ミズキは身構えた、男の顔から目を逸らし、テーブルの上に視線を落とす。視界の上端に男を捉えてはいる。

「あのあの」男は言った。

ミズキは、声を出そうとしたが、口の中が急速に乾いて声が出ない。ミズキは男が恐いのだ。しっかりと濃いメイクをして派手な衣装を身につけていれば、対峙《たいじ》出来る。といっても、向かい合うことは出来ないから、隣に座る商売を選んだのだが。

こうして無防備に男と対峙すると異常に緊張してしまう。

男も極度にモジモジしている。モジモジを絵に描いたようにモジモジしている。脇の下も足の間も、最大にすり合わせて実際にモジモジするとはこういうことだという模範のような動きは、わざとやっているとしたら嘘臭すぎて、わざとやっているとは思えないから、本当の動きに見えるのだった。それを見てミズキの心も少しだけ警戒をといたのか、男の腹の辺りに視線の芯を移すことが出来た。そして、ミズキは小さく口を開いた、音は出ていないが、それでも自分に対して反応していることが見て取れたのか、男は再び口を開いた。

「はじめまして、宇宙船です」

この気味の悪い美青年は宇宙船を名乗ったのだった。

＊

宇宙船とミズキは喫煙席の中でも端の方の丸いテーブルに座る。ミズキは正面から椅子をずらして、宇宙船の斜め隣に座った。

もう、お気付きの読者も居られるかも知れないが、ミズキと宇宙船が座った席から観葉植物を隔てて隣のソファ席こそ、遠藤君枝と眼鏡の男（実は宇宙船であった）のいつもの席であった。今はそこには誰も居ない。いや、頭巾を被った君枝が観葉植物の陰に隠れて座っているではないか。

宇宙船は落ち着きなく、辺りをキョロキョロ見回したり、水の入ったグラス一面に付いた水滴を指でいたずらして、その指を舐《な》めてみたりしてから、小さな声でこう言った。

「僕のことが良く判りましたね」

ミズキは黙ってただ頷いた。宇宙船は待たずに続ける。

「僕は探偵と言っても、普通の探偵じゃないんだ。もっと難しい、もっと不思議な事件にしか興味を示さないから、普通の人には判らないように活動しているから、普通は見つけられないんです。僕は普段は人からは、何も働いていないように思われているのですが、それは仮の姿なのです。僕は探偵なので、探偵をしているのですが、皆からは働いていないように思われていて、でも、本当は探偵なのです。何歳ですか？」

宇宙船は上ずった喋《しゃべ》り方でまくし立て、急にこちらを向くので、ミズキは驚いて小さく飛び上がってしまった。そんなミズキを見た宇宙船は声を出して笑った。

「はっはっは、凄《すご》い驚いた。なんでですか？　何でそんなに驚いたんですか？」

宇宙船は心底嬉しそうに言った。その声は思いの外大きく、周りに居た客が驚いてこちらを見るのだった。まるで子供ではないか。ミズキは大人の男に抱く恐怖心を忘れ、苛立《いらだ》ちを覚える。見た目は青年であるが、話の内容も立ち居振る舞いもまるで子供だ。

「あの、私、これで失礼します」ミズキは精一杯、それだけ言うと立ち上がろうとした。

「まちたまえ」宇宙船は急に小さなしかし鋭い声を出す。

ミズキは金縛《かなしば》りにあったように、動きを止めた。そして小さく「なんですか？」と問うて、再び椅子に腰を沈めた。

「我々は見張られている。急な行動は慎《つつし》みたまえ」

宇宙船は、大袈裟に辺りを見回す。少し離れた席の痩せた男が教科書に目を落とす。

「あの男、判るかい？　あの浪人風の男」

「え、ええ。ちょっと声が大きい」

宇宙船が顔を近づける。ミズキは恐ろしくて身体を少しひいた。かまわずに囁《ささや》くように言う。

「あの男は昨日もここに来ていたんだ」

そして満足そうに、席に深々と座りなおした。ミズキは混乱した。読者諸氏も混乱していることだろう。しかし安心して欲しい、彼の周りに居る全ての人間が混乱しているのだ。

「なんです？」ミズキは勇気を振り絞って聞き返す。

「なんですって、なんです？」宇宙船は大真面目に聞き返す。

二人は黙ってしまった。長い沈黙に耐えかねて、宇宙船は喋り出す。

「この喫茶店を宇宙船は事務所として使っているのだ」

「それはなんとなく判ったのですが、あの男性がなんなんです？　ただ勉強してるだけでしょ？」

二人から数メートル離れた席に座った若い男は本に目を落としている。ミズキにはどう見ても普通のお客さんにしか見えなかった。勉強の疲れで痩せ細った男、何か悪巧みをしているような人間には見えない。

「とんでもない、探偵の僕から見ると彼は充分に怪しいね。あの黒いナイロンのバッグを見たかい？　僕はあの中に包帯みたいに太いゴムバンドがはいっているのを見たんだよ」

「それが？」

「それが？」宇宙船はミズキの言葉をそのまま繰り返す。

「それがなんなんです？」

「だから、あれだよ、あの浪人生は怪しいんだよ、だって怪しい物を持っているし、それに、少し痩せすぎじゃないか」

「何かバイトか何かでつかうんじゃないんですか？　そのゴムのバンドを」

「安心したまえ。私は宇宙船だよ、監視されていても、大丈夫なのだよ」

宇宙船はミズキの話を聞かずに自分の話したいことだけ話す。

この人、大丈夫かしら。確かにちょっと普通じゃないわ。ミズキは宇宙船を盗み見る。膝の上のハンドバッグを無意識に身体の方に引き寄せた。

「あいつがなんのために我々を見張っているのか、杳として知れないのだ、あ、そのバッグ恰好良いね、いくら？」

「え？　さあ？　もらい物なので判らないですけど、3万円くらいじゃないですか？」

「へえ」宇宙船は、すぐに他人の物の値段を訊く癖《くせ》があるが、相場を知らないのでそれが高いのか安いのかよく判らない。

「あの、訊いてみたらどうですか？」ミズキは言った。

「え、なにを？」

「だから、その、彼がなんであなたを見張っているか」

「え、駄目だよ、何言ってんだよ、駄目に決まってるだろ。そんなことしたらばれちゃうでしょ」

「え、でももうばれてるんじゃありませんか？」

「なにが？」

「その、正体というか」

「ばれてないよ」

「ばれてないのなら、なんで彼は見張っているんです？」

ミズキにそう問われて宇宙船は黙ってチラチラと頭巾の女を見る。頭巾の女は観葉植物の間から視線だけをこちらに向けている。先ほどからミズキは、本を読んでいる痩せた男よりも、観葉植物の陰に居る頭巾を被った女の方が気になっていた。

「あ」宇宙船が変な声を出す。

宇宙船が自分を見張っていると主張した痩せた男は立ってマグカップを返却口に置くと、店を出て行った。去り際、宇宙船とミズキの顔をちらりと見る。怒っていたのだろうか。

宇宙船は助けを求めるような目で、ミズキを見る。

「あの、私」ミズキはもう帰りたかった。宇宙船は椅子の上に靴を脱いで胡坐《あぐら》をかいている。

「なに？　どうしたんですか？」宇宙船はそう言って、どうしてかニヤニヤ笑った。ミズキはなんだかこの男に笑われるのが悔しくて、自らの内にある不安を打ち消して、顔を前に上げた。

「なんでもありません」

「では、どういった用件で私のところへ？　早々にご相談のお話を聞かせてくださいますか？　私も忙しいから、暇《ひま》ではないのですよ」そう言うと、宇宙船は目の前の空のコップを口元へ持って行き、飲もうとした時点でそれが空だと気付いたのだが、空のコップから飲もうとしたことがばれると恰好悪いので、コップの中に何かゴミが落ちているからそれを取ろうとしたということにして、コップに指を突っ込んでいるのだということが、丸々ミズキには見て取れた。

「あの、大丈夫ですか？」ミズキは思わず不安を口にした。

「え？」

「いや、その、本当に大丈夫なのですか？」

「おい君、大丈夫ですかとは、いったいどういうことかね」と、宇宙船が少し大きな声を出す。

「失礼しました、ただ、その、私の相談というのは、とても繊細で、そして危険なものですから、本当に信頼出来る方でないととてもお任せ出来ないのです」

「ええ、僕の所に依頼を持ってこられる方は大抵そうですよ」ためらうミズキを見て続ける。

「大方、あなたの依頼も警察や他の探偵では相手にもしてもらえない類の依頼でしょう。いや、バカにしているのではありません。僕の専門はそういう類の事件なんですからね、僕はほら、そういう誰にも相手にしてもらえない人たちを救うのが、正義だと思っていますからね」

　宇宙船は変に優しいトーンでそう言うと、小さく首を回して、肩の凝《こ》りをほぐすのだった。

ミズキは、考え込んでしまった。どの道、この人に相談するほか手はないのだ。しかし、この人に話してしまって大丈夫だろうか。今よりも事態が悪くなってしまったら？

「悩んでおいでですね。だったら、お帰りになったらよろしい。私だって趣味でやっているんだ」

「趣味で？　仕事ではないのですか？」

「ありません。探偵業は趣味でやっているのですよ」

「そんな人には任せられません」

「だったらお帰りなさい。私はいっこうにかまいませんよ」

「あなたは、私たちをバカにするために、こんなことをしているのですか？」

「私たち？　今、私たちって言いましたよね？　一人じゃないんですか？　え？　え？」

　宇宙船は、椅子の上にしゃがむような恰好になった。

「私みたいな、異常者たちをです」

　名探偵宇宙船は異常者たちの異常な事件を専門にする探偵だ。世間からつまはじきにされ、笑われ、怪物扱いされる異常者たちの味方だ。そう聞いていた。

「あなたは異常者たちから話を聞いてそれを面白がってらっしゃるんですね」

壁を見ている。安いベージュの壁紙が煙草のヤニで黄ばんでいる。それがモヤモヤと歪《ゆが》んでいくのを感じる。ついに涙が溢《あふ》れてミズキは驚いた。

こんな男に大事な話を出来ようはずがない。しかし、この人の他に頼る相手も居ないのだ。そう思うと、自らの無力さ、世間の理不尽さがよりいっそう身につまされるのだ。

壁を向いて、黙って涙を呑《の》んでいるミズキを見て、気の毒に思ったのか、宇宙船は優しい調子でこう言った。

「まあ、話して御覧なさい。僕は、世間で言うところの異常者たちを異常だとは思ってないのですよ。それよか、世間の常識人と言われる人々の方がよっぽど異常に思えるんだ」

ミズキはしばらく下を向いていたが、その宇宙船の言葉にいくらか勇気づけられたのか、もしくは全てを諦めたのか、下を向いて言った。

「私は友人を殺されたのです」

宇宙船は一度、観葉植物の向こうの頭巾の女に目をやり、言う。

「へえ、それは随分物騒な話ですね。いつのことです？」

「つい、二週間程前のことです。ニュースにもなったので御存知だと思うのですが、報道では自殺だと言うんです。とんでもない、彼女が自殺なんてするわけがない。その理由もめちゃくちゃなんです。きっと誰かが彼女を殺して、自殺に見せかけたんです」

「しかし君、警察が自殺だと言ったんだろ？　遺書かなんかが残ってたんじゃないの？」

宇宙船が口を挟む。

「遺書？　ええ、パソコンにそれらしい文章があったそうです。でも、そんなのいくらでも偽造出来ますでしょ？」

「うーん、しかし、警察が言うんだからなあ」

「あなたは警察の言うこと全部信じるんですか？」

「いやいや、僕はどうも彼らが苦手でね、信じてるわけでもないんだが、警察の言うことがでたらめだなんて、あなた何か確証があるのですか？」

宇宙船が言うと、ミズキは唇を強く噛んでいる。しばらく考えた後、口を開いた。

「こうなったら全てお話しいたします。でも、これから話すことは、私と友人たちの今生の秘密に属する内容でして、絶対に他所《よそ》で口外しないよう約束していただきたいのです」

「よろしい」

宇宙船は最近気に入っている言い回しを使って答えた。

第四話　犯人は犯行現場に戻るとテレビで言っていた

「顔を見ながらですと、まともに話せないので、そっぽを向いて話すことをお許しいただけますか？」ミズキは言った。

「お好きなように」宇宙船は両手の親指の爪を同時に嚙みながら応《こた》える。

ミズキは壁の方を向いて座りなおすと何度か深呼吸をした。これから話すことを考えると極度の緊張のため視野が狭窄《きょうさく》していき、強い集中が訪れた。

「なかなか御理解いただけないことだとは承知しております。私も自身のことでありながらそのことをしっかり納得するのに何年もかかりました。二十五になった今も、しっかり納得出来ているかと言われると自信がないほどでございます」そう言って、一度息を吞み、続ける。

「私は七歳以下の男児にしか性的な興味を抱けないのです」

「ほう」宇宙船はそう言って、椅子の上にしゃがみなおす。

それからミズキは一時間近く延々と喋り続けた。その全てをここに記すのは煩雑《はんざつ》に過ぎるため、出来るだけかいつまんで以下に記す。ミズキは大体このようなことを述べた。

「私は自分の性癖を何度も矯正《きょうせい》しようと試みましたが、もうどうしようもないのです。ですけれども、誓って申しますが、私は一度たりとも、実際の児童にその、なんと言いますか、直接触れるような真似《まね》はしたことございません。そういうことを主題とした創作を読んだり見たりして心の中で彼らと触れ合うことしかしておりません。長い間、それは私個人の趣味でございました。

しかし、数年前、私にも同志が出来ました。皆、同じ嗜好をもつ仲間です。私たちは互いの素性も本名をも知りませんが、本当の仲間なのです。私はそこでは「お嬢さん」と名乗っておりました。小さく弱い共同体ではございましたが、私たちには我が家のようにくつろげる場所でした。この度の無残な殺人が、それを壊したのであります。

殺されたのは私たちのリーダーである苺さんです。彼女が信頼に足ると認めた者だけが入会を認められるのです。彼女だけは私たち全員の顔を知っておりました。

私たちは天使を愛し、守ることを誓いあっておりますから、犯罪をなすような者たちを一番に憎んでいるのです。ああ、天使と言うのはお察しの通り子供たちのことです。

ええ、今どきは児童の写真を持っているだけでも犯罪者扱いされてしまいますから。悪法もまた法なりとは申しますけれども、あれほどの悪法はございません。子供を隠してしまえば、子供の価値は上がってしまいます。そうなれば変質者のような者がただその価値にひかれて子供を性的に搾取するようなことが起きてしまうのです。逆に子供を露《あらわ》にしておけば、私どものように子供を性的に見る者でも、目の保養でなんとかその欲望の火を慰《なぐさ》めることも出来るものです。

児童の裸はそれはそれは美しいものです。それは自然の美なのです。新緑に萌《も》える山々を覆い隠しますか？　若々しい木々の芽吹きを、花々の受粉を、猥褻《わいせつ》と考えますか？　失礼、お話が横道にそれてしまいました。

私のお話ししたいのは、私の友人であり恩人でもある苺さんの自死が偽装されたものであるということなのです。私は確信しております。報道によりますと苺さんの遺書のようなものには、世間に対して自らの性癖を恥じ、罪悪と感じ、死ぬと書かれていたそうです。

私たちは小児性愛者です。しかし、犯罪者ではない。どうして命を絶たねばならないのでしょう。苺さんは確かに自らの性癖を恥じていたかも知れません。しかし、私たちは隠遁《いんとん》の道を選んだのです。世間にあわせて自らを変えることが出来ない以上、ただ、黙って世間から隠れて生きて行く道を選んだのです。死ぬはずがありません」

このようなことを一気に語るとミズキは、いやお嬢さんは黙りこんでしまった。

なんという恐ろしい告白であろうか。かように異常な性欲を持って生れてしまったものの悲哀がその言葉の中には滲《にじ》んでいるのである。人を愛すること、それが即ち犯罪にあたるという恐ろしい状況を想像してみて欲しい。ここに座り壁を向いている異常者、お嬢さんに対しては同情の念すら感じるのである。

宇宙船は自らの首の凝りを気にしているようで、さかんに首を回したり揉《も》んだりしている。

喫茶店の喫煙席、店内にかかるクラシック音楽の上に、来るべき夏休みをどう過ごそうかと話す三人の男子学生のくぐもった声だけが、妙に際立って聞こえる。

観葉植物を挟んだ隣の席で、頭巾を被った遠藤君枝がちびた煙草を灰皿に揉み付け、新しい煙草に火を点けた。鋭い眼光はテーブルの端に落ちている。

壁を向いたお嬢さんはそろえた膝に両手を重ねて置いている。宇宙船が口を開いた。

「犯人は事件現場に戻るものです」

「え?」

「犯人が事件現場に戻ることはすでに、沢山のテレビや映画が証明済みです。早速現場に行ってみましょう」

「え?　今からですか?」

「今からじゃないんですか?」宇宙船は言った。

観葉植物の隙間から君枝が苦々しい顔で白い煙を吐いた。

十数分後、宇宙船とお嬢さんは連れ立って歩いていた。

五反田駅から目黒駅の方へ少し行った辺りに、苺さんのマンションがあると踏んだのだ。

苺さん関連の報道でマンションの周辺が映し出された時、事件現場の周辺はモザイクで処理されていたが、この辺りに詳しい者ならば当たりはつく。

「茶色いレンガ調タイルのマンションだったんですが」お嬢さんはそう言って辺りを見回した。ラブホテルと小さな飲み屋、そして古いマンションが建っている。五反田の街には大規模な再開発の手がまだ入っていない。昔からの佇《たたず》まいを残している。目黒川沿いの谷あいにあり、どこか暗く湿った雰囲気を持っていた。そういった土地はどういうわけか猥雑になりやすい。ここも例外ではない。ただ、周りを高級住宅街に囲まれているからか、ハイソサエティな雰囲気も漂っていた。

「不思議な街ですね」

「え、何が？」

宇宙船は黙っていると美しい。しかし、大抵は何か喋っていた。喋ることで自分の価値が下がっていくことに無自覚であったから、一緒に居れば居るほど彼は安く見られていくのである。

この人はいったいどうやって数々の難事件を解決してきたのかしら。とてもそんなに凄い人物には見えないわ。お嬢さんには不思議だった。ところがその不思議さが大きくなればなるほど、逆に宇宙船の佇まいに凄みを感じるのだった。

宇宙船は自分の話をしている。本を読むのが趣味だという話をさっきから十分くらいしている。話の要点さえ判ればそれ以上は聞くに値しない情報であるから、聞き流していればいい。まだ彼と出会ったばかりのお嬢さんはすでにそのことを覚《さと》っていた。

ラブホテルとマンションの間の裏道を歩く。日が傾き出している。この人と、こういういかがわしいホテルに入ると思われたら嫌だな。そんなことを考えて、ふと見たマンションの佇まいに見覚えがあった。

「このマンション」

お嬢さんは小走りにマンションの正面に向かった。宇宙船は「え？　え？」と言いながらあとを付いてくる。昭和のかおりのするマンション。階段を数段上がったところにあるエントランスにはガラスの扉があり、その先の左手に管理人室の窓が見える。ガラス扉には新たに張られたのだろう、張り紙に手書きの大きな文字で「関係者以外立ち入り禁止」とあり、その横に少し小さな文字で「無断で立ち入られた場合は警察に通報します」と書かれている。マスコミの強引な取材などに辟易《へきえき》したのだろうか、文字は荒々しかった。その奥にはなんとも言えない薄緑っぽい色合いのエレベーターがあった。

「ここで間違いないです」お嬢さんは言った。

このマンションに苺さんが住んでいた。そして、苺さんはもう居ないのだ。理屈では判っていても、問いかければ応えてくれそうな、訪ねていけば驚きながらも笑顔で迎えてくれそうな、苺さんのイメージをかき消すことが、お嬢さんには出来なかった。

「なるほど」宇宙船は頷きながらマンションの外観を見ている。「あ、そういえば僕の本知りませんか？」突然、お嬢さんの方を見ると言った。

「え？」

「僕の本、鞄に入れたはずなんですけど、無いんです」宇宙船はお嬢さんの方を疑わしげに見る。

「知りませんか？」

「あの、それが何か大事なんですか？　今」

「ええ、だって、まだ読みかけだし、大事なんです」

「いや、その、事件と何か関わりがあるんですか？」

「ないですけど？」

あ、この人じゃ駄目だ。お嬢さんはそう思った。

「そしたらきっと喫茶店に置き忘れたんでしょう、取りに行ってください。私は苺さんの部屋にまで行ってみます」

「え、でも、関係者以外立ち入り禁止って書いてありますよ」

「あなた探偵でしょ？　立ち入り禁止だからといって、立ち入らなかったら何にも見付けられないじゃないですか？」

「そんなことないでしょう、現にこうやって被害者のマンションだって見付けたんだから」

「これは私が見付けたんです」

「わ、屁理屈《へりくつ》だ」

「どこがですか？」お嬢さんは久しぶりに大きな声を出した自らに驚き、おかげで少し冷静になった。「あの、本当にもう結構ですから、喫茶店に行って本を探してください。きっとテーブルの上か椅子の上にでも置き忘れたんですよ」

「じゃあ、一緒に行ってください」宇宙船は当たり前のようにそう言った。

さすがにもう怒るより呆《あき》れてしまってお嬢さんは、最後に宇宙船の顔を一瞥《いちべつ》すると、入り口の階段を踏みつけるように登り、玄関のガラス扉に手をかけた。

「あ」

という宇宙船の声を背中で聞いたが、無視して中に入ると、宇宙船も付いてきた。

「付いて来ないでください」

「あなただけで行かせるのは危ないから、僕が、行った方が良いから、行きます」

エントランスの右側には金属製の郵便受けが並んでいる。向かいの管理人室の窓を覗くと誰も居ない。お嬢さんは宇宙船を無視して、郵便受けを眺めた。広告の類が無造作に突っ込まれ、はみ出て陽に当たり退色している郵便受けがいくつかある、これらの部屋には入居者が居ないのだろう。それから表札がしっかり掲げられ、郵便物の管理がしっかりしているような部屋も苺さんの部屋ではないだろう。苺さんが死んでからもう二週間以上経過している。

気になる郵便受けを見付けた。表札が張ってあったであろう両面テープの破片が残り、金属製の小さな扉から複数の封書がはみ出ている。それも、よく見ると私信の類が多い。

あの事件があって、慌てて表札を取ったんじゃないかしら？　そしてこの沢山の手紙は報道を見て、憤りを感じた人々からのものでは？　お嬢さんは、部屋の番号を見た。８０３号室。もしそこが苺さんの部屋だったとして、それがなんになる。入ることなど出来ようもないし、警察が見張っているかも知れない。行ったところで意味がない。

お嬢さんも、そんなことは判っている。しかしこの衝動は最早《もはや》、事件の解決へ向けてのものではなく、苺さんへの思慕《しぼ》の表れなのであった。愛する友人への想いを誰が止められよう

ている。

ハッとして振り返ると、宇宙船が管理人室の受付窓に向かって声を出している。

「すいませーん」

「ちょっと、何してるんですか？」

「え？　管理人さんに聞こうと思って」

「何をですか？」

「いや、だから、部屋を」

「そんなの教えてくれるわけないじゃないですか？　それに、そんなことしたら怪しまれて追い出されますよ」お嬢さんが言うと、宇宙船は怒って頬を膨《ふく》らませた。なんだこの人は。怒りで無言になったお嬢さんは、エレベーターのボタンを押す。古いエレベーターはすぐに開いた。

黙って乗り込むと、ふくれっ面の宇宙船があとから付いて来た。なんなんだこの人は。宇宙船を見ないように、ただ階表示灯が一階から二階、二階から三階と、上って行くのを眺めていた。

古いエレベーターの臭いがする。初めて嗅ぐはずなのに懐かしい。苺さんも毎日、この臭いを嗅いでいたのだろうか。

そう思うと、もう二度と彼女と話せない恐ろしさがお嬢さんの身に湧き上がってきた。

苺さんは光だった。最近は苺さんの存在が当たり前になってしまって忘れていたけど、彼女が居なければ、自分はもう死んでいただろう。

苺さんに出会う以前、お嬢さんは孤独の奈落の縁に居た。そのまま落ちて行ってしまいそうだった。性癖の問題もあったが、目立つ容姿と、成人男性に対する恐怖心からか、集団の中で孤立し、排斥されることも多かった。ほとんど家から一歩も出られなくなっていた。パソコンと向かいあい、画像を漁《あさ》ったり、少年が主人公の物語を書いたりして自分を慰めていた。こんな生活を続けても意味がない、出口も見当たらない。こんなことならいつ死んでも同じなんじゃないか。前に進んでいるような感覚が全くない。停滞がいつまでも続くように感じた。お嬢さんは飛び降りる場所を探し始めた。

鳥になれるみたいで、飛び降りは少し魅力的だった。その先に待つ死は安らかに思えた。適したビルを探して東京を歩くのは少し楽しかった。かつて感じたことのない自由さを感じた。

お嬢さんの家はしつけが厳しく、とりわけ父親は厳しい人で、柱にでも縛りつけられているような暮らしを強《し》いられた。それが父親の愛ゆえであることは理解出来たが、どうしても窮屈《きゅうくつ》だった。家族で外出しても、いつも規律正しくしていないといけない。その癖は成人して親元を離れてからも抜けず、一人でいてもいつも父親に見られているような恐ろしさを感じる。一人、部屋に籠って趣味の世界に没頭している時でさえ父親の視線を感じ、常に自らの行動に言い訳していた。

それが今、死に場所を探して街を彷徨《さまよ》っていると、解き放たれたような感じがする。お嬢さんは適当なビルを見付けた。屋上には登れないが外階段の手すりを乗り越えれば身を投げられる。死ぬのに充分な高さもあった。いざ死ぬ決意をすると、なんでもやれる気がしてきた。

行きたくても行けなかったあの場所に行って見よう。どうせ死ぬんだし。

お嬢さんには憬《あこが》れの場所があった。そこはおいそれと入れる場所ではなく、いや、普通の社会生活を送っている人であればなんの問題もなく入れるはずなのだが、近年はそこに入るだけで通報されるような嫌な風潮がある。それでも女性は警戒されないものだが、お嬢さんのように邪《よこしま》な（決して犯罪的なことはないのだが、道徳的には悪とされる）気持ちを持って入るにはかなり勇気の要る場所であった。

しかし、もうどうでもいいのだ。どう思われようと、どう扱われようと良い。

そう思うと、なんだか逆に生きる気力のようなものが湧いてくるから不思議だった。

ある日曜日お嬢さんは精一杯のお洒落《しゃれ》をして、出かけた。

秋晴れの麗《うらら》かな日だった。とても良い日だった。

お嬢さんは校門をくぐった。多くの保護者がやってくる今日に限っては、それに紛れ疑われることなく、中に入れる。何からきたのか判らない恐ろしさと、夢の世界に飛び込むような興奮で、心臓はその位置がはっきりと認識出来るほど高鳴っていた。

子供の声が聞こえる。それだけで、お嬢さんは恍惚《こうこつ》を感じるのだった。

ああ、私は天の国に迷い込んだ醜《みにく》い人間なのだわ。

恐ろしさからくる焦燥と、恍惚で震える四肢をどうにか動かしながら、校庭へと続く渡り廊下を歩いた。前後には保護者であろう男女が楽しそうに話している。

これで悔いなくこの世から去ることが出来る。両親には悪いけど、最後の甘えだと思って許してもらおう。後から来て先に帰るだけのことだ。

若い女性が一人でこんなところに居たら怪しいだろう。せめて微笑んでいようと、ぎこちない笑みを浮かべる。お嬢さんは運動会の開会式が今まさに行われようとしている校庭へと向かった。

開会式から始まり、各種競技の間、お嬢さんはまさに夢見心地でそれを観賞していた。時間が進むにつれ慣れて来たのか、恍惚に警戒心を融《と》かされてしまったのか、お嬢さんは大胆になっていった。校庭では低学年の児童によるダンスが始まろうとしていた。

お嬢さんは校庭に引かれた大きな楕円《だえん》の間際まで行って、しゃがみ込んで、まるで宝石でも見つめるように、少年たちを見ている。微笑みながら。その姿は異質である。ああなんと危ない、彼女は自分が強い注目を集めていることに気付いていない。

お嬢さんの異質に気付いた保護者たちが警戒心を抱きはじめている。

「すいません、ちょっと」

そう、声をかけられて初めてお嬢さんはギョッとした。自分の過《あやま》ちに気付いた。死ぬ覚悟でやってきたのに。心は震え、恐ろしさに声も出なくなってしまった。

周りに居る保護者が自分と、自分の横に中腰で立つ女性に注目している。お嬢さんは声をかけてきた女性の顔も見られない。足元の感じだと随分、若いように見受けられる。ママさん連中がお嬢さんの異常に気付き、一番若いママを尖兵《せんぺい》としてよこしたのだろうか。お嬢さんは真っ白になっていく頭の中で、そんなことを思った。

「タケシくんのお姉さんですよね?」その女性が言った。

え? 声にならない声を頭の中に響かせる。

お嬢さんの頭に一気に色が戻ってきたかと思うと、今度は凄い速さで回転を始めた。タケシくん? 誰? どの子? この人は私を疑ってない? いや、タケシくんの姉と間違えているのだとしたら顔を見せるわけにはいかない。どう応えたら良いんだろう。周りの人が私を見ている。どうしよう。

「お久しぶりです、ちょっとあっちで話しませんか?」女性はそう言うと、優しくお嬢さんの腕を引いた。

ああ、この人は監視員で、ことを荒立てないように私を連行しに来たんだわ。そして事情を聞かれ、そのまま警察に連行されるんだ。ああ。

お嬢さんは全てを覚り観念し、女性に従ってその場を離れた。流行アニメのテーマソングが流れはじめ、子供たちの叫声と、ばたばた走る愛らしい音が遠ざかっていく。この音を聞きながら死地に向かうのであれば、それも本望だとお嬢さんは腹を括《くく》った。もう誰も、お嬢さんに注目するものはいない。その場に居るほぼ全ての人が校庭を注視している。ただ、お嬢さんとその横を歩く女性だけが、校庭の向こうの用具置き場と屋外プールとの間の、空き地のような何も無い場所に視線を送っていた。刑場に連れて行かれるような心境のはずのお嬢さんだったが、なぜか心は晴れやかであった。いつもどこかに自分は罰せられるべきだという異様な後ろめたさがあった。お嬢さんは何も悪いことをしていない。誰かを傷付けたわけではない。しかし、その性癖が世間的に悪とされていることを知っていた。

二人は歩く、運動会の喧騒が遠ざかるにつれ、それが全て絵空事だったのではないかという錯覚に陥っていく。

ああ、ついに私に罰が下る時が来たんだわ。私はこの瞬間を待っていたのかも知れない。柔らかい陽射しが、嫌に身体にまとわりつき、薄手のセーターの下の皮膚が汗で濡《ぬ》れてくるのを感じている。

「あの」お嬢さんは初めて声を出した。

「はい」一緒に歩く女性が振り返る。

「私、どうなるんでしょう？」

「え？」そう言って、女性は驚いたように少し笑う。「どうにもなりませんよ」

「え？」

「あなた、あのまま居たら危なかったわ」女性は少し真剣な顔を、お嬢さんに近づけた。

男性ほどではないにしろ、お嬢さんは普段、成人女性も恐ろしかったが、不思議なことに彼女と話すのは嫌ではなかった。

「私も同志ですよ」丸眼鏡をかけた若い女性はそう言うと、嬉しそうに微笑む。

「え？　同志？」

「あなたも天使を見に来たんでしょ？」

「天使？」

その時、悪戯《いたずら》っ子のように微笑んでお嬢さんを死の縁から救ったその女性こそ、苺さんなのだった。


苺さんの誘いにより居場所を見付けたお嬢さんは、徐々に「死にたくない」という感覚を取り戻した。そしてせめて白髪が生えるまで生きようと決心したのだ。あの時、苺さんと出会っていなかったら、お嬢さんはここには居なかっただろう。その苺さんが殺された。

そして、お嬢さんは苺さんの暮らした場所に今、向かっているのである。

八階に達すると、エレベーターの扉が開いた。六月の濡れた暑い空気が入り込んでくる。

「さ、僕に付いてきて」宇宙船がしゃかりきにエレベーターを降り、前を歩く。屋外に面した廊下の終わり、手すりの向こうにまた別のビルが見える。ビルの中では人々がデスクに向かっている。

残業かな。

夕日の赤々と照らすビルの肌を見ていると、自分がここに居ることが不思議でならなかった。

「ここだ」宇宙船は表札を見て立ち止まると、お嬢さんの方を振り返る。「どう？」

「え？」

「どう思う？」

「え？」

「何か手がかりになるものある？」

「え？」

お嬢さんが聞き返すと、宇宙船は黙ってしまい、左手の親指の爪を甘噛み始めた。

何の変哲もない扉。古いマンションにありがちな金属製の重そうな扉は、濃いグリーンに塗られている。表札はかかっていない。最近外されたのだろうか、四角い跡が残っている。

お嬢さんはここが苺さんの部屋だと確信した。と言って、花の一本でも手向ければいいのか。

そんなことはしたくなかった。神も仏も信じていない。苺さんの無念を晴らしたいだけだ。この人に頼ったのが間違いだった。だからと言って他に手もない。あの日以来、同志たちとは連絡が取れなくなった。みんな恐くなったのだろう。連絡先を消した。もしマスコミにでも自分たちの存在を知られてしまったら社会生活を送れなくなる。

お嬢さんだけだった。犯人を見付け罪を償《つぐな》わせたい。どうして苺さんは殺されなければいけなかったのか、その真相が知りたい。

「さ、もう行きましょう」宇宙船は飽きてきたのか、そんなことを言う。

「私は、もう少しここに居ます」

「え、なんでですか?」

「犯人が現れるかも知れないでしょ?」

「え、そんな都合よく、こんなところに来るわけないじゃないですか?」バカにするような笑いを隠そうともせず、宇宙船は言う。

「もう、あなたには頼りません。どうぞ喫茶店に行って忘れ物の本でもお探しになったらいいでしょう」

宇宙船はなぜかはにかみ、頭をゆっくり回すような仕草をした。怒りを覚える。その刹那、視界の端に人影が現れた。女性か？　お嬢さんが驚くのも束《つか》の間《ま》、

「米平《こめひら》少年、後ろ」女性の声が響く。

ハッとしてお嬢さんは後ろを振り返る。宇宙船も少し遅れて後ろを見た。手すりの向こうにビルが見える。ただその中空に、蛇のような、龍の尾のような帯状のものがすっと横切って消えたように見えた、目を凝らす。と、一人の小柄な女性が近くに走り来る。思わず後ずさるお嬢さんを突き飛ばしそうな勢いで、女性は手すりに摑まり、身体を思い切り外に乗り出させた。

危ない。

ほとんど落ちそうな体勢で女性は上の方を見ているらしかった。どうして「上を見ている」と断言出来なかったのか？　彼女は頭巾で頭を隠しているのだった。

喫茶店にいたあの女だわ。お嬢さんがそう思っていると、「先生」と、宇宙船が大きな声を出した。

「畜生《ちくしょう》、見逃したわ」先生と呼ばれたその頭巾の女は悪態をつきながら、ぴょんと跳ねるようにして地に足をついた。「マンションの壁に登って何者かがあなたたちを見ていたの」女は宇宙船に向かって言った。

「先生、聞こえたんですか？」宇宙船はお嬢さんを間に挟んで、女に訊《たず》ねる。

聞こえた？　どういうことかしら。

「ええ」女は頭巾の顎紐《あごひも》を結びなおしながら答えると素早くポケットから煙草を出して火を点け、「だけど正体は見えなかった」悔しそうに外を見た。

日は沈み辺りは暗くなってきている。ビルの明りが女の顔に影を作っていた。

「いったい誰なんですか？」宇宙船は女に訊ねる。

「さあね。でも、あなたのことを監視していたんだわ」

お嬢さんは急に話を振られて驚いた。それを見て女は少し笑って、付け加える。

「ああ失礼、初めまして、遠藤君枝と申します」

お嬢さんは事態が飲み込めず、ただ黙っているしか出来ない。

「喫茶店で隣の席に居たの知ってたでしょ？」

君枝がそう言うのに、小さく頷くことで精一杯だった。

「先生、追わなくて良いのですか？」

「無茶おっしゃい、相手はビルの壁を登るような怪人物よ。どうやって追えば良いの」

「しかし」宇宙船は悔しそうに膝を叩いた。その仕草は非常に嘘臭く見えた。

「少年、あたしは善良な宇宙人の関与を予感しているわ」

「なんですって」宇宙船は大袈裟にかぶりを振って、そう言ったあと、チラッとお嬢さんを見た。自分のカッコイイ仕草をお嬢さんが見ていたかどうか確認するためである。

「あの」お嬢さんが口を開く。

「なんざんしょう？」

君枝は最近気にいっている言い方で応えた。お嬢さんは、あえて触れずに話を進める。

「あなたは？　なんなんですか？」

「ああ、そうか」君枝は面倒臭そうに宇宙船の方をちらりと見てから言った。

「あたしが宇宙船です、この名前、気にいってないのですが、皆がそう呼ぶものですから」

「え？」お嬢さんは、宇宙船だと思っていた男の方を見た。

「はっはっは、騙《だま》されましたな」

イラッとした。

「彼は助手の米平少年です」

「改めまして、米平少年です」

「え？」

長身の美青年米平と、頭巾を被った背の低い女。

マンションの廊下を照らす白い明りと、微かに残った空の青みとビルの明りが、対照的な二人の人物を怪しく照らしだしていた。

第五話　ついに動き出す！

「事態は急を要します」

異常探偵・宇宙船こと遠藤君枝は厳《おごそ》かに言った。

会社帰りの人々や学生が無為な時間を潰すいつもの喫茶店。その喫煙席の奥にある観葉植物に隠されたソファ席。君枝はそこを探偵事務所として使っているのだ。

君枝の隣に座った米平少年は、少年と呼ばれているが今年で三十歳になる立派な青年であるからややこしいのだが、右手で左手の親指の付け根をつねりながら、観葉植物の植わった鉢植えの土をじっと見ている。

お嬢さんは二人と向かい合うように座り、君枝の胸の辺りに焦点を合わせ、なんとなく全身を見ていた。それはお嬢さんが人を見る時の癖だ。

君枝は頭巾の中に手を突っ込んで頭を掻《か》きながら言った。

「犯人に心当たりはありますか？」

お嬢さんには全く心当たりがなかった。なかったからこそ、こんな怪しい探偵に依頼をしなくてはならなかったのだ。そう思うと、頭にきた。

「あの、あなたは何故《なぜ》、私を騙したのですか？　何故、すぐに自分が宇宙船だと名乗らなかったのですか？」

「それには二つの理由があります。一つはあなたを試すため、もしかしたらあたしをどうにかしてやろうと思っている人物かも知れませんしね。そしてもう一つは、あなたと米平少年を泳がせて、犯人の尻尾を摑みたかったから。もっとも、米平少年の独断専行で台無しになりましたがね」

「えへへ」と、米平は笑う。

「ではいったい、私を監視している犯人って誰なんです？　苺さん殺しの犯人なんですか？」

「その可能性が高いでしょうね。犯人は何らかの理由であなたのことも狙っているのかも知れない」

「いったいなぜ？」

「それはまだ判りません、もう一度あなたの知っている全てをお話しいただけますか？」

宇宙船はコーヒーを舐めるように飲むと、お嬢さんの顔を見た。

「では、あらぬ方向を向きながら話すことをお許しいただけますか？」お嬢さんは、そう言うと、宇宙船と米平少年が視界に入らないように顔を背け、一から事と次第を話し始めた。

それは読者諸氏がほとんど知っている情報であるから割愛するが、お嬢さんの同志に関することの中に、皆さんが知らないことも含まれていたのでそこだけ記しておく。

同志は苺さん、お嬢さんも含め五人。残りはzizi、運動靴、目玉、の三人だ。

中でもziziと苺さんの付き合いは古い。お嬢さんはziziについてそれが何者か全く知らない。女性であること、それから性的な嗜好が他の同志より直接的であることくらいしか知らない。運動靴と苺さんは、お嬢さんと同じように運動会で出会った。運動靴は四十代後半の女性で、入退院を繰り返しているが、豊かな生活をしており、児童の運動靴に強い関心を示す。お嬢さんの推測では資産家の娘か何かであろうという。目玉が一番、苺さんとの付き合いが浅く、それでも出会いから一年ほど経つ。少年の目が好きで、都内で働いている。三十代後半の女性で一度結婚を経験し、今は一人暮らしらしい。

全てを聞き終えた宇宙船はコップに入った水を一気に飲み干した。ふーと、息を吐き、一瞬自分の斜め上を睨《にら》むように見て、壁の方を向いているお嬢さんに視線を移す。

「あなたたちに強い関心を持つ者の犯行に違いないわ」そう言うと煙草に火を点ける。

お嬢さんは慌てて頭巾の女の方を見たが、目が合うと恐くなったのかまた別の方を見る。

「でも、私たちのことを知っている人なんていないはずです」

「お嬢さん、現に苺さんは殺され、そしてあなたも監視されていたのですよ」宇宙船は警告するような口調になる。「お茶会の他のメンバーとの連絡は取っていますか？」

「いいえ、事件後はぱったりと連絡が途絶えました」

「そう、もしかすると、もう何人かは殺されている可能性もあるわ」

「馬鹿な、だとしたら、報道されるはずです」

「いいえ、自殺として処理されたとすれば、報道されることもないでしょう。苺さんの時が例外なのです。連絡を取る努力は続けてください。徒労に終わる可能性は高いですが」

「そんな」お嬢さんは、宇宙船の発言を信じられはしなかったが、それを否定するための強い根拠も見付けられず、押し黙ってしまった。

宇宙船が煙草の煙をゆっくりと吐き出す。

「じゃあ先生、あの時僕らをつけていた男というのが犯人なのですか？」

「その可能性は高いわね」

「でも、あの」お嬢さんは勇気を出して口を開いた。「誰もその男を見ていないのですよね？私を監視していたという男を」

「ええ、そうです」宇宙船は事も無げに応える。

お嬢さんは少し驚いた。

「見たこともない人間をどうして犯人扱い出来るんです？」

「犯人ていうものは姿を見せないものなのですよ」

「そうかも知れませんが、今回の場合、その存在自体まだ誰も証明出来て無いではないですか？」

「どういう意味ですか？」

宇宙船の言葉には怒気が含まれているような気がして、お嬢さんは少しひるんだが、いつものお嬢さんではなかった。友人の無念を晴らしたいという意志が、彼女を強気にさせていた。

「つまりです、あなたが嘘を言って私を騙しているかも知れないということです」

「なるほど」宇宙船は感心したように頷く。

「おい君、先生に向かってなんてことを言うんだ」米平が口を開く。

「少年、黙って」

「しかし先生」

「お嬢さん、あなたのおっしゃることはもっともです。確かに、あたし以外その男の存在に気付いていない現時点では、あたしが何らかの目的で嘘を言っている可能性がある」そこまで言うと君枝はお嬢さんを見た。

お嬢さんは横目でちらりと宇宙船を見て、小さく疑《うたぐ》り深く頷いた。

「でも、なんのために？　いったい何が目的であたしは嘘をついたんですか？」宇宙船は挑発するように言う。

「お金ですか？」

「あたしの仕事は成功報酬です。依頼をこなせなかった時、この場合は犯人を見付けられなかった場合ですが、経費を請求することはあっても、報酬はいただきません」

「何故です？」

「何故って？　それは今、関係がないでしょう。お金が目的で無いとしたら、何故あたしはあなたを騙すのですか？」

「そんなこと判りません、でも、あの場に居て、そんな男がビルの壁に張り付いて私たちを監視していたなんてにわかには信じられないのです。全く気配を感じさせずそんなことをするなんて」お嬢さんはそこまで言うと、膝の上に置いた自分の手を見つめている。

宇宙船は硬い表情で、しばらくそんなお嬢さんを観察していたが、頬を緩《ゆる》めると、最近気に入っている言い回しで言った。

「ようござんす」

お嬢さんと米平は反射的に宇宙船を見る。

「近いうちに、奴の正体を暴《あば》き、あなたにお見せしますわ」そう言うと、宇宙船は席を立った。米平も釣られて席を立つ。

「あ」お嬢さんはなんだか、心残りがあるような気持ちがして、声を出した。

宇宙船はそれには反応せず、水色の薄手のカーディガンを羽織りながら言った。

「進展があったらこちらから連絡します。それからあの掲示板は使わないでちょうだい。見張られているの。じゃあ、また」そう言うと、コーヒーカップとお水のコップを載せたお盆を持って、返却口に返し、頭巾の女はそのまま出て行ってしまった。

「やっぱり先生はイカしてるや。お嬢さん、安心してくださいね。ああ、そうだ住所と電話番号を教えておいてくださいな。僕は先生の助手の米平少年です」

「ええ、知ってます」お嬢さんは、その場に残った米平が今さらそんなことを言うのに、靴を見ながら応えた。バレエシューズのような形の赤い革の靴は綺麗に磨かれている。

頭巾を被っているので目立つ。この街に住む人は、誰ともなく「頭巾の人」と呼んでいる。街で有名な変わり者である。彼女の素性を知っている人も少なからず居た。しかし、彼女があの高名な異常探偵、宇宙船であることを知っている人は意外なほど少ない。

こうしてスーパーのレジに立って、右の籠から商品をとり上げバーコードをスキャンし、左の籠に移し、会計を客に伝え金を受け取り、釣を返し、微笑んで「ありがとうございました。またの御来店お待ちしております」と繰り返す遠藤君枝は、頭巾を被っている以外は全く平凡な女性に見える。

＊

君枝は仕事の休憩時間をほとんど喫煙所で過ごす。

スーパーは地下一階にあり、喫煙所は一階の搬入口の近く、駐車スペースの脇の半分野外のような所で、コンクリに囲まれた殺風景な場所だ。

君枝はいつものようにスカートのポケットを探りながら喫煙所への通路を歩く。

お嬢さんに、彼女を付け狙う悪漢の正体を暴くと豪語した宇宙船だったが、本当に勝算はあるのだろうか？　七月になっていた。お嬢さんと会ってから、一ヶ月近くが経過しようとしていた。梅雨明けの宣言はまだ聞かれないものの、夏は着実に近くまで来ている。

ポケットの中の煙草の箱を弄びながら歩く宇宙船の顔からは、厳しさだけが滲んでいた。今回の事件に気味の悪さを感じている。これはただの殺人事件ではない。もっと不気味なものがその背景にある。ぼんやりとした霧に何ものかの形を見るように、目の前よりももっと遠くを見て歩く。

　この女の顔は涼しげだ。細く切れ長の目は、右目の下のホクロと相まって色気があり、ほっそりした輪郭に控えめな唇が調和を与えている。群を抜く美人とは言い難いが、どことなく高貴な美しさを持っている。その顔が苦く歪んでいる。

　事件のことを考えているのだ。

　大きなガラスがはめ込まれた扉が見える。向こうには喫煙所があり、そこにはいつもの面子《メンツ》が煙草を吸っている。彼らの様子が普段と違うことにいち早く気付いた君枝の思考は事件のことから一気に日常の些事《さじ》に移った。喫煙所に笑顔があったのだ。

　扉を開けると五十過ぎの警備員、村田《むらた》が満面の笑みで振り返り、来たのが君枝だと気付いて、少し恥ずかしそうに笑みを抑えた。

　そこには君枝を除いて三人の男女が居たが、その中の一人を見て、今の状況に合点がいった。

　確か上田真那子だったかしら。二週間ほど前にレジ打ちのパートに加わった女。ここ数日、喫茶店で本を読む姿をよく見かける。

　上品に煙草を右手に持った真那子に軽く会釈した。

「あら君枝さん」真那子はそう言って、人懐っこい笑顔を向ける。

　君枝はひきつった笑顔を返した。こんな無警戒の笑顔を向けられるほどの仲じゃない。同じレジ打ち同士、仕事のことで会話を交わすことはあったが、込み入った話をしたこともない。年齢は近いが、君枝は職場で孤立していた。

煙草に火を点ける。吸い込んだ。

村田は嬉しそうに真那子に話しかけている。自慢話だ。自分は昔、プロ野球の選手になりそこねたという話をしている。ふん、初耳だわね。総務の海老原佐和子《えびはらさわこ》も、村田の話を聞きながら笑っている。しかし、君枝の目には彼女がどこか不満げに映った。きっと村田が真那子に対してあまりにも相好《そうごう》を崩しているのが気に入らないんだわ。バカバカしい。

君枝は思って、再び事件のことについて考えをめぐらし始めた。

苺さんの死が、殺人であることに疑いの余地はない。警察は自殺と発表しているが、彼らもこれが殺人であると気付いているはずだ。自殺として処理したのは、これが犯人の挙がらないタイプの殺人であると踏んでいるからに違いない。さらに言えば、大衆は犯人の検挙を望まない。苺さんのような性癖の持ち主は大衆にとって敵であるのだ。犯人を捕まえても意味がない。

お茶会について、Cに詳しく調べさせる必要があるわね。宇宙船は、突然大きな笑い声を上げた村田を憎々しげに睨んで、煙草をもみ消し、次の煙草に火を点ける。

この事件の裏には善良な宇宙人が潜んでいる可能性があるわ。

「善良な宇宙人」とはいったいなんなのだ？　読者諸君の好奇心がそう訊ねているのは判る。しかし、善良な宇宙人の正体について知っている者は少ないのだ。唯一、宇宙船だけが彼らを知覚することが出来る。従って筆者もそれを皆様に説明する術《すべ》を持たない。ただ、物語が進むにつれ、そのおぼろげな正体が少しずつ見えてくるということだけはお約束しよう。

　宇宙船の沈思を打ち破ったのは真那子だった。

「何を考えているんですか？」

　いつの間にか村田も海老原も居なかった。宇宙船は狼狽《ろうばい》を覚られまいと努めて平静に応える。

「今日の夕飯のこと」

　真那子は丸い目を見開いて「判ります」という顔をしてから、少し笑った。

「何にするんです？」

「さあ、ソーメンか何かにしようかしら」

「あら、良いですね」

「あなた、上田さん？」

「ええ」

「煙草なんて吸ってらした？　喫茶店でお見かけした時は、確か」

「似合ってないかしら？」

「そうね、似合わないこともないけど、少し意外だったから」

「夫と別れてから、始めたんです」

「そう」君枝はそう言って次の煙草を咥《くわ》えた。

君枝もまた、ある別離をきっかけに煙草を吸い始めたのだった。なんとなく真那子に親しみを覚え、彼女の差し出した火に顔を近づけた。


宇宙船は走るように歩く。

線路の高架下に至ると立ち止まり、クリーム色に塗られた壁に背中を預けた。駐輪場に自転車が満ちている。仕事を終え有楽街や川向こうの繁華場に酒を求める人々、すでにほろ酔いの人も居る。駅に向かう人々が赤信号にせき止められ、大きな塊《かたまり》になっている。

パチンコ屋のけたたましい呼び込み声の陰から、囁くような、呟くような声が聞こえる。いったいどこから聞こえてくるのだろうか？

壁にもたれ煙草に火を点ける宇宙船の隣に不思議な建造物がある。高さ一メートルほどの透明の小さな天球。それは五本のビニール傘を並べて作られている。天球の中には白い花が敷き詰められているが、よく見ると花はちり紙を丸めただけのものなのだ。ちり紙の花の中央に黒い小柄な老人が座っているのが見える。老人のズボンは股のところが全てほつれてスカートのようになっていた。

声はそこから聞こえてくる。

人は彼のことを「直角仙人《ちょっかくせんにん》」と呼び、彼のことを古くから知る者は「不老者《ふろうしゃ》」とも呼ぶ。歩いている姿を見れば、なぜ彼が直角仙人と呼ばれるか判るだろう。彼は腰を九〇度に曲げ、歩く。実際彼には地面しか見えていないのだ。前も上も見えない。ただ地面だけだ。彼はここら辺りの全ての地面の表情を知っていた。微かな路面の差異を読み取り、周りを見ることなく自分がどこに居るか察することが出来る。

ではなぜ「不老者」とも呼ばれるのだろうか。ちり紙で鼻の脂《あぶら》を拭きながら何事か呟いている。起きている間は常に言葉を発しており、それは単語の不規則な羅列《られつ》で、一つの意味のある塊、つまり文章として意味を成していないように聞こえる。彼と会話を交わすことは不可能なのだろうか。

「人が死んだのよ、知ってる？」

宇宙船はぎっしりと並ぶ自転車越しに桜田通りを眺めながら言う。次の煙草に火を点ける。そして固く結ばれた顎紐を緩め、頭巾を脱いだ。一つに纏《まと》められた長い髪が露になる。

不老者は何事かブツブツと喋り続ける。意味のない言葉の羅列。

しかし宇宙船には彼の発する声に幾つかの種類が存在することが判る。速さや、大きさが違う。その中の一種類だけを拾って聞くと、言葉のノイズの中に、しっかりと意味の判る文章が混じっている。

「人は死ぬよ」不老者はノイズの中からそう言った。

「ええ。でも殺されたの。ただ死ぬのとは違うわ」

宇宙船は不老者の吐く無数の言葉の羅列から、彼の意思のこもった言葉だけ抜き取って聞く。

「ああ、苺さんのことか」

「知ってるの？」

「聞いた話だがね」不老者はちり紙で黙々と鼻の脂を拭っている。宇宙船の方を見もしない。

突然、奇声を上げたが、それもただのノイズなのだ。彼の感情と直結しているわけではない。

実際、ビニール傘のドームの中から、不老者は嬉しそうだった。その声が。言葉の雑音の中に混じる不老者の肉声だけが。

「宇宙船」

「なに？」

「私は全てを知っている、同時に何も知らないのだよ」

「そう」宇宙船は不老者の謎かけのような言葉を、受け流す。「あたしが知りたいのは、殺人犯の情報よ」そう続けた。

また信号が変わる。二人は高架下の壁を背に、人の流れを見ている。

「私が知っているのは、彼らが知っていることだけだよ」

駅へ向かう人々、その話し声を、その言葉を、不老者は全て聞いているのだ。その耳で。

「彼ら全ての声を私は知っているが、彼ら以上のことを私は知らない」

「知ってるわ、そんなこと」

「宇宙船、私とお前は似ている。お前もいつか壊れるぞ」

「それも知ってるわ」

不老者は二十年以上ここに居る。人によっては三十年前から居たとも言う。そして、最初から彼は老人だったのだ。そんな男と、宇宙船のどこが似ているのだろうか？

「頭巾を脱ぐな宇宙船、私のようになるぞ。私も脳に受信機を埋め込まれているのだ」

宇宙船はそれを無視する。

「相談者を監視している者が居るの、姿は見えないけど」宇宙船はゆっくり静かに言った。

「姿は見えない、それは本当に存在しているのかね」

「ええ、存在しているわ」

「お前さんは空気ゴキブリを知ってるかい？」

「空気ゴキブリ？　それがお嬢さんを監視している者の名前なの？」

「さあね。奴は空気で出来たゴキブリさ、だから存在していても姿が見えないのかも知れないよ」

宇宙船は壁で煙草をもみ消すと、吸殻をカーディガンのポケットに捻り込む。次の煙草に火を点けた。

「ありがとう、探してみるわ」

「毛布をくれ。去年の冬にとられてしまったんだ」

「タオルケットだったらあまってるわ、娘が昔使ってたの」

宇宙船は頭巾を被り紐を結びなおすと、壁を蹴って走るように歩き出した。梅雨の終わりの湿った空気が宇宙船の頭巾の隙間に入り込む。

無尽蔵にも思える人の群が駅に向かって歩くのを、遡《さかのぼ》るように、宇宙船は歩いた。

古いマンションである。何度か建て替えの話が持ち上がったが、住民たちの意見が合わず話は立ち消えていた。ほとんどの住民は老人で、遠藤家は若い方であった。それでも結婚からすでに二十年近く経っていた。夫の雅春《まさはる》は、長年勤めた企業を辞め、今は小さな会社で働いていた。そこでも重要な役職を任されていて、遅く帰ることも多い。会社でのストレスは想像の通りだが、それ以上に家庭のことに心を痛めていた。

妻の君枝のことだ。

常識から考えれば別れた方がいいのだろう。しかし、雅春もまた傷付いていた。分かち合えるのは妻の君枝しか居ない。もちろん彼女を一人にするわけにはいかないという責任感のようなものもあっただろう。それを愛と呼ぶのはあまりにも虚《むな》しかった、哀れだった。

彼は、帰宅し玄関の扉を開ける前に感じる陰鬱《いんうつ》な気持ちにも慣れてしまった。人間は慣れるのだ。過酷な環境にも順応して生きて行く。

「ただいま」

靴を脱ぎながら短い廊下の突き当たりの、扉の向こうの居間に向かって声をかけた。煙草の臭いがする。扉の向こうに君枝が居るのだろう。君枝は常に煙草を吸っている。前の煙草に火が点いているうちに、次の煙草に火を点けるようなこともある。雅春は吸わない。

廊下の右手には風呂とトイレ、和室、左手の二つの扉はそれぞれ六畳と四畳半の洋室に続く。廊下奥の扉を開けると居間とキッチンがある。

壁紙の黄色く変色する前はどんな白だったろうか。天井付近はとくに酷く飴色《あめいろ》になっている。革靴をきっちりそろえて置いて、雅春は居間へと続く扉の前で立ち止まる。それは毎回の儀式のようになっていた。気持ちを落ち着け、顔を両手で覆う。顔の筋肉が凝り固まっていないか確かめ、掌から熱を伝えて表情を和らげるように努めるのだ。

居間に入ると、食卓の椅子に君枝は膝を抱えるようにして座っていた。頭巾を被り、目は一点を見つめ、唇の端に引っかかっている煙草を器用に吸って、せわしなく煙を吐き出している。

君枝が頭巾を外すのは入浴の時だけだろう。ことによると風呂にも被ったまま入っているのかも知れない。とにかく雅春は彼女が頭巾を外した姿を十年近く見ていない。

「どうしたの？」言ってみて、雅春は何が聞きたいのか自分でも判らなかった。

君枝は眼球だけを動かして雅春を一瞬見た。それが答えだ。「あたしにかまわないで」言外にそう伝わる。雅春は大きなため息をついて、自分がため息をついたことに気付いた。駄目だ。こんなんじゃ。「着替えてくる」雅春はトイレの隣の和室に入って行った。

奥の洋室は君枝が使っている。もう一つの洋室はこの十年、誰も立ち入っていない。そこは彼らの一人娘の部屋になるはずだった。

雅春は煙草の臭いのする居間に戻って、君枝の前に座った。君枝は机の端をじっと見ている。雅春の方を見ようともしない。「今日ね、会社でさ」雅春は今日考えたこと、起こったことを、ゆっくり話す。それが日課だ。話すことなんて仕事のことしかない。その日、考えたことを話そうにも、それほど毎日違うことを考えるわけでもない。それでも話しかけないといけない。そうしないと、この人は完全におかしくなってしまう。雅春は祈るように話しかける。

君枝は一点を見つめ煙草をふかしている。妻の目を見る。雅春を無視すらしていない目。この瞳に火が灯《とも》ったのを見たのはいったいどれほど昔のことか。妻はどこか遠くに行ってしまって、ここにあるのはその抜け殻なのかも知れない。君枝が立ち上がる。雅春は咄嗟《とっさ》に手を伸ばし、君枝の手をとった。

その刹那、君枝の表情が大きく変わり、悲鳴が聞こえてきそうに歪んだ。取り返しのつかないことでもしたかのような恐ろしさに雅春は慌てて手を離す。君枝は雅春を睨んでいる。

「ごめん」

謝る雅春を君枝は鬼の形相で睨み続ける。

「あたしの夫を返して」君枝は自らの夫に対して鋭く叫んだ。

＊

時刻は十七時を回っていたが、夏の陽射しはまだ弱まる様子を見せない。蒸し蒸しする都会の街にウグイスの鳴き声が響く。おや、こんな所にもウグイスが住んでいるのか、と足を止める人は居ない。人々はただ、哀れむような、蔑《さげす》むような視線を向け、あとは何事もなかったかのように通り過ぎるだけだ。

ウグイスの声の主は米平少年である。

竹で出来た笛を吹いている。それはウグイスの形を模した玩具《おもちゃ》の笛で、熱海《あたみ》の土産物屋で買った中国製のものだ。一時期熱心に練習したおかげで一応、誰が聞いてもウグイスの声をやりたいんだろうな、ということは判る。しかし本物と聞き紛《まご》う人は、本物のウグイスの声を聞いたことのない人だけだろう。

米平少年は、米平を少年と呼ぶのはほとんど宇宙船と米平本人だけだが、宇宙船の右腕だ。宇宙船の仕事に付き合えるほど暇で、純粋で、お金に余裕のある人物は彼くらいしかいない。

今日着ている服もなんだか安っぽく見えるが有名な海外ブランドのものだった。米平は見た目は麗《うるわ》しい青年だから、何を着ても似合いそうなものだが、どこか垢抜《あか》けない。多分、服のサイズが身体に合っていないからだろう。

もう一度、大きめにウグイス笛を吹いた。線路を守るフェンスの向こうの茂みに向かって。線路は高い位置にある。山手線の駅の中でもこの辺りの土地は低いところにあるのだ。フェンスと線路の間の斜面は茂みになっている。そこに大きな金属性の箱が立っている。電気を司る機械のようで、そこから電線が地中に潜っているのが見える。

米平がもう一度笛を吹こうと、口に咥えた時、茂みがガサガサと静かに鳴った。大きな金属性の箱の向こうから、何か動物の姿が見えた。濃い灰色の塊が四足でのっそりと現れる。大きな動物。それは異様な光景だった。都会のど真ん中で、線路を背景にして、灰色の動物の影がのそのそと茂みを移動している。

いや、よく見るとそれは四つん這いになって歩く人なのであった。

「おいB、僕のウグイス笛を聞いたら飛んで出てくるように言ってあるだろう」

米平少年はフェンスの向こうの人影に向かって、変に高圧的な声を上げる。しかし、そこに威厳はなく、どことなく腰の引けたヒステリックな虚勢のようなものが見える。

「Aはどうした?」

A、Bとは、名のようで、そこの茂みの中に溶け込むように胡坐をかいている少年はBらしい。

「Aなら狩りに出てるよ」Bは米平の目をじっと見つめて言った。

「あ、狩りに出てるの?」米平はBのその目に少し気圧《けお》され、それを隠すために強気になったのが誰の目にも明らかなのに、言葉を続けた。「なんだよ、だいたいこの時間には来ることが多いから、狩りに行かないでここに待機って言ってあっただろ」

「だから待機してたじゃないか」顔中が真っ黒で髪の毛もボサボサの伸び放題であるから判り辛《づら》いが、米平よりも明らかに年下であろうBは静かにそう言った。

「うん、だから別に怒ってないけど」米平はそう言うと、ウグイス笛を大事そうに小さなポシェットにしまった。

「なんの用?」とB。

「先生が米平少年探偵団を集めろって」

「判った、どこに行けば良い？　Aを連れて行く」

「坂の公園に十八時半。僕はCのところに行ってみる」米平がそう言うと、Bは「Cの奴来やしないよ」と呟いて、茂みの中に消えた。

米平の言う米平少年探偵団とはなんなのだろうか？　そしてAやB、Cとはいったい。

第六話　米平少年探偵団の活躍

少女が、弟だろうか?小さな少年を連れ今にも歩きだしそうな姿勢で立っている。その肩には鳩《はと》が乗っている。この少女と少年の銅像は入り口の脇に設置されており、少女の視線の先には小さな男女兼用の公衆便所がある。ここは五反田駅近く、高級住宅街にある小山の麓《ふもと》の公園だ。

宇宙船たちが坂の公園と呼ぶ場所である。急な細い坂の途中にある公園。薄く砂利の敷き詰められた地面に子供たちが爪先《つまさき》で書いた幾つかの円が見える。

坂道と公園を隔てる木々はまばらだが、道から公園を窺うのには少し難儀する。坂を削《けず》って平らにした場所にあるため、公園の端が崖《がけ》のように切り立っていて、その上に道があるのだ。崖の下に幾つかのベンチがある。遊具は鉄棒しか見当たらない。

日曜日などは親子連れもやってくるが、平日は昼食をとるサラリーマンやOLのための場所になっている。十三時を過ぎるとほとんど利用する者も居ない。宇宙船は一番奥のベンチに座って煙草を吸っている。

ベンチの裏には茂みがあり、その奥に現れた黒い塊に気付く人は少ないだろう。Bだ。

「先生、来ました」

「Aは今、こちらに向かっているはずです。狩りのあと鳩送りの儀式を済ませてから来るので」

「ええ」

「Aならもう着くわ」宇宙船が言うと、それに応えるように、公衆便所の陰から獣《けもの》が飛び出した。四足の獣は宇宙船の方に向かって走る。数メートルにまで近づいた時、スッと二本の足で立ち上がった。Aだ。Bより少し小さい体軀《たいく》。

「遅くなりました。狩りに出ていたので」Aは高く綺麗な声でそう言った。

「問題ないわ。米平少年は？」

「Cのところに行くと言っていました」BがAの代わりに答える。

「Cは来ないでしょう、もし仮に米平少年がCに会えたとしても」

Aは、宇宙船の言葉を聞きながら彼女の脇を抜けて後ろの茂みに飛び込んでBと並んだ。AとBには国籍も家族も無い。彼らは鳩を狩って暮らしている。Aは東南アジアの血が入っているように見える。Bの肌は暗く、アフリカ系の血が微かに入っているようである。宇宙船は二人を見た。まだあどけなさが残る二人の顔には、無数の細かい傷と、根深い汚れがこびり付いている。

「ある女性を見張ってもらいたいの」

「その人が何かしたんですか？」とA。

「いいえ、彼女を付けねらってる者が居るのよ」

「そんなのわざわざ俺らが行かなくても」とB。

Aは B をたしなめるように睨んだ。

「あなたたち、姿の見えない者をどうやって見る?」

「姿の見えない者をですか?」Bは興味が湧いてきたのか、茂みを出て宇宙船の座るベンチの背もたれに隠れるように寄り添った。

「そう、相手は空気ゴキブリと呼ばれる怪人物です」

「空気ゴキブリ」

「そいつを捕まえるのが今回の依頼ですね?」AもBの隣に来て言った。

「いいえ、今回の事件は殺人よ」

AとBは顔を見合わせた。

「殺人?」やっとのことでAが口を開いたその時。

「なんで先に来てるんだよ、ずるいぞ」公園の入り口辺りから米平少年の声がした。

「先生、Cの奴、家にも仕事場にも居ません」走ってきて言う。

「大方、居留守でも使っているんでしょ」

*

鳩狩りたちにお嬢さんの近辺を見張らせてから一週間が経った。主だった成果は上がってこない。ＡとＢは、怪しい人影の一つも見えなかったと言う。

ＡとＢはこの都会にあって、ほとんど姿を見せることなく、鳩を狩って暮らしている。彼らは自分たちのことを「鳩狩り」と呼ぶ、宇宙船も彼らの意思を尊重し、そう呼んでいるのだった。

都会の便利な生活に慣れきった我々とは違い、彼らは東京にあって本物の野性を持った数少ない人間だ。狩人《かりゅうど》が森を知るように、鳩狩りもまた都会を知っている。都会の街は彼らの遊び場であり、狩場であり、家なのだ。狩人に隠れて森を行くのは難しい。いかな怪人・空気ゴキブリだろうと、彼らの目を盗んでお嬢さんに近づくのは不可能なはずだ。宇宙船はＡとＢに見張りの延長を命じた。宇宙船には確実に誰かがお嬢さんに接触してくるという確かな予感があった。たまたまこの一週間、何もしてこなかっただけで必ずやってくる。

しかし、ほんとうにたまたまなのか？　相手がＡとＢの存在に気付き静観していたとしたら。二人にとってこれは屈辱である。先に向こうに気取《けど》られたことになるからだ。さらには、ＡとＢの存在に気付いた上でそれをしのぎ、秘密裏にお嬢さんに近づいている可能性。これもある。二人にとってこれほどの恥辱はなかった。

彼らはある事件を機に宇宙船に忠誠を誓った。宇宙船は恩人であり母のような存在だった。米平少年率いる少年探偵団への入団は渋々であったが、宇宙船の判断であったから従った。そして、こと見張りにかけては誰よりも秀でている自信があった。何度も言うが彼らは狩人なのだ。忘れがちだが二人ともまだ十代前半である。正確な年齢は判らない。多分そのくらいだろう。自分たちの得意分野で負けることが、受け入れられない年頃である。AとBは小学校の裏山にある秘密の石室に貯蔵してあった鳩の干し肉を引っ張りだしてきた。狩りを休み、二人かかりきりで見張ることにした。マンションのゴミ集積所の上にAが、植え込みの中にBがそれぞれ潜み、お嬢さんの部屋のベランダ側も玄関側も常に監視出来るようにした。お嬢さんのマンションは高級でセキュリティーもかなりしっかりしている。管理人は二十四時間常駐し、オートロックの玄関には御丁寧に警備員まで立っているのであった。

これほどに警備の厳重なマンションであれば、何も恐れることはないとお考えの方もおられようが、実際にAとBはこうしてマンションの敷地にすでに一週間ほど、誰にも気付かれずに滞在しているのである。ましてや相手はあの怪人物・空気ゴキブリである。

皆さんも御存知のように空気ゴキブリを認識した者は居ない。認識した者が居ないのになぜ、直角仙人（不老者）の耳に噂としてその名前が入ってきたのか？　そこに疑問を持たれた方は慧眼《けいがん》である。しかしこれにもまた理由があり、それは未《いま》だ明かされていない宇宙船の能力ともかかわってくるのであるが、詳しくお話しするのは後に譲ろう。今は、少年探偵たちの活躍に目を戻したい。

閑静な住宅街ではあっても、駅から近い都会の街だ。まばらなれど人通りが絶えることは少ない。真夜中の熱く重い湿気が、アスファルトの地面ギリギリまで降りてきている。梅雨はあけ、夏がやってきていた。

Aは幼い頃のことを思い出していた。その記憶が真実なのか自らによって捏造《ねつぞう》されたものなのか、本当のところは判らない。Aにとっては大切な自分のルーツに関わる記憶だった。その記憶の中では、熱帯の湿った森の中、土のにおいのする所、そこがAの生れた場所だった。

「ああ、俺はこの夜を懐かしく感じる」

ゴミ集積所の平らな屋根の上に仰向《あおむ》けに寝ながらAはそう呟いた。

獲物《えもの》を見付けその機微を見るAの感覚には驚くべきものがある。視力は飛びぬけて良いほうではない。どころか、軽度の近視であった。一度、道行く人の眼鏡をかすめ取ったことがあるが、Aの目には全くあわなかった。あとで宇宙船に聞いたところ、それは老眼鏡であったらしい。

AとBはその強靭《きょうじん》な体力と知力で、食物を集め食糧の貯蔵まで行い、雨をしのげる場所を確保し、あまつさえ独自の宗教までつくりだしているのだ。二人には師と呼べる男が居た。師は火の熾《おこ》し方、都会に潜む方法を教えてくれたが、数年前に死んだ。それからは二人で生きてきた。誰にも頼らず都会の陰で生きて行くのは生半可なことではない。五感を見事に使って自らを取り巻く状況を素早く正確に認識し、野生動物（主に鳩だが、ミミズや蟬《せみ》の幼虫、時には野草や野菜の類）を狩る。そうやって生きてきた。Aの感覚は現代人の数値化された感性では把握しきれないのであろう。特に動いているものに対する反応とでも言おうか、変化に対する知覚が異常に優れている。人の脳は静止画をつなげて、動画として、目の前で起きることを認識している。速く動くものに残像を見るのもそのためだ。あまりにも速い動きには付いていけない。また、それとは逆にゆっくりした変化にも鈍感である。ジワジワと変わっていくものに注意を向けるのは難しい。それは目で見たものに頼り過ぎているからではないだろうか。五感を均等に使うこと、五感全てを視覚と同等にとまでは言わないものの、それ相応に使えていれば、もっと微細なことを認識出来るのではないか。そうなれば今見ている世界は一変し、無機質で味気ないこの都会も、森のようにふくよかで意味に溢れ複雑な生命体のような世界に見えるかも知れない。Aを見ているとそういう気持ちになる。

重ねた両手を枕に、空を見ている。都会のまばらな星空もAには果てしなく美しい。うっすらと微笑を浮かべ、湿気た大気が時々微かな風でかき混ぜられ、肌を撫《な》でる心地よさを感じている。

と、急にAは背中で地を蹴り回転し、唐突に、かつ静かに腹ばいになる。Aの五感が何か異常を捕らえたのだ。Aはトカゲのように四足でゴミ集積所の屋根の端まで進み、全神経を集中させる。

気配を消してはいるが、確かに誰か居る。

「来たな」

Aは興奮して小さく呟いた。宇宙船からは、見張れとしか指示されていない。相手の正体を出来るだけ見極め、宇宙船に報告するのが今回の役目だ。捕まえる必要は無い。判っているが、相手の姿を見付けるとどうしても捕らえたくなってしまう。

俺は我慢出来るが、Bに出来るだろうか。待機している米平に伝えて先生を呼んだ方が良いかも知れない。Aは思いながら、相手の姿を視認出来るところまで移動するため、静かに集積所の屋根から下りた。

Bもまた、別の場所で相手の存在に気付いていた。Bはずば抜けた身体能力を持っていたが、Aほど感覚に優れてはいなかった。Aは逆にBほどの身体能力を持っていないのであるから、二人で助け合って行けばよいのだが、BはAに対して小さな嫉妬《しっと》を抱いているのだった。

宇宙船の手伝いをしていても鳩狩りをしていても、Bの身体能力は過剰であった。つまり能力の高さが活《い》かしきれない、言ってしまえば無駄なのだ。結果、Aばかりが重宝され、Bにはその補助のような役割しか回ってこないのだった。AとBはまるで兄弟のようで、お互いが兄になったり弟になったりする。しかしBは、Aばかりが宇宙船と話して、自分がバカのようで、悔しくて、複雑な心境があり、その気持ちにAが気付いていて時々、自分に気をつかったような態度をとることがまた気に障《さわ》った。

「ゴキブリめ」

Bは呟いて、自分が興奮し、悦《よろこ》びに震えていることに気が付いた。茂みの中を移動する、多少の音は気にしない。奴が居る場所は推測出来ていた。Aに報告し、相手にばれないように二人体制で奴を見張るべきだということは判っていた。しかしBの野性が、思考を振りほどいて身体を動かしていた。藪《やぶ》を行く山猫のように、低い植木の間を四足で走る。

奴だ。Bの目は壁を登る男の姿をとらえた。黒い影が雨どいを伝い、マンションの壁をのたのたと登っていく。今は二階と三階の間にいる。あの速度なら追いつける。俺が捕まえてやる。捕まえろとは指示されていない。理性が彼を止めようとする。しかし強大な野性は、理性の制止をなんなく振り切り、後ろに置き去りにして走っていく。

Bは植え込みブロックの端から、外壁にそって上下に伸びる雨どいパイプに飛び付いた。振動が伝わったのだろう、十メートルほど上から男がBを見下ろした。顔は逆光になって見えない。Bはかまわず雨どいのパイプを伝って登る。まるで転げ落ちるかのような速さで登る。

動揺が影の男の目から伝わる。男は顔を目だし帽で覆っていた。

「すぐにその仮面をはいでやる」Bは心で呟きながら、手足は滑らかに泳ぐように動く。男もすでに登りはじめている。必死の速さであるが、Bには及ばない。このままでは追い付かれてしまうだろう。足を掴んで、地面に落とすか？　この高さなら死ぬことはないだろう。しかし大怪我を負わせてしまう可能性がある。どうにか無傷で捕まえたいが。やはりAと連携を取るべきだった。いや、あの時の判断は間違ってない。もう少し離れていたら奴を捕まえられなかったはずだ。Bは最早、男を捕らえた気になって言い訳じみたことを考えていた。あと一つ、二つ、腕を動かせば男の足に手が届く。その瞬間だった。男の痩せ細った身体が宙に舞った。

Bは雨どいに摑まり仰《の》け反るように、男を見る。向こうに駅の明りが見える。車のライトが、コンビニの明りが、夜をぼんやり白ませている。

こいつヤケになって飛び降りやがった。大怪我するぞ。Bは、宙を舞う男のシルエットを見ながらそんなことを思った。頭の回転が一時的に増して、時間がゆっくり進んでいる。

男は下に落ちて行く、背中を下に、目はBの顔をしっかりと捉えていた。

ガン。と物凄い衝撃が雨どいの上の方から伝わってくる。

上？　Bは、上を向く。Bの数メートル上、雨どいから何かが伸びている。紐だ。紐は振り子のように揺れ始め、Bの身体に引っかかる。強い力が身体に伝わり、Bは落ちてしまいそうになるのを必死に堪《こら》える。

紐の先には男がぶら下がっている。まだ落ちている。宙に浮いた身体は紐が伸びきったところで一旦止まり、いや、止まらない、紐はさらに伸びた。紐は太いゴム紐だ。

伸びきったゴムはグンと戻る。

ふはははは。

低く小さな笑い声が、ゴムの伸縮にあわせて、大きくなったり小さくなったりした。

「役立たずめ、お前は邪魔者だ」

痩せた男は目だし帽の向こうからBを見て言った。

Bは感情が昂《たかぶ》るのを感じる。ゴム紐を摑んだ、と、雨どいに結び付けられていると思われたゴムが急に外れ、Bはバランスを失った。ゴム紐は結び付けられていたのではない。ただ、巻いてあっただけだったのだ。摩擦とゴムの伸縮で雨どいに食い込んでいただけだ。なんと危険な行為だろう。ゴム紐に自らの命を預けるなど。

ゴムは長い蛇か龍の尾のように男の方に波打ちながら戻っていく。落下しながら男はゴム紐を結わえ付けた右腕を大きく振った。ゴム紐の端には重石《おもし》でも付いているのだろうか、生きてでもいるように今度はベランダの手すりに絡み付いた。

空中の男はゴムの絡み付いたベランダの手すりを支点にして、コンパスで半円を描くように壁を走る。そのまま着地すると回転の勢いを走って殺す、が、勝てずに身体が地面を転がる。何度か回転して勢いを殺し、立ち上がった。ゴム紐を外し巻き取りつつ走り出す。男は転がりながらも、向こうからこちらに走ってくるAの存在に気付いていたのだ。

Aは雨どいから落ちそうになっているBを気にするあまり、男を追うのが遅れた。Bが再びしっかりと雨どいに摑まるのを見てから走り出したのだ。Aと男の間は二百メートルほどある。Aの足をもってすれば追いつける距離だ。

と、男に向かって小型バイクが走ってくる。

あ、轢《ひ》かれる。

「あぶない」Aは叫んだ。バイクが急ブレーキをかけハンドルを目一杯きった。タイヤが滑る音がする。バイクは一八〇度回転し、後方を頭にして止まる。

バイクに跨《また》がった男、筋肉が鎧のように隆起している。男はタンクトップに半ズボンだ。そしてヘルメットはまるで鐘のような形で、銀色に鈍く輝いていた。

Aが次の行動に出るより早く、ゴム紐の男はバイクの後部に跨った。そして、バイクは物凄い速さで遠ざかっていくのだった。

「無駄だよ」

Aは、地面に降り立ちバイクを追おうと走りだしたBに声をかけた。数十メートル先まで走ったBは、止まって、とぼとぼとAの方に戻ってきた。地面を向いている。

「ごめん」

「しょうがない、先生にありのままを報告しよう」

「次は逃がさない」

「俺たちの仕事は捕まえることじゃないんだよ」

Aはたしなめるように言った。野次馬がやってくる前にこの場を去らねばならない。二人は闇の方へ消えた。辺りは再び都会の静寂に包まれる。バイクの音が遠くに聞こえる。湿った風が植え込みの草木を揺すっている。

電信柱の上で、柱上変圧器の裏に隠れ、今起きた一部始終をじっと見ていた一人の男に気付く者は、だれも居なかった。


翌日。少年探偵団からの報告を受けた宇宙船は頭を抱えた。

逃走を助けた者がいる。相手は空気ゴキブリ一人ではない。奴らはいったい何の目的があってお嬢さんのマンションに忍び込もうと思ったのか。やはり、お嬢さんを殺すつもりだったのだろうか。苺さんの時と同じように、自殺に見せかけて。

宇宙船は走るように歩く。「空気ゴキブリか」呟いた。

ゴキブリ。害虫ではあるが、彼らはそれほど不潔でもなく、病原菌を介すといっても蚊のように危険ではないという。

ゴキブリが人を殺すかしら。空気ゴキブリの目的はなに？　なぜそいつはゴキブリ人間になったの？　そしてなぜ苺さんを殺し、こんどはお嬢さんを狙っているの？　小型バイクに乗った人物は誰？　ゴキブリは組織？　この事件にはきっと裏がある。

宇宙船はお嬢さんのマンションの前に来ていた。お嬢さんを名乗るだけのことはある。五反田駅から少し歩いたこの辺りは都内屈指の高級住宅地である。大きな家が立ち並んでいる。十階建てのマンションは品の良い大きさで、小さな駐車場とその脇にあるゴミ集積所からなっている。

宇宙船はマンションの周りをぐるりと回ってみた。

「ここだわ」

昨晩の急ブレーキの結果、摩擦で溶けたタイヤが路面に筆で書いたように見事な跡を残している。宇宙船は大きなため息を吐《つ》く。頭《こうべ》を垂れた。落ちそうな頭を支えるかのように左手で顔を覆う。もう一度、短く強いため息を吐くと、背筋をただし、辺りを鋭く見回す。

顎の下に手を持ってきて、頭巾の紐に手をかけた。固結びされている。もぞもぞと両手の指で紐を外すと、頭と頭巾の間に出来た隙間に新しい空気が入ってくる。

宇宙船は勇気を奮い起こすように、頭巾を脱いだ。

＊

青い水槽に醜くどこか愛嬌《あいきょう》のある魚が数匹泳いでいる。

そのうちの一匹は病気なのか、体が浮いてしまうようで、水槽の上の方で右に傾《かし》いだまま泳いでいる。よく見ると目の周りが白く変色している。

「わあ、気持ち悪りい」

フグ料理屋の水槽の前を待ち合わせ場所に選んだのは米平だ。水槽に顔をつけ死にかけのトラフグを見てニヤニヤ笑っている。宇宙船に申し出て再びお嬢さんと接触を持ったのは、お嬢さんのことが好きになってしまったからだった。米平は綺麗な女の人を見ると好きになる。

宇宙船の助手を務めだしたのも、そもそも君枝のことが好きになってしまったからだった。米平の家はこの辺では有名な資産家で、父親は日本中に不動産を持っている。区政にも携わっていた時期があり、都議会議員にも立候補したが落選した。今は米平の一番上の兄が父親の仕事を受け継いでいる。「米平」は母の旧姓である。人は年を重ねるうちに大人になっていくものであるが、米平は例外であった。心が子供に留《とど》まっている。読者諸氏においては、そう言われてもなかなか納得し難《がた》いであろうことは容易に想像出来るのだが、彼は確かに少年なのだ。

ここで少年と大人の違いやその境界を論じても仕方ないが、少しも触れないわけにはいくまい。大人は、道徳や社会常識を纏っただけの子供であると規定する。ならば米平は裸のまま大人になったようだ。つまり、大人のなりをしていても、内面はまるきり子供なのである。あえてそう振る舞っているのかも知れない。米平を見ていると、あまりにも少年らしい振る舞いが目に付く。意識的か無意識的か判らないが、少年を演じているように見える時もある。

水槽にへばりつき飽くことなくフグを観察し続ける美しい男。

お嬢さんは駅前の歩道橋から直結したビルの二階にあるフグ料理屋に来て、米平少年を見付けた。声をかけたくなかったが、無視するわけにもいかない。

不思議なもので苺さんの死に対するあれほどの怒りは、時間とともに薄れてきていた。その死に疑問を感じ、他殺と信じて疑わなかったお嬢さんだったが、それもただの妄執《もうしゅう》であったように思われてきた。苺さんの死に触れて悲しみと怒りで状況が見えなくなっただけだったかも知れない。あれは警察の言うように自殺だったのではないか。今はただ、あの時の自分の気持ちを裏切りたくないという動機だけで、苺さん他殺説を支持してはいたが、お嬢さんの心の趨勢《すうせい》は「やっぱりあれは自殺だったんだ。私は苺さんのことを何でも知っているような気になっていたけど、ただ同じ性癖をもっただけの赤の他人ではないか」そんな悲観的な気分に傾いていた。

宇宙船たちが捜査に動いていることも、どこかで厄介に思い始めていた。頼んだ手前、申し訳なく付き合っているようなものだ。だから、このまま米平を無視して行ってしまいたかったが、不気味なことに宇宙船たちはお嬢さんの家まで知っているのだった。

「米平さん」

「あ、お嬢さん」

米平は満面の笑みを向ける。その笑顔はなんだかお嬢さんの罪悪感を刺激した。

「見てくださいここ、面白いでしょ？　まるで無料の水族館ですよ。こんな面白いところが沢山あるから、面白いなあ」

「水族館て言ったって、フグしか居ないじゃないですか」

「そりゃあ、そうですよ、フグ屋さんだもの。滑稽なことを言いますね」

米平に言われると、頭に来る。

「そんなことはどうでも良いわ、なんの用です？」

「まあ、フグでも食べながら話しましょう」

「え？」

お嬢さんはフグなんてもう何年も食べていなかった。お金が無いわけではない。両親の元を離れて以来、仕事以外で誰かと食事すること自体、実に久しぶりだった。少なくとも記憶にはない。

フグ屋の店内には、スーツを着た年輩の紳士が二人、差し向かいで酒を飲んでいる以外、客は居なかった。「すいませーん」米平が大声を出すのと同じタイミングで、使い古された靴紐のような女店員がやってきて、小さな声で二人を奥の席に通す。米平はメニューの端から次々注文しそうになるので、お嬢さんが制止して今の腹具合にあった料理を選んでやる必要があった。

米平はコーラを、お嬢さんはお茶を飲みながら料理の来るのを待つ間、米平はフグの毒について散々話をした。お嬢さんは黙って聞いていたが、時々、言葉を挟んで会話を盛り上げてしまう。仕事柄だろうか。話は思いのほか弾んだ。やがて料理が運ばれてきてそれを綺麗に食べてしまうと、米平はアイスクリームを三つ頼んだ。三つの味があるから全て食べてみたかったのだ。

「急な呼び出しで失礼しました、実は急用が出来ましてね、急を要するのです」

「何か、何か捜査に進展があったのですか？」

「ええ昨夜、私の部下たちが空気ゴキブリの姿を捉えまして、大捕《おおと》り物《もの》を演じました」

「え？　それで、その、空気ゴキブリは捕まったのですか？」

「はっはっは」米平は唐突に、そして無駄に大きな声で笑うと、言葉を繋げる。「まさか、相手はあの怪人・空気ゴキブリですよ。私の部下ごときに捕まる相手ではありませんよ」

「部下？」

「ああ、米平少年探偵団を御存知ではありませんか？」

「ええ、存じ上げておりません」

「まあ、そうですよね、米平少年探偵団は秘密の団ですから、秘密だから、知ってたら秘密じゃなくなっちゃいますからな。知りたいですか？」

「え、何をですか？」

「米平少年探偵団の秘密をです」

「秘密があるんですか？」

米平はそう言って笑いながら、少年探偵団自体が秘密なんです、嫌だなあ」

米平はそう言って笑いながら、フグ刺しが載っていた皿に残っている小口切りされた浅葱《あさつき》の輪っかに箸を刺している。箸に緑色の葱《ねぎ》が輪投げの輪のように刺さっていく。

お嬢さんは反論する気にもなれず、米平の顔を見た。米平は話を続ける。

「米平少年探偵団は、優秀な僕の部下たちからなる探偵団で皆、僕に憬れて、一緒にやっているのです」

「はあ」

「良いですかお嬢さん、落ち着いて聞いてください。これから言う話を聞いたら、きっと全然落ち着かない気持ちになりますからね」

いったい、どうしろというのか。お嬢さんは思ったが、黙って頷いた。米平は箸を置く。

「私は部下にあなたのマンションを見張らせました」

「ええ？」お嬢さんは驚いた。それは初耳だったのである。

「いや、まだ慌てるところではありませんよ、この先です。まだ落ち着いていてください。あなたのマンションは見張りますよそれは。だって、あなた、狙われていたじゃないですか、空気ゴキブリに」

「それはそうですが」

「とにかく、見張っていたんです。そしたら来たんです。空気ゴキブリが」

米平はそう言って、お嬢さんをじっと見つめた。きっと大きな反応を期待しているのであろうが、家を見張られていたという事実に驚いてしまったあとでは、逆に拍子抜けしてしまった。

「はあ」

「はあじゃないですよ」米平は大きな声を出す。「命を狙われていたんですよ」

「そう言われても全く実感が湧かないから」

「まあね。そうでしょう。だって、気付かないですから。でも相手はあの空気ゴキブリですよ」

「あの、その、空気ゴキブリという人物はいったいどんな人間なのですか？」

「怪しい人間です」そこで言葉を切ったが、その言葉にお嬢さんが全く満足していないことに気付いて続ける。「ゴキブリのように人の家に入り込むんですよ。そして、そこの家の者を殺す」

「そんな人物がなんで、のうのうと暮らしているんですか？」

「のうのうと？」米平には「のうのう」の意味が判らなかった。

「のんびりみたいなことです」

「ああ、のんびりか。知ってました、もちろん。で？」

「だから、そんな人殺しがなんで逮捕されないんですか？」

お嬢さんがそう言うと、米平はしばし考えて答えた。

「なんでだと思いますか？」

この人自分じゃ判らないから、私に答えさせて自分の手柄にするつもりだわ。

「自殺に見せかけて殺すからですか？」

「御明察」米平は最近覚えた難しい言葉を使った。米平は宇宙船が使う言葉がカッコイイから真似るのだ。米平は渋い表情を作って言葉を繋ぐ。「お嬢さん、最近、身辺で何か変わったことはないですか？」

「ありません」

「ありませんてことはないはずだ」

そう言われると確かに、生活の中で違和を感じる出来事があった。しかし、米平には言いたくない。

「どうしたんです？　何か隠してますね？　さあ、おっしゃってください。さあ」

「アイスクリームお待たせしました」店員がやってきた。

「あ、三つともこっちです」

米平の前に三つのフレーバーのアイスが並ぶ。バニラ、抹茶、苺。

「おっしゃらないと、困りますよ。だって、殺されるかも知れないんですよ」

米平は早速、アイスクリームを次々口に入れながら言う。三つの味が口内で混ざって、一つの味になっていく。アイスを頬張りながら、米平はお嬢さんを見る。

本当に大したことではないのだが、こうして黙っているとどんどん言い難くなる。何を躊躇《ちゅうちょ》することがあろうか、躊躇しているとまるで自分が、この男に特別な気持ちを持っているかのようではないか。

「あの」お嬢さんが口を開く。

「え？　あ、このバニラの奴なら食べても良いですよ。ひとくち」

「え？」

「いらないんなら食べちゃいますけど」

「そうじゃなくて」

「ああ。いったいなんですか？」

「もう良いです」

「良くないです。どんな些細なことでも教えてください」

「大したことじゃないんですが」

「はい」

「その、下着が」

「え？　なんですか？」

「だから下着が」

「下着？」

「大きな声出さないでください」

「下着ってことはパンツとかのことですか」

「ええ」

「それがどうしたんです？」

「新しくなっているような気がするんです」

「え？」

「使っている下着がいつのまにか新しくなっているんです」

「え？　穿《は》いているパンツが新しくなるんですか？」

「だからそうです」

「見せて、見せてください」米平は真剣な顔で強く言った。

お嬢さんは米平を見る。そして自分が成人男性の目を見て話をしていたことに気付き、驚いた。

＊

宇宙船はお嬢さんのマンションの程近くブレーキ痕の残った地面に片膝をついている。だいぶ長いことそうしていたが、立ち上がった。右手には頭巾を持っている。

「そう、そこまでは判らないのね」

まるで誰かに話しかけるようにそう呟くと、静かに頭巾を被ろうとする、その瞬間、まるで火薬が破裂したかのような速さで宇宙船は身体を捻《ひね》った。振り返る。

確かに誰かが自分を見ていた。きっと男だ。
宇宙船は身体が倒れそうになる力を踏ん張った足に乗せ、気配のした方へ走り出す。
傾いた夏の陽射しが、走る宇宙船の影を奇妙に長く引き伸ばしていた。

第七話　宇宙船の秘密

逃げ出した男を追う宇宙船の足は決して速くない。しかし今の宇宙船は頭巾を被っていないのだ。

走りながら男の位置を確認する。姿は見えない。姿には意味がない。頭巾を外した宇宙船は姿を聞く。それはいったいどういうことか？

外部からの音は耳から入って頭の中に響く。我々はそこから有用な音だけを抜きだしそれに意味を与え、解釈を与え、無用な音は無視することが出来る。そして頭の中に響く自分の思考と、頭の外から来た音の区別をつけることが出来る。それらは明らかに違うものだ。

つまり、こうは考えられないだろうか？　私たち人間の頭には恐ろしい量の情報が入ってきている。しかし、認識している時点で大部分の情報がすでに精査され、情報処理の能力の上限に従って、認識の外に追いやられているのではないか？

例えば、冷蔵庫の音が妙に気にかかることがあるだろう。気にしていない時は、ほとんど聞こえないような音だ。私たちにはそういった音を無意識に遮断する能力がある。となれば無意識的にすでに遮断され、認識のうちに届いていない情報がないとは言えないはずである。

頭巾を取った宇宙船は、無意識の検閲を受けずに全ての音を聞く。その中には耳では聴こえない音、心の中にだけ響く音、そしてどこか遠くから直接宇宙船の頭に語りかけてくる言葉も含まれるのだと主張する。

頭の中に無数の人が住んでいたらどうだろう？ 四六時中その声を聞かされては狂ってしまう。宇宙船の脳内には常に無数の声音があり、そこから恣意的に情報を選ぶ。そうなると最早その恣意の主体はいったい誰だか判らなくなってしまう。頭巾を被らなければ、遠藤君枝という主体は無数の声音にかき消されてしまう。であるから、その声音を普段は頭巾を被って遮断していると言う。宇宙船が夏の暑い日でも頭巾を取らないのはそういうわけなのだ。

そんな声音はただの幻聴であろう、と思う人も居るだろう。確かにその可能性もある。つまり宇宙船は常からある種の譫妄《せんもう》状態にあり、彼女の中に響く声音は全て彼女の脳が作り出したものだという可能性。もちろんある。しかし、そうではない可能性もあるのだ。この世界には実際、耳では聞き取れない声音が溢れており、宇宙船だけがあるきっかけでそれを聞けるようになったという可能性だ。多くの人はこんな考えを一笑に付すだろう。それは常識的な判断である。ただ、我々人間の肉眼には見えない光を、例えば虫たちは見ているという事実を付け加えておくに留める。

宇宙船の主観では確実に、頭に直接響く声を聴いているのだ。その声と会話することすら出来る。微かな声ではあるが、宇宙船はその声にしっかり焦点を合わせる方法を体得している。声？ いったい誰の？ そう、声にはそれを発する主体があるのが常である。宇宙船の頭の中に直接響く声はいったい誰の声だ？　他ならぬ宇宙船自身が発しているのではないか。つまりそれは幻聴ではないのか。と、議論はそこに戻って来てしまうのであるが。

『聞こえますでしょ？　ほら、向こうのビルの陰。違うそっちじゃないわ、反対側のビル』

宇宙船の頭に声が響く。

宇宙船には男が立てる物音が聞こえるような気がする。心臓の鼓動。唾《つば》を飲む音。そこで鳴っている全ての音が宇宙船の頭の中にある。思考する自分の声と同じ感触で聞こえる。全ての音。それはいわゆる音ではない。空気の振動ではない。何か別のものである。脳で聞く音だ。

一枚の紙に本一冊分の文章を一遍に印刷したように、頭の中が音で染まっている。それはほとんど真っ黒だ。しかしただ紙を黒く塗りつぶしたのではない。文字と文字が重なっているのだ。複雑にからみあった糸をほどくように、そこから必要な情報をすくい上げる作業は大変な気力と体力を削《そ》ぐ。常人には難しい作業である。宇宙船にそれが可能なのは、彼女を導く声があるからだ。読者諸氏も先ほどその声を聞いたはずである。

『動きますよ』

ほら、この声である。

「判ってるわ」宇宙船は呟くように頭の中の声に応える。

姿は見えないが声は聞こえる。そんなものの実在を認めるわけにはいかないとお考えの諸氏には、ご再考いただきたい。例えば電話の声の先に私たちは人間の存在を見るではないか。

電子メールの先にすら。それは姿の見えない者からのメッセージである。機械で合成された声かも知れない。メールを書いたのが実在の人間とは限らない。

宇宙船の頭に響く声の主、それはいったい誰なのだろう。

『男を捕まえる気?』

宇宙船はまだ決めていなかった。捕まえてどうする? 腕力ではかなわない。鳩狩りたちか、せめて米平少年でも連れてくれれば良かった。

『彼らじゃ、相手にならないですわ』

「あなたは、あの男の正体を知ってるの?」

『もちろん。あれは空気ゴキブリだわ』

「向こうはこっちに気付いてる?」

『ええ、相手はここを見張っていたんですから』

「なんでもっと早く知らせてくれなかったの? あたしは頭巾を取っていたのに」

『あらやだ、知りたかったんですの?』

頭が痛い、頭巾を取りすぎている。流れ込んでくる情報が宇宙船の頭をぐちゃぐちゃにしていく。頭巾を被っていれば声は聞こえてこない。頭巾の生地の間には薄く延ばされた鉛と、アルミホイルが入っている。

空気ゴキブリを捕まえるのは難しいだろう。あたしの腕は非力だ。宇宙船は逡巡した。

『向こうも動揺してますわ、まさかこちらに気付かれるなんて思わなかったんでしょう』

それは相手の動悸《どうき》や、気配から、宇宙船にも伝わる。

二人の距離は二十メートルほどであるが、空気ゴキブリはビルの陰に隠れている。宇宙船からは見えない。と、空気ゴキブリが垂直に動き出すのを感じた。

壁を登っているんだわ。

空気ゴキブリが壁を垂直に登れることは予感していたが、実際にすぐ近くでそれが行われると、やはり驚きを禁じえない。同時に宇宙船は相手の意図を汲《く》みかねて固まってしまった。

『逃げたほうが良さそうですよ』

頭の中で声がする。宇宙船は前方に飛ぶように避ける。

振り返る間もなく、宇宙船が今まで立っていた場所に男が降って来た。背は小さく長い髪を後ろで束ねている。無個性なスーツの下にある引き締まった肉体を、宇宙船は察することが出来た。細い目に小さな口。口は半開きで大き目の前歯が出ている。

「あなたが空気ゴキブリなの？」宇宙船はその姿を見て呟いた。

「お前は誰だ？　なぜあの女の周りを嗅ぎまわる？」空気ゴキブリが小さく高い声で訊ねる。声色を使っているのだろう、宇宙船は違和感を見逃さなかった。

『この人の前歯、本物じゃないですわ。髪も』

頭の中の声が言う。同時に空気ゴキブリの緊張が高まっていくのを感じた。返答が遅いことに苛立ちを感じているのだ。これ以上答えを引き延ばせばこちらの不利になる。

「あなたが苺さんを殺したの？」質問に質問で返す。

空気ゴキブリは答えない。しかし、宇宙船には聞こえていた。脳で聞いた。空気ゴキブリの中に怒りと動揺が一瞬浮かんで、消えるのを。大抵の場合、怒りはすぐ心に浸透し、肉体のレベルにまで現れる。特に男はそうだ。そこに付け入る隙を見付けるのが宇宙船のやり方の一つだったが、この男の感情は抑制が効いていた。手ごわい相手だと認める。しかし、その怒りの源泉を探って見ないといけない。

「苺さんを知っているのね？」宇宙船は相手が口を開く前に言った。

空気ゴキブリは動揺を見せなかった。

知ってるってことだわ。それも深く。お前なんかよりも彼女のことを知っている。彼の全身がそう言っている。

「オレの質問に答えろ。こんなところで何をしている。あの女とどんな関係がある」

あの女とはお嬢さんのことだろうか。それとも苺さんのことだろうか。空気ゴキブリの声に含まれた怒気と、話の内容から、お嬢さんのことを言っているのだろうと見当が付いた。

宇宙船は応える。

「あれはあたしの依頼主よ」

『すぐにAが来ます』心の中で声が囁く。鳩狩りのAとBはこのお嬢さんのマンションを見張っている。異変に気付いて向かっているのだろう。

「オレはお前を知ったぞ」空気ゴキブリはそう言うと、助走もつけずに飛び跳ねる。電信柱に抱きつき、蛇のようにするすると登り始めた。

「空気ゴキブリ、あたしもあなたを知ったわ、あなたはもう空気じゃない」

宇宙船は、電信柱の中腹に達していた空気ゴキブリに叫んだ。

空気ゴキブリの動きが止まる。空気ゴキブリは宇宙船を見下ろし、不気味に笑った。すぐにまた動き出す。あっという間に電信柱の天辺《てっぺん》辺りにまで達すると、マンションのベランダに飛び乗った。かと思うと、そこから宙に飛び、音もなく隣の一軒家の屋根に転がり降りて姿を消してしまった。

「あれが犯人なの？」

『さあ判らないわ』

「あいつ、あたしのことを敵だと思っているのね」

『敵の一味と思っているみたいですわね』

「つまり、苺さんやお嬢さんを挟んで二つの勢力があるってこと？」

『あなたのことを警察だとは思わないですもんね』

「ふざけないで」

『あら、ふざけてなんていませんよ』

「空気ゴキブリとは別の悪意が、存在するってこと？」

『まだ何も判りませんね』

「もう少し話したかった。まだまだ情報が引き出せたのに」

『そもそも、私の声をもっと聞いていれば、いくらでも情報なんて聞こえてくるんですよ』

「あなたのガセネタに紛らわされることもあるわ」

『それは、あなたが私の声と、自分の考えを混同するからでしょ？　私はいつも正しいことしか言ってないじゃないの』

「すこし黙って」

『黙れ？　黙れですって？　自分の都合だけで私を』

その声は途中で掻き消えた。宇宙船は頭巾を被ってしまったのだ。

もう、頭の中の声は聞こえない。宇宙船の頭は再び静寂を取り戻していた。宇宙船は疲れ果ててしまった。長く頭巾を外しすぎたのだ。

「あいつの足音は記憶したわ、特殊な靴を履いている。靴底に穴が開いているような。次もあの靴を履いてきてくれるといいんだけど」呟くと、どうにか煙草を取り出して火を点けた。

「先生」頭巾越しにAのくぐもった肉声が聞こえた。ああ、この声は耳に聞こえる声だわね。振り向くとマンションの生垣の中にAが居る。宇宙船は黙って生垣のブロックに腰をかける。斜め後ろの茂みの中からAが心配そうに言う。

「何かあったんですか？」

そうだった、ここでAとBは大捕り物を演じたんだった。あたしはその現場を見に来たのだったわ。

頭巾を外して無数の声を聞き、空気ゴキブリとの接触で疲れ果てた宇宙船には遠い昔の話のように思えた。

「空気ゴキブリに会って、少し話したわ」

「え？」Aは珍しく大きな声を出した。

＊

煙は霧散するが、臭いは残る。米平は煙草が嫌いだ。煙草の臭いがすると、顔をしかめる。喫茶店の喫煙席には濃厚な煙草の臭いが満ちていたから、米平の顔はしかまりっぱなしだった。

眉間に皺《しわ》を寄せ考え込んでいた宇宙船は、気にもせず次の煙草に火を点けた。いつもの喫茶店のいつもの席である。

「お嬢さんの下着が新しくなっているのは間違いないのね」

「はい、見せてはくれませんでしたが」米平は悔しそうな顔をした。

「お嬢さんが感じた違和はそれだけだったの？」

「ええ。他にはなんの変化もなかったそうです」

「空気ゴキブリの目的はいったいなんなのかしら？」

「そこなんです、僕もそこにひっかかっているんだなあ」

米平少年はさも大事件のように頭を抱え、唸るように言って、顔を伏せ、チラッと宇宙船の方を見た。本人はこちらを見たことがばれていないと思っているのだ。

「時間を操《あやつ》っているのでしょうか？」

「いや、例えばですよ、例えばだけど空気ゴキブリが、時間を操る能力を持っていて、その力で、お嬢さんの下着を新しくしているとしたら？」その言葉の終わりには、まるでそれが素晴らしいアイディアであるかのように力を込めて米平が言う。

「空気ゴキブリは女性の下着に異様な執着を持っているのかも知れないわね」宇宙船は米平を完全に無視して言った。

「なるほど」力強く米平は言って「なんでですか？」と宇宙船を見た。

「彼は高い能力を持った下着泥棒なのかも知れない」

「いやいや先生、下着は無くなってないんですよ？　泥棒って人の物を取るんでしょ？　無くなってないんだから泥棒じゃないんですよ」

「少年、お嬢さんは下着をどこで買っているの？」

「知りません」

「じゃあ訊いて」

「え？　はい」米平は素早くお嬢さんに電話すると、宇宙船の指示通り下着をどこで買っているか訊いたが、すぐに通話を切られた。

「切られました」

「バカ、そんなこと訊いたら怒られるに決まってるでしょう」宇宙船は言ったが、若い女性にそんなことを訊いたら怒るに決まっていることを今の今まで忘れていたのだった。

あの日以来そういう類の、人の情緒に関わる部分の常識をつい忘れがちになってしまう。心に欠損があるわけではないだろうが、意識の視野が狭くなっているような感覚はある。人と話していても、相手が不機嫌な態度をとって初めて、自分の方に失礼な行いがあったことに気付いたりする。

脳に埋め込まれた受信機のせいだわ。

宇宙船は脳に受信機を埋め込まれている。宇宙人によって。それを知っているのは遠藤君枝ただ一人であり、レントゲンにもCTにも写らないその受信機の存在は立証出来ない。ただ宇宙船にとって、それは確実に存在し、事実その受信機を通して普通の人間には聞くことの出来ない音を聞くことが出来るのだ。人としての常識が時々遠くに行ってしまうのはその弊害なのだ。少なくとも宇宙船自身はそう確信していた。しばらく考えればつい常識をたがえてしまっていたことに気付く、しかし、もしかすると完全に忘れている常識もあるかも知れなかった。恐かった。

不満げな顔をして宇宙船を見る米平は、しかし、どう言ってこの不満をぶつけるべきか判らずに、ただ黙って爪を嚙んでいる。

「あたしが話すわ、電話を貸して」

「下着を買った店なんて聞いてどうするんです？」

「少年、時間が遡って下着が新しくなるなんてことあると思う？」

「タイムスリップって言葉があるくらいですからね、タイムスリップはあると思います。だって無かったら無いですからね」

「実際に無いのに言葉だけあることなんて沢山あるのよ」

「ホントですか？」米平は大袈裟な声を出す。宇宙船は無視して続けた。

「下着が新しくなったのは、古い下着と交換されたからよ」

「え？」

「空気ゴキブリは使い古した下着を盗んで新しい下着とすり替える趣味があるんだわ」

「なるほど理にかなっている。そうすれば合法的に使用済みの下着を手に入れられますね」

「合法ではないけれど、もし盗まれた女性が警察に相談したとしても、下着は無くなっていないわけだからきっと捜査されることも無いでしょうよ」

「全くなんて驚きのアイディアだ」米平は掌で額《ひたい》をたたいた。想像以上に大きな音がして、向こうに座ったサラリーマンがジロリとこちらを見た。

「それだけじゃないわ、奴はそうやって自分が下着を盗んだことを被害者の女性だけに判るようにしているのよ」

「なるほど、その気持ちも判るぞ」

「判るの？」

「僕には判りませんけど、判る人間も多いと思います」

「女性用の下着屋に来る男なんてそんなに居ないはずよ」

「僕は行きますけどね」

「え？　下着屋さんに？」

「はい」

「そんなところ行ってどうするの？」

「見るんです」

「なんで？」

「だって見たいじゃないですか？」

「そうかも知れないけど」

「見たいのに、見ないで我慢するなんて、なんかおかしいですよ」

「いや、そうかも知れないけど」

「でもまあ、弱い奴らはびびって行けないですけどね、はは」米平はしっかりと「は」の音で笑った。

「では少年、もう一度お嬢さんに電話して」

「しかし先生」

「もう怒りも少しは収まっているでしょう。あたしが話します」

「はあ」

　お嬢さんに連絡を取ると、彼女がいつも下着を買っている店が判った。代官山と渋谷の間辺りにある店らしい。宇宙船と米平は早速そこに行って見ることにしたのだが、果たして、そんなことで空気ゴキブリの消息を知ることが出来るだろうか？　我々の知っている怪人物、空気ゴキブリは生半可な者ではない。そう簡単に尻尾を掴ませるだろうか？　結果から言うと宇宙船と米平のこの度の捜査は退屈なものになってしまった。

宇宙船は電車が苦手なので、二人は代官山まで小一時間かけて歩き、宇宙船はお洒落なものごとが苦手なのでコソコソとその下着屋に向かった。

米平は下着屋に入ることにおいて、一切の躊躇を見せなかった。宇宙船の代わりに堂々と店に入って行ったが、必要なことを聞き出すことは出来ず、ただの変質者扱いされてしまった。それも仕方のないことと言えよう。

宇宙船は店の前で煙草を吸っていたが、しばらく待っても米平が帰ってこない。恐る恐る洒落た店構えの下着屋に入って行った。彼女がこういう店を苦手とするのは、あの事件以来のことだ。不思議な心情であるが、最低限の衣食住だけ満たされていれば良い、それ以上を望むのが辛い。装飾や、贅沢というものが憎らしく思える。そういうものを扱っている店などから自分が蔑まれ、侮蔑《ぶべつ》を受け、迫害されているという、妄念が彼女を襲うのである。

店員の微笑も、蔑みの笑いに映る。店に居るのは苦痛であった。しかし、店員への聴き取りをしなければいけなかった。可哀想《かわいそう》に、かの異常探偵・宇宙船もこうなってしまっては形無しである。おどおどと小さな声で、店員に話しかけ、どうにか必要な情報を聞き出そうとした。店員の話では確かに一人でやってきて、下着を買っていく男性客が居ると言う。しかしそういった客は複数居るそうだ。店員は君枝をいぶかしみ、本当のことを言わなかったのかも知れないが。

　捜査は振り出しに戻った。宇宙船はすっかり、疲れてしまったようだった。米平だけは、なんだか元気だった。

「先生、せっかく代官山に来たのだし、どこかでクレープでも食べて行きましょうよ」

「クレープなんてとんでもないわ」

「なぜです？　美味《おい》しいじゃないですか？　バナナだけでも美味しいのに、そこに美味しい生クリームと美味しい皮が付いているのですよ」

「とにかく帰りましょう」

　空気ゴキブリが下着を盗み、新しいものと交換している。そんな仮説を立証することは出来なかった。仮に立証出来たとしても、いったいなぜ？　下着を盗むだけでは飽き足りず、殺しまでするのか？　苺さんの下着も盗んでいたのだろうか？　苺さんとお嬢さんを狙った理由は？　苺さんたちの「お茶会」と関係しているのだろうか？　疑問は山積していた。

　宇宙船は帰りの道すがら、米平少年に一つの指示を出した。

「怪人・空気ゴキブリが下着泥棒であるという噂を流しなさい。街中の至るところで、そういう噂が流れるようにするのです。Cの力を借りるといいわ。明日なら仕事場に居るはずだから」

「はい、承知しました」

　米平少年は、翌日、丸一日かけ、色々な手段を用いそれを実行に移した。実質的に効果が表れたのはCによる活動だけであったが。

米平は数日後、報告のため、喫茶店を訪れたが、その日、宇宙船は現れなかった。そして、宇宙船は姿を消した。

そういうことはこれまでもたまにあったが、二日もすると平気な顔で戻ってくるのが常であった。今回はかれこれ一週間ほど経っても姿を現さない。

いつもの喫茶店にも来ない。アルバイト先にも行ってみたが、居ない。欠勤しているという。宇宙船の夫から連絡があり、病気で家から出られないと言われたらしい。そのことは、上田真那子という綺麗な同僚が教えてくれた。上田は、米平が事情を説明すると快く話をしてくれた。

米平は上田に見覚えがあった、いつもの喫茶店で見たことがあったのだ。少し話してみると、君枝と上田は仲が良いらしい。意外だった、あの宇宙船に仲の良い同僚が出来るとは。

米平は、AとBを伴って君枝のマンションを訪ねて見ることにした。

今の事務所(いつもの喫茶店のこと)を使い出す前は、君枝のマンションの駐車場奥にある外階段の下のスペースが探偵事務所であった。しかしそこはコンクリのブロックが椅子代わりであり、野良猫の休み場所でもあったし、さらに夏には藪蚊が多く、とてもじゃないが長いこと会議するには不向きであった。事務所が現在の場所に移って以来、AもBも打ち合わせに参加出来なくなったのが不満であったが、二人は生きて行くことに忙しくなかなか米平のように日がな一日、探偵業に時間を費《つい》やすわけにもいかないのであるから、現状で我慢している。

そういう理由で、米平少年探偵団の面々は君枝のマンションを知っていた。部屋も知っている。しかしこうして白昼堂々、家を訪ねることは初めてのことかも知れない。と、米平は考えていた。

５０９号室「遠藤」の文字は表札の白いプラスチックの板に機械で彫ってあり、丸みを帯びた書体は中年の夫婦二人暮らしには似つかわしくないように思える。新婚の、若い、笑顔に溢れる雰囲気を醸《かも》していた。

ＡとＢは辺りに気を配っている。自分たちの姿を人に晒したくないのだ。落ち着いた様子で辺りを見回す二人の心中は非常に動揺していた。二人は恐いのだ。人の歩かない場所を歩き、街の死角に住む二人である、こうして通常の生活が営まれている場所に居るのが恐い。

Ａは、石を裏返したとき突然の外気に驚いて逃げ惑う虫たちを思い出していた。自分たちは石の裏に住む虫だ。

「おい、俺たちは下で待っていた方が良いんじゃないか?」Ｂが Ａの気持ちを代弁するかのように言った。

「いや、君たちもこういうことに慣れないといけない」

米平はそんなことを言ったが、一人でいるのが恐いだけなのは、二人にもはっきり判った。

先ほどから米平と鳩狩りの二人は、玄関の前に黙って立っている。チャイムを押す踏ん切りがつかないのだった。今の会話をきっかけにして、米平は玄関のチャイムのボタンに指を伸ばしたのだが、まだ押すには至らない。その数十センチ前で指は止まってしまっている。埒《らち》が明かない。Aは米平の代わりにすっとチャイムを押した。

ボタンが押し込まれると「ピーン」と音がした。思ったより大きな音がしてAは慌てて指を離す。押し込まれたボタンが元に戻る時「ポーン」と音がした。

「わっ」米平は小さくそう叫ぶと廊下を走って逃げた。

「あっ」AとBは、米平の予想外の動きに驚いて後を追う。

三人は狭い廊下を押し合うように走った、エレベーターホールと逆の方に走ってしまい、外階段のところまで逃げてやっと人心地つくと、廊下の向こうの宇宙船の部屋を振り返った。

ドアがゆっくり開く。逃げたい、でも、誰が出てくるか見届けたい。ドアが盾《たて》になって、人が見えない。

しばらくしてドアの陰から男が顔を出し、こちらを見て、「ああ」と納得したような顔をした。

遠藤君枝の夫、遠藤雅春だった。

第八話　撤退

雅春は玄関のチャイムを聞くと、重い腰を上げ、ドアを開けた。誰も居なかった。不思議に思い、サンダルに足を乗せ身を乗り出し、家の外を窺う。廊下の奥に妙に顔立ちの美しい青年と、ボロを纏った二人がこっちを見ている。ボロの二人は痩せて、日本人離れした精悍《せいかん》な顔立ちをしていた。肌の色も黒い。三人は口を開けている。

この不思議な三人組を見て「君枝の友達だな」とすぐに合点がいった。

雅春は「ああ」と、肺にたまった息を吐いた。ここ数日、休暇を貰《もら》って家に居た。君枝を看《み》るためだ。妻は数ヶ月に一度、がっくり気分が落ちる時があり、さらに何年かに一度はそれが長びく。今回の症状は長くは続かないだろうと、雅春は思っていた。会社も特殊な事情を考慮して理解を示してくれてはいるが、雅春自身、周囲の者に申し訳ないという思いがある。

ただでさえ気が滅入《めい》るのに、そういう時の君枝と居るのは、死者と暮らすようであり、まるで部屋の空気が質量を持って重い毛布を被っているような異様な息苦しさがあった。

こうして玄関のドアを開けて外の空気を吸うだけで、今まで自分が居た場所がいかに沈鬱であったかが思い知らされる。雅春は自分もそっちに引っ張られないように出来るだけ努力しているつもりであったが、知らず知らずに沼の底に向かって引き込まれていくようだった。良くないな。俺まであっちに行ってしまったら、お終《しま》いだ。そう思って自分に圧をかけることが、自身の精神の倒壊を招く原因になりかねないことは判っていたが、逃げ道がなかった。

あれから十年以上が経過していた。

「あの、君枝さん居ますか？」

美しい顔立ちの青年が恐る恐る近づいてきて、それでも少し離れたところから言う。いつでも逃げられるためにか、重心が向こうにある。まるで子供みたいなその仕草と言葉に、雅春は思わず警戒を解いた。

「居るけど、病気で寝込んでるんだ」

「風邪ですか？」美青年がさらに一歩こちらに踏み込んで聞く。雅春に対する警戒を弱めたようだ。その後ろでボロを纏った二人組が小さくなってこちらを窺っている。

「風邪じゃないよ、違う病気なんだ」

君枝の症状を病気と断じる時、今でも少し抵抗がある。彼女は自分を病気とは思っていない。雅春もどこかでそう思っていた。しかし、彼女の症状は平常ではない。

「ああ、いつもの奴ですか」米平は妙に高飛車な口調でそう言った。米平のいつもの態度と言って良い。その反応に慣れていない雅春は不愉快を感じる。

「君は？」

「ああ、僕は米平。探偵です」

「はあ」

「君枝さんの右腕でもあります。こいつらは僕の探偵団のメンバーなんです。君枝さんに会わせてください」

　AとBはいつの間にか音もなく米平の後ろに立っていた。

「いやいや、だから、君枝は病気で寝ているんだよ」

　雅春がそう言うと、米平は挑むように言った。

「探偵は自分の目で見たものしか信じないんです」

「え？」

「先生は本当に病気なんですか？」

「先生？」

「ああ失礼、君枝さんは本当に病気で寝ているんですか？」

「判らない人だな、さっきからそう言ってるでしょう」

「やっぱりいつもの奴だよ、頭巾を長いこと外しすぎたんだ」

　背の低い方が米平の裾を引いて妙に高い声で言う。

「でも下着屋ではなんともなかったんだ」

　米平は小声で言ったつもりだったが、雅春に聞こえていた。

「下着屋？」

「こっちの話です。だって、先生は頭巾を外し過ぎたけど、それはもう何日も前の話だから関係ないでしょ？」

「え？」雅春にはなんの話か判らなかったが、判る必要もないと判っていた。

「いや、最近の先生は普段より快活だった。あれはこうなる前兆だったんだ」Ａが言う。

「うるさいなあ」と米平は、そのまま雅春を見た。「とにかく先生に会わせてください」

「誰にも会いたくないと言っている」

「本当ですか？」

それは嘘だった。「誰にも会いたくない」とは言っていない。ただ、自室に籠り出てこない。雅春が声をかけても応答がない。生きている証拠には、雅春の用意した食事を時々食べることと、日に何度か手洗いに出てくることがあるだけだった。

「とにかく帰ってください。君枝に会わせることは出来ない」

米平は雅春の言葉に不服そうに下を向いた。ボロを纏った二人は心配そうに米平と雅春を交互に盗み見ている。

「だってあなた、善良な宇宙人なんでしょ？」米平は下を見ながら言った。

雅春は絶句し、何かを言いかけ、そして一つ小さく嘆息し、ドアをゆっくり閉めた。

「あ、待ちたまえ」

米平の声が向こうに聞こえる。

鉄の扉が、まるで隔壁《かくへき》みたいに世界と家の中を隔てる。この中だけ永遠の夜のようだ。薄暗い玄関に一人立ちつくし、ドアの鍵を閉めた。身体の力が全部抜けるような感覚、ただ骨が肉体の重みを支えるつっかえ棒になっているだけで、押したら倒れてしまいそうだった。

しばらく立ちつくし、歩くだけの力が戻ってくるのを待つ。ピン、ポーン。間の抜けたチャイムが鳴る。畜生。無視しようと思った。ピン、ポン、ピンポン、ピン、ポーン。しつこい。雅春は振り返り、鍵を回し、玄関のドアを開けた。

「なんで閉めちゃうんですか？」不満げな米平がドアの間に滑り込むように言う。

「なんの用？」

「だから、先生に会わせてください」

「しつこいな」

「それは褒《ほ》め言葉ですか？」

米平が言うと冗談なのかなんなのか判らない。多分、本気で言っているのだろう。

「違うよ」

「じゃあ、なんですか？」

「いや、だから、君枝は部屋から出てこないんだ」

「なに？」と、雅春の後ろからふいに声がした。

振り返ると、右手で頭を支えるようにした君枝が立っていた。

「先生」米平たちが口々に言う。

「なに？」

「何って先生、どうしたんですか？　空気ゴキブリを追い詰めなくては」

紺のパジャマに頭巾を被った半病人のような君枝に、米平の声が詰め寄る。

「もういいのよ、どうなったって」

「ええ？」

「苺さんが殺されてようが、自殺してようが、あたしには関係ないことだわ」

「そうですけども、それを言ったら全てのことが、関係ないでしょう？」

「あたしにはあたしの身体だけが大事なの」

「じゃあ、お嬢さんはどうなるんです？狙われてるんですよ？」

「下着を取り替えられただけでしょ？　新品に。良かったじゃない」

「良かった？　良くないですよ、だって、古いのを取られて新しいのに交換されちゃったんですよ」

「良かったじゃない」

米平は困った。確かに、良かった、しかし、そうではないのだが、どう説明して良いか判らない。そして当然、宇宙船は何が良くないのか判っているはずなのだ。

「とにかく、あたしはもう降りたわ」

「そんな、宇宙船が依頼を途中で降りるのですか？」

「体調が優れないの」

「そんなのいつもじゃないですか」

宇宙船はパジャマの胸ポケットから煙草の箱を出すと、一本取り出して火を点けた。

「先生、お願いします。名探偵宇宙船の名前を汚さないでください」米平は芝居がかって大袈裟なセリフを言った。

雅春はドアに寄りかかってそのやりとりを見ている。

米平が土足で部屋に入り込んできた。これをあとで掃除するのも俺なのだ、と思うとバカバカしく思えてきた。なんでこんな結婚生活を続けているのだろう。

二人連れのうちの小さい方が申し訳なさそうにこちらを見ている。力なく微笑みかけると、軽く頭を下げた。

「あたしはもう疲れたわ。この事件からは手を引きます」

「そんなことをしたら、宇宙船の名が地に落ちてしまいます」

「別にかまわないわ、名前のためにやっているんじゃないですから」

「じゃあなんのために、何のためにやっているのですか」米平はさらに芝居がかった口調で、今にも泣き出さんばかりだ。

「娘のためよ」

「では、娘さんのためにも」

「あなたには関係ないわ、出て行って、もう疲れたの」

そう言った宇宙船の顔は疲れはて、何もかもが嫌になった人間の顔だった。さすがの米平も黙ってしまった。Aが米平の肩に手を置く。米平はAを振り返り、助けを求めるような表情を浮かべたが、Aはただ首を横に振った。

宇宙船の顔を見て、宇宙船はもううつむいて漂う煙草の煙しか見ていなかったが、Aは軽く会釈すると、Bに顎で合図して、米平の腕を引いて外に出て行った。

君枝はしばらくそこに立っていたが、音もなく自分の部屋に入って行った。

我らが名探偵宇宙船に何があったのだろうか。宇宙船は本当にもう疲れてしまったのだろうか。

読者諸君にも経験があるだろうが、人には理由もなく何もやる気が起きない時がある。理由はないわけではなく、理由が見えないのだ。その理由さえ見えれば取り除くことで、また力が湧いてきたりもするのだろうが、なかなかそれが叶《かな》わない。漠然とした理由だったり、時には身体的な不調だったりもするだろうし、ただ、やる気が起きない。やる気が起きないと、焦り、焦りから足掻《あが》けばもっと何も出来ない、自信は穴の開いた洗面器の水のようにどんどん流れ去り、ついには消えてしまう。宇宙船の今の状態がそうだというのだろうか。

事実宇宙船にはそういうことが人の平均より多く起こった。朝起きてベッドから出られないようなことがよくあった。昼過ぎまでベッドにいてやっと起き上がるようなことが多かった。

それでも依頼を途中で投げ出すようなことはなかったのだ。解決出来なかった事件もある。しかし、それは決して途中で諦めた結果ではなかった。

雅春は、妻の探偵業に関しての事柄をほとんど知らない。しかし、今の妻がおかしいことには感付いていた。君枝は元々が真面目で几帳面《きちょうめん》な性格だ。物事を途中で投げ出すことが出来ずに、苦しんでいる姿を幾度も目にしてきた。こうも簡単に投げ出すことが出来るなら、彼女の人生はもっと大らかであっただろう。

「ああ」雅春の口から知らず、声が漏《も》れる。どうしようもない。何をどうしたいのか判らないのだから。リビングへ向かって歩く。何か、温かいものでも飲もう。

＊

米平と鳩狩りたちは途方に暮れていた。

「俺たちそろそろ飯の時間なんで」Aはいつもの公園のベンチに座る米平に植え込みの中から声をかけた。米平は悲しそうな顔をAに向けた後、それを隠すように強気の表情になって言った。

「どうするんだよ？」

「あんたがリーダーだろ」とB。

「なんだよ、こういう時ばっかりリーダー扱いして、いつもはバカにしてるくせに」

「バカになんかしてないよ。なあ？」BはAに訊ねたがAは黙っていた。

「先生があんな調子じゃ、いくら米平少年探偵団でも、どうしようもないじゃないか」

米平は自分には全く非がないかのような言い方をする。

「先生はホントに病気なの？」Bは寂しそうだ。

「知らないけど、あの夫の人が言うからそうなんじゃない？」

「あいつ本当のこと言ってるのか？」Bはどうも納得がいかない。君枝が病気にかかっているなんて信じたくない。宇宙船が時々、顔を見せなくなるのは知っているが、あんなに弱った宇宙船を見るのは初めてだった。

「なあ、先生は本当に依頼を投げ出したのかな」Aが独り言のように言った。

「先生は何ヶ月かに一回、発作みたいに電気が消えることがあるんだ」

「電気が消える？」Aもそのことを知っていたが、実際に調査中にそういうことになったのを見たのは初めてだった。

「何も出来なくなる」

「じゃあ、どうしようもないじゃないか」

「なあB、そういう時こそ我々米平少年探偵団が頑張る時だろ？」

「じゃあ、お前が頑張れよ」

「頑張ってるだろ？」米平が血相を変える。

「どうするか決めろよ、俺たちは飯を狩りに行かないといけないんだ」

「お前はどう思うんだよ」米平はAに話を振った。

「え、俺？　俺は、だってしょうがないんじゃない、先生が病気じゃあ」Aは言う。

「お前は悔しくないのかB、空気ゴキブリに負けたんだぞ」

「負けたとは思ってない」

「じゃあ勝ったのか？」

米平の問いかけにBは黙った。米平は相手がひるんだと思うと、けしかけるように続ける。

「勝ってないってことは負けなんだよ、だって、勝ってないんだから負けなんだぞ」

「ひきわけ」とBが言いかけると、米平はさらに大きな声を出した。

「引き分けなんてないよ、勝負の世界には。勝つか負けるかだよ、そして、お前たちは負けたんだ、引き分けに持ち込むためにはもう一回勝たないといけないんだ」

引き分けはないって言ったじゃないかと、Bは思ったが、口に出せなかった。ほとんどAと二人きりで過ごしてきたBには、暴論を大声で突き付けられた経験が少なかった。理不尽に怒鳴られたり、意味も判らず警察に追われたりは日常茶飯のことであったが、面と向かって曲がりなりにも議論を交わすような経験がなく、米平のようなものにも口論では勝てないのだった。

「俺たちだけで、空気ゴキブリを捕まえるってこと？」Aが口を開いた。

「そうだよ、そんなこと出来るのか？」米平が言う。

「出来るのか？　って、米平もやるんでしょ？」

「え？　うん。手伝っても良いよ」

いやいや、あなたがやりたいと言ったんでしょ、と頭の中で思っても、二人にはそれを言葉にすることが出来ない。感情を言葉に翻訳するのがヘタクソなのだ。

「じゃあ、どうする？　先《ま》ずどうする？」米平はベンチから立ち上がり、茂みに隠れる二人を見て、せかすように言った。

「でも先生は降りるって」

「バカだなあ、先生は僕たちを信頼して任せたんじゃないか」

「でも、先生に降りるって言われて、米平泣いていただろ?」

「泣いてないよ、嘘泣きだよ、僕は少年探偵だぞ、そんなことで泣くもんか」

「どんなこと?」

「だから、つまり、何があっても泣かないのだよ」

「ふーん」Aは米平の言うことを全く信頼していなかったが、面倒臭いのでそう言って頷いた。

「よし、まずは空気ゴキブリを捕まえよう」

「だから、どうやって?」Bが聞き返す。Bだって出来るならそうしたい。Bは強い屈辱を感じていたのだ、怪人物とはいえ人間社会の一員である空気ゴキブリに逃げられたことに。どうにか自らの手で空気ゴキブリを捕まえ、矜持《きょうじ》を取り戻したい。米平の瞳を覗き込んだ。

米平は美しい顔をきりっと引き締め、言った。

「僕に策はない」

「ない?」

「ない。君たちにはあるのか?」米平があまりに堂々としているのでAとBは、自分たちが悪いかのように感じたが、それは一瞬のことだった。それにAには考えていたことがあった。

それを今、頭の中で整理する。

「米平」

「なんだ？　呼び捨てにしないでもらいたい」

無視してAは続ける。

「とにかくお嬢さんが狙われていることには間違いがない。彼女を守るのが最優先じゃないか？」

「そんなこと僕だって言おうと思ったのだ」

「君とお嬢さんは面識があるんでしょ？」

「面識ってなんだっけ？」

「お互い知り合いなんだろう？」

「もちろん。一緒に食事したことだってあるよ」

「だったら、やっぱり会ってちゃんと話して、彼女の協力を得たほうがいいよ。空気ゴキブリが彼女を狙っている以上、彼女の側《そば》に居れば、向こうから来てくれるんだ、こんな楽なことはないもの」Aはそう言ってBの方を見た。Bはなんとなく足元を見ていたが、Aの視線を感じると、目を合わせて頷いた。

「そんなことは、僕だって考えていたよ」米平は言った。

第九話　家族

お嬢さんは本当に嫌だった。部屋に人を入れたのは引越しの時、引越し業者の男が入って以来であったし、ましてや成人男性と二人きりだなんて。

米平は落ち着かないようで、正座して膝頭に両手を乗せ、腕を突っ張り棒のようにして前屈みになって、テーブルの天板を見ている。

しばらく連絡がなかったので、もう興味をなくしたものと思い、どこか安心していたのだった。お嬢さんは、苺さんの死を受け入れ、あれはやっぱり自殺だったんだと心の整理をつけていた。しかし過去の自分の過ちを責めるかのように、米平はやってきて、捜査は続いていることを伝えた。どころか、「次に狙われているのはあなただ」なんて脅《おど》しまでかけてくる。

なんで私が狙われなくちゃいけないの？　そんな馬鹿な話があるもんですか。そう強がってみても、やはり気味が悪い。話を聞いてみると気味の悪さはますます強くなるのだった。

下着が新しいものにすり替わっていたのは事実だ。自分にしか判らないことではあるが、洗濯表示のタグのほつれが直っていた。気のせいだと思ったが、よくよく見ると何枚かの下着が綺麗過ぎる。それでもまだ、確信がもてずに、いや、どちらかと言うと、考えたくなかっただけかも知れない。下着が全く新しいものにすり替えられているなんて。そのベージュのなんてことのないブラジャーはもう、どういう状況で手に入れたのか、そもそも自分で買ったのかすら判らないものであった。何か、胸当ての部分に施された刺繍《ししゅう》の模様が違う気もする。使い古した下着にしては綺麗過ぎる。

読者諸氏には自分のことと置き換えて考えてみることを勧める。

例えば今着ているその服の糸のほつれ、そのほつれがいつの間にか直っていたとして気付くことが出来るだろうか？　もっと大胆なことを言えば、例えば「S」と大きく書かれたTシャツを持っていて、持っていないだろうが、持っていると仮定して、それが次の夏には「K」に変わっていたとしても気付かないかも知れない。気付いたとしても去年の記憶の方を疑うのではないだろうか。まさか誰かが「S」のTシャツを「K」にすり替えるとも思えまい。自分の記憶を疑うだろう。よしんばそれに気付いて「このTシャツには去年までSと書かれていたのだ」と言ったとて、誰がその言葉を信じよう。たわごととしか思われないだろう。

お嬢さんはそのベージュの下着を何度も見たが不思議な感覚が湧くだけだ。見れば見るほど、自分の感覚が信じられなくなる。昔からこんなデザインだったに違いない。他の下着もすり替えられていたはずがない。気のせいだ。宇宙船たちに、脅されてそんなことを思ってしまっただけだ。気持ちが繊細になっているのだ。そう考えて自分の疑念を無視しようと努めるが、ふとした瞬間にやっぱり、この下着は自分のではないという感覚が蘇《よみがえ》ってくる。もし仮に実際に誰かがこれをすり替えていたとしたら。鳥肌が立つのを感じる。そのベージュの下着は去年の夏以来ずっとタンスに入っていたのだ。そしてまた夏になってタンスから出したのである。つまりその誰かは、この夏までの間に部屋に侵入している。それはもしかすると苺さんが殺される前かも知れない。

お嬢さんは米平を見た。米平はその視線に促されたように、鞄を探り、スーパーマーケットの白いビニール袋を出した。そこには何かが包まれている。顔を真っ赤にして、それをお嬢さんの方に突き出した。

「判ったのですか？」

米平はニヤニヤしながら正座した膝と膝を擦《す》りあわせるようにしている。

「いやあ、照れるなあ」本当に照れているようであるが、何に照れているのか判らない。

米平にそのベージュの下着を渡していた。「捜査のために必要なんです」と散々厚かましく言うので根負けした形でそれを貸したのだ。今はその下着を差し出して当の本人が耳まで真っ赤になっている。

この人はなんなんだろう。

「そういうのは良いですから」お嬢さんはそう言って、自分が少し笑っているのに気が付いた。蔑みのニュアンスが多分に含まれてはいるが、微笑ましく思っている自分もいるようで不思議だった。

「その、その下着はW社が大手スーパーのY堂の注文で作ったものでした。良い下着ですね」と米平はお嬢さんが受け取ったビニール袋を見て言った。

「それで？　それがなんなんです？」

「それが作られたのはベトナムの工場でして、W社が中国からベトナムに工場を移したのは去年のことなのです」

「え？」

「つまり。ね、判ったでしょ？　あなたが前に使ってた下着は凄い昔に買ったんですよね？」

「ええ」

「しかし、今ここにあるその下着は一年より前には存在し得ないんです」

「じゃあ」

「そう、やっぱりすり替えられていたんですよ。そして犯人はこの部屋のなかにまで入ってきていたのだ」

「そんな」

「にわかには信じられないでしょう、しかし事実なのです」

「あなたが嘘をついている可能性もあるわ」

「確かに。僕が嘘をついている可能性もある」

「え？」

米平は自分が嘘をついている可能性があることを認めてしまい、しばし黙った。そして再び口を開く。

「じゃあ、それで良いんですね？」

「どういうことですか？」

「僕が嘘をついているということで良いんですね？」

「どういうことですか？」

「僕が嘘をついてるっていうなら、もう良いです帰ります」

「え？」

米平には自信があった。お嬢さんは自分に頼らざるを得ないだろう。

「じゃあ、帰ってください」お嬢さんは言った。

「え、じゃあ、本当に帰っちゃいますよ」

「だから、はい」

米平は驚いてもうどうしたら良いか考えるのも嫌になって、その場に仰向けに寝転んだ。

お嬢さんは、まさに絶句するしかないのであった。

「違う。そうじゃない」米平は結構大き目の声でそんなことを言い、バネのように身体を起こすとお嬢さんを見る。「僕は嘘なんてついてない」

二人は見つめあい、お嬢さんは根負けし、目を伏せて頷き、それだけでは相手に意図が通じないだろうと口の中で小さく「判りました」と言った。

「え？」

「だから、判りました。あなたは嘘をついていません」

「そうでしょ？　だから言ったじゃないですか」

満足そうに頷く米平にどう返して良いか判らないお嬢さんはただぼんやりその美青年の顔を見ていた。これは彼が美青年だからだろうか。でもただの美青年だったらこんなに見つめることは出来ないわ。この人は恐くない。なんでだろう。成人男性の顔をこんなに長く見るのは大人になってから初めてのことだった。

「さて、どうしますか？　助けて欲しいですか？」

「へ？」

「あなたはあの怪人、空気ゴキブリに狙われているのですよ」

「あの、宇宙船はどうされているんですか？」

米平は戸惑いの表情を浮かべると、再び平静を装って言った。

「先生は今、別の捜査をされている」

米平の表情はテレビドラマのお芝居のように判りやすい。お嬢さんは不安を感じた。何かしらのトラブルがあったに違いない。

「何があったのです？」

「え？　だから何にもないよ、ちょっとご病気なだけだ」

「病気？」

「病気っていうか、だから、大丈夫。この少年探偵米平が居るから、御安心ください、お嬢さん」

米平はそう言って、色々と誤魔化すために大きく頷くのだった。

「それで、いったいどうするつもりなんです？　相手の目的はなんなんですか？　ただの巧妙な下着泥棒なんですか？」

「そうです」

「え？」

「あ、いや、違います。下着泥棒だけど、人殺しもするのです」

「そんなバカな」

「バカなことがありますか。現にあなたの親友である苺さんは空気ゴキブリに殺されたのですよ」

「そのことなんですが、本当に、苺さんは殺されたんですか？」

「え？　だってあなたがそう言ったんでしょ？」

「そうですけど、でも、やっぱりなんだか、そんなことありえないんじゃないかしら？　あれはただの自殺だったんじゃないかしら？」

「とんでもない、もしただの自殺だったとしたら、僕たちは困ってしまうじゃないですか？」

「困ってしまう？」お嬢さんは米平の意図を汲めずに考えたが、すぐにそれを理解した。つまり、自殺だったら探偵の出番がないということだろう。

「困ってしまうからというのは、苺さんが殺された理由になりませんよ」

「あーっはっは、はーはっはっは、ひひひ」

米平は大袈裟に笑った。目は笑っていない。多分、図星を突かれ、反論しようにも、言葉が浮かばず、とにかく笑っておいて、次になにを言うか考えて居るのだろう。

米平が、笑うことによってお嬢さんに対して自らの優位を保とうとしていることは、お嬢さんには良く判った。だから、冷静に彼の笑いが収まるのを待った。もともと本心から笑っているわけではない。米平は不自然に笑いを収め、言った。

「苺さんは殺されたのです。だって、じゃあなんで空気ゴキブリは今度はあなたのところに現れたんですか？　偶然ですか？」

「そういう可能性も」

「ないですね、そんな偶然起こるはずがない。あなたは邪魔なのだ」

「でもそういうことなら、私よりも先に、宇宙船や、あなたを殺そうとするんじゃないですか？」

米平は笑顔を作ったまま、固まり、考えているようだ。

お嬢さんは自分で言っておいて変だが、空気ゴキブリが人殺しで次に誰かを殺そうと思っているのなら、宇宙船ではなく自分を狙うだろうと予感していた。あれから何度も様々な手段を使ってziziや運動靴、目玉に連絡を取ろうと試みたが、誰とも連絡がつかなかった。もし、やはり苺さんが殺されたのなら、次に殺されるのは私だろう。そう思っていた。

「僕や先生を殺すのは難しいから、まずあなたを狙っているのですよ、あいつは」米平は考えた末そう言った。

お嬢さんは、米平の考えに賛同したわけではないが、結論、即ち空気ゴキブリが自分を狙っている、という点においては米平と同意見だったし、これ以上議論しても何も生れないことは判っていたので、小さく頷くのだった。姿の見えぬ怪人物が自分の命を狙っている。そしてそいつはすでにこの部屋に入り込んだのだ。その考えが、お嬢さんの柔らかな心をいたく苦しめた。

お嬢さんの顔からは血の気が引き、磁器のような白さに、はかない雪の美しさが光っていた。

米平は、そんなお嬢さんの真っ白な顔を見てニヤニヤ笑う。

「僕に考えがあります」そう言った。

「考え？」

「ええ。大丈夫ですよ、お嬢さん。この僕が、ずっとここに居てあげますから」そう言って大きく頷く。

「いったいそれはどういうことですか？　私の家にずっと居るということですか？」

「御明察。この僕は幸いなことに、誰かに時間を縛られるような小さな男じゃない」

「どういう意味ですか？」

「だから、誰からも縛られずに居るのですよ」

「無職ということですか？」

「無職？　バカな。無職の少年探偵なんて居ないでしょ？　少年探偵なんだから、仕事は少年探偵ですよ。だから無職じゃないでしょ？」

「それはどうでも良いわ、ここに泊まり込むなんて冗談じゃありません」

「冗談じゃないですよ」

「だから、冗談じゃないっていうのは、嫌だってことです」

「なんで？」

「だって、」お嬢さんはそこから先の言葉を飲み込んだ。「だって、男性と二人きりなんて」と出かかって、慌てて止めた。止めてみてなんで止めたのか考えてみると、米平を男性として意識していると思われるのが嫌だった。いや、自分が米平を男性として意識していることに気付いてしまったからかも知れない。

「だって、なんですか？」

「二人では嫌です」

「はっはっは、御安心ください。僕の優秀な部下も一緒ですよ」米平はそう言うと肩にかけた青いポシェットからウグイス笛を出し、力の限り吹いた。ホー、ホケキョ。という音はまるで口で言ったみたいにはっきりとしていて、上手とは言えなかったが、大きな音は出ていたと思う。

「なんですか急に？」

「静かに」米平はそう言って、頭を低くして両手を広げ、ゆっくりと注意深く部屋の中を見渡すようにしている。まさか、この部屋の中に誰かが潜んでいるとでもいうのだろうか。と、「ピン、ポーン」玄関のチャイムが鳴った。米平は立ち上がり、走って行って他人の家の玄関であることになんの躊躇もせずにドアを開けた。

お嬢さんが慌てて、そちらの方を見ると、みすぼらしい二人の人間が立っていた。

＊

お嬢さんの部屋に米平と鳩狩りの二人が座っている。小奇麗な一人暮らしの部屋にそぐわない三人は、狭い部屋をさらに狭く見せた。

「こちらがA、こちらがBです」どうして良いか判らず、押し黙っていた米平が急に鳩狩りの二人を紹介した。

「え？」

「ああ、A、Bと言うのは名前ですよ。彼らにはもともと名前が無かったんだが、先生が付けてあげたんです」

「どうもAです」

「あ、Bです」

「どうも」

「この人がお嬢さんだ」

「知ってるよ、さんざ見張ったんだから」Bがたてつくように言う。その声を聞いて確信した、Bはまだ少年だ。十四歳くらいだろうか？　お嬢さんは二人に興味を持った。

Aがあとを引き取って話を始める。「俺たち、ずっとこのマンションを見張ってたんです」Aは空気ゴキブリを取り逃がした際のいきさつをお嬢さんに説明し、相手はまたやってくるだろうこと、そして組織だって動いていることを話した。「だから、前みたいに外で見張っててもきっと気付かれてしまう」そう言って、次に続く提案を匂わせるだけして、言葉を切った。

お嬢さんはAをじっと見て、何か考えているようだった。

「どうですか？」堪えきれなくなった米平が言う。

「あなた」Aの目を見ながら言う、お嬢さんの声は妙に優しく大人びている。

「なんですか？」Aはその声に少し動揺して聞き返した。

「女の子なの？」お嬢さんは驚いたように、少し責めるように言う。

「ええ、そうですが」Aが言った。

お嬢さんは啞然《あぜん》とした表情になり、米平を見る。

「どうなってるんですか？　米平さん。この子たちはなんなんですか？」

「何って鳩狩りです」

「鳩狩り？」

「御存知ないんですか？　鳩を狩って暮らしているんです」

「鳩なんて飼ってどうするんです？」

「ははは、面白い人だ」

「は？」

「いやいや失礼、鳩を飼うんじゃ無くて、鳩を狩るんです」

「え？」

「米平、そんな説明どうでも良いよ、早く話を進めよう」自分たちのことを話されて居心地が悪く感じたのかAが口を挟む。

「だってこの人が訊いてくんだもん」

「当たり前でしょ？　なんなんですか？　鳩を狩る？　どういうこと？」

お嬢さんは子供が酷い目にあっていたりするのが我慢ならないのだ。それは誰しもがそうであろうが、お嬢さんの場合は特に過敏であった。子供を神聖視しているところが彼女にはあった。

「その話、一から聞きたいですか？　長いですよ」米平にとっては新しい話題でも無いし、それよりも話を進めたかったから、あからさまに嫌な顔をした。

「ええ、しっかり説明してください。事と次第によっては警察にお話しします」

「いやいや、警察になんて言ったら、みんな困ります。AもBも困るし、先生も困るし、それにお嬢さん、あなただって警察とは関わりたくないはずだ」

その通りだった。お嬢さんにしても警察とは出来るだけ関わりたくない。何も悪いことはしていないという自負はあったが、法律的には問題のあることの一つや二つはしているのだった。

「この子たちは虐待されて居るのですか？」

「え、虐待って親が子供をぶったりする奴でしょ？」

「親だけとは限りません」

「はっはっはっは、こいつらをぶてる奴なんて居ませんよ、な？」

「ぶたれる前にぶってやるね」Bが鼻で笑いながら言う。

「ねえ、もういいでしょう？　早く話に戻りましょう」Aはお嬢さんをなだめるように言った。

「あなたたち親御さんが居ないの？」

「居ないことはないだろうけど、会ったことはありません。覚えている限りは」

Aは少し嘘をついた。親のことはうっすら覚えていた。正確なことを言う必要はないと思ったのだったが、もしかすると自分は親の話をしたくないのかも知れないと思った。親の話をして、親を恋しく思ってしまうのが嫌だった。

「全部説明してください」

Aと B二人について全てを知るまでお嬢さんは頑として、話をしなそうな雰囲気であった。観念した三人は自分たちが知っている限りをお嬢さんに説明することにした。いい機会なので、読者諸氏にも鳩狩りについての話を聞いてもらおう。

鳩狩りは二人しかおらず、師匠のような男がいたが彼はすでに居ないということはもうご存知かと思う。ではどういういきさつで、二人は鳩狩りになったのか、つまり師匠と出会ったのか。AもBも、社会的には存在しない子供であった。両親は、なんらかの理由で子供の存在を隠さないといけない立場にあった。二人はなんの公的な記録にも載っていない。

そんな子供は二人以外にも数人居て、彼らは売られていった。ABは売れ残りだった。それを師匠が連れ出して育てたのだ。師匠と顔見知りだった宇宙船から事情を聞いただけで、本当のところは判らない。師匠や宇宙船が嘘をついていることも充分あり得る。師匠がいったいどんな人物だったのか今となっては判らない。ただ宇宙船だけがその一端を知るのみである。

確実に判っていることはAにもBにも、物心つくまでの物語がないということだ。まるで何もない空間にフッと突然現れた。そして今またフッと突然居なくなってしまっても、何も残らないだろう。我々の人生にはいくらかそういう要素があるが、二人のそれは非常に濃厚だった。社会的な存在の希薄さ。それが二人を人間社会よりも動物の社会にひきつけているのかも知れない。二人は野生動物に、より親和性を感じていた。どこか社会から外れた宇宙船や米平に心を開くのもそういう事情あってのことなのだろう。公共機関からの保護も受けられない。満足な医療行為も受けられない。税金も払わないで良い代わりに、使うことも許されないのだ。

そんな者の存在を私たちは信じ難いが、そういった者たちは私たちの目にはなかなか映らないのである。といって鳩狩りを哀れむなかれ。彼らは自らの境遇を嘆いたりはしていない。

むしろ誇りに思っているのだった。

　AとBに対するお嬢さんのインタビューという形で語られた二人の半生から、お嬢さんは誇り高く生きる二人の志を感じ、恥じ入った。

「何か出来ることはある？」最後にそう訊いた。

「別に、何も」

　AもBも悪びれず、皮肉も無く、ただ、なぜそんなことを訊くのかという表情で応えた。

「ね？　でしょ？」時々口を出しては、話の腰を折っていただけの米平は、お嬢さんを見てそう言うのだった。

お嬢さんはAとBのことが好きになっていた。自分の憬れを彼らに重ねた。お嬢さんもまた自らの性癖によって、社会からはみ出して居るのだった。そしてそのことを嘆き、他人の所為にしていた。それは責められないことなのかも知れない。お嬢さんには愛することが即ち犯罪なのである。

　しかし、AとBの生き様はお嬢さんの悲しい心を慰め勇気付けるのに随分役立った。

「さあ、本題に入りましょう」米平が言うと、Aが頷いた。この鬱陶《うっとう》しい時間を早く終わりにして、先に進みたいという様子だった。

「ええ、判りました」お嬢さんは納得し、言った。

　Aと米平は顔を見合わせて、どっちが話し出すべきか、互いの動向を探りあうような素振りを見せ、頷くと、お嬢さんを見た。話し始めるかと思ったら、どっちが話すか、結局決まっていなかったようで、もう一度顔を見合わせ、同時に何か喋ろうとした。

「あ、じゃあ米平喋って」

「いやいいよ、Aが喋って」

「いいっていいって」と譲り合っているのを見てBが口を出す。

「Aが喋ったほうがちゃんと伝わるから、Aが喋れば」

それを聞いて米平はムッとした表情をした。

「いや、ここはリーダーの僕が喋りましょう」

「どっちでも良いです」お嬢さんの言葉を無視して米平は続ける。

「つまりですね、あなたは命を狙われているのです。だから、要するに命をとられないようにしないといけないのです。つまり、僕たち米平少年探偵団が、ここに常駐してあなたを守る。要するに護衛ですね。つまりそういうことをですね、したいと思うんです」

米平は「つまり」や「要するに」を多用する。

お嬢さんはおそるおそる訊ねる。

「うちに住むってことですか？」

「ありていに言えばそうです」

「え？　嫌ですよそんなの」

「殺されるより嫌ですか？」

「殺されるよりはまあ、」

「でしょ？　だから殺されるよりはましなんですよ。大丈夫です。三人で泊まるので、な？」

「え？　俺たちもここに泊まるの？」Ｂは驚いて部屋を見回した。

批判がましい言い方を選んではいたが、好奇心が溢れ出ていた。

＊

君枝の斜め向かいには、夫の雅春が座っている。

雅春は柔和な表情をしているが、どこか無味乾燥に見えた。表情は張り付いた薄い仮面のようであった。君枝は煙草を咥えながら、真っ直ぐ前を向いている。その視界には雅春を捉えていようが、そちらには何の関心も無いようだった。

「君枝」雅春が口を開く。乾いた口内から唾液が糸を引く音が微かに聞こえる。

君枝は、ふいに首筋に冷たい金属の棒でもあてがわれたかのように、全身を一瞬震わせただけで、夫の方を見ようともしなかった。

「大丈夫？　最近ずっと家から出てないでしょ？」

君枝は黙っている。

「なあ、君枝。心配なんだよ、なんとか言ってくれないか？」雅春の言葉は芝居じみて聞こえた。

君枝は応えない。ただ煙草を咥えたまま唇の端から煙を吐き出した。

「このまま家から出ないつもりなの？　どうするんだよ。辛かったら病院に行こう」

君枝にはその声が全く聞こえていないようにすら見える。妻が家から出なくなることは時々あったが、ここまで長びくのは珍しかった。それを良い兆候と捉えようと思った。君枝の中で狂気と正気が戦っているものと。しかしあまりにも静かだった。君枝はただ存在しているだけ、空っぽに見えた。

「どうして良いか判らないんだよ」雅春は自分の足元を見た。スーツとちぐはぐな白い厚手の靴下。俺は紺のスーツにこんな靴下を合わせていたのか。

「このままじゃおかしくなる。なあ、どうにかしたいとは思っているんだ。でも、どうにかしようとして俺が何かすれば、君はそれだけもっと硬くなってしまうみたいで、何もしないのが一番のようにも思えたけど、それが一番恐いんだ。何もしないこと。無視すること。そうやった途端、なんていうか、俺たちの繋がりっていうか、そういうものが、完全になくなっちゃいそうな気がして」

「無視すればいい」君枝は夫を見もせずに言う。君枝の口から発せられてはいるが、どこかもっと遠くからやってきた声のようだった。

雅春は少し驚いたような顔で君枝を見た。何にせよ言葉が返ってくるのは久しぶりだった。そして無理に笑顔を作る。自分を鼓舞するために。

「出来ないよ」

「なぜ？」

「だってお前、夫婦だろ、俺たち」

「ふふ、ふふふ」君枝は笑い声を上げた。音だけだ。表情は一つも変わっていない。

「なんだよ」

「本当に上手ね。何度も言っているでしょ？　あなたが雅春じゃないことは知っているのよ」

「じゃあなんなんだよ」

「言っても無駄だわ、知らないんでしょ？」

「何を」

「自分が何者か」

「知ってるよ、自分が何者かくらい」

「じゃあなんなの？」

「だから、遠藤雅春だよ」雅春はうんざりするように言う。

「じゃあ自分がそれだってどうやって証明出来る？」

「それはだから、小さい頃からこう生きてきた記憶だってあるし、学校に通って友達も居るし、お前と結婚して、」

「本当の雅春は、あたしのことお前なんて言わなかった」君枝が鋭く言う。

雅春は黙ってしまった。

そうだったかも知れない。君枝がおかしくなる前までは、「お前」などと呼ばなかったかも知れない。知らず知らずのうちに、彼女を蔑んでいたのではないだろうか。気狂い者と疎《うと》んじていたのではないか。君枝はそんな自分の微かな心の変化を見逃さなかったのではないか。

俺は確かに変わってしまったかも知れない。あの事件以来、自分はどこか君枝を避けていた。君枝に寄り添っているつもりで、身体に密着するほど近いものを人は見難いように、近づくことで彼女の視線から逃げていたのかも知れない。

深い徒労感が襲ってきた。これまでこつこつと信頼を積み上げてきたように思っていた行動は、逆に全て彼女を遠ざける結果を招いていたのかも知れない。君枝に優しく話しかけていたつもりだったのに、その一つ一つに彼女を遠ざける要素が含まれていたのだとしたら。語りかけながら、その裏で、お前と俺とは違うんだ、お前は可哀想だ、と言外に言い続けていたのだとしたら。

雅春は真っ青な顔をしていた。

「ほら、何も言えない」

「俺は」

「なに?」そこではじめて君枝は雅春の方をチラッと見た。

「少し変わってしまったかも知れない」

「少しじゃないわ、あなたは変わってしまったのよ。あなたは自分を自分だと、つまり遠藤雅春だと思い込んでいるかも知れないけど、それは自己催眠のようなものなのよ。あなたがあなた自身を上手《うま》く騙せたとしても、あたしは騙せないわ」

「俺は」雅春の声には涙が混じっていた。そのことに自分自身驚いて、両手で口と眼《め》を覆って、しばらく何かを確かめていた。「どうすればいい」そう言った。

「あなたのこと、」君枝は相変わらず一点を見つめたまま、ほとんど動かなかった。

雅春は顔を手で覆い、目だけ指の隙間から君枝を見ている。君枝が再び口を開いた。

「でも悪いけどあたしは、あなたに関わってあげる暇はないのよ」

親指の爪を前歯に引っかけながら話す。顎に力がかかり声は捻れたわむ。が、その声には微かな憐憫《れんびん》が含まれているようだった。

「娘と夫を取り返さないといけないの」

「君枝、僕たちの紀子《のりこ》は死んだんだよ」

「はっ」君枝は大きく、蔑みの音を色濃く笑った。

「そんなの信じると思う？　あの子は生きてるわ。時々聞こえるもの、あの子の声が」

「どこから？」

「場所までは判らないけど、きっと宇宙から」

「そんなことあるわけないだろ？」

「なんで？」鋭く切り返す。

雅春は慌ててしまってから、慌てる必要などないことを思い出す。

「なんで紀子が宇宙に連れて行かれるんだよ」

「そんなこと判るわけないじゃない」

「ありえないだろ」

「ねえ、自分の理屈で説明出来ないことは全てありえないっていうのは筋が全く通ってないでしょ？　あなたの理屈とは全く別の理屈で動いてるのよ相手は」

「誰だよ相手って」

「善良な宇宙人。あなたのお仲間たちよ」君枝は言った。

君枝が探偵ごっこをはじめ、そっちにのめり込み出して少しは事態が好転したように思えたが、その頃から彼女は雅春のことを「宇宙人」だと言い出した。最初は笑って聞いていたが、彼女は心の底からそう信じているらしかった。本当の雅春は宇宙人に攫《さら》われ、偽物とすり替えられたらしい。今の雅春は宇宙人だ。この地球の外からやってきた人類とは別の生命体らしい。

「俺が宇宙人のわけないだろ？　お前との出会いから今まで全部覚えてるんだから」

「記憶ごと移し変えられてるのよ」

「でもじゃあ、この左手の傷だって」と、言いかけて、身体も完璧にコピーされたのだと言われることは判っていたし、君枝は実際にそう思っているのだ。こんな議論は何度も繰り返した。

「なあ君枝、宇宙人はなんでそんなことしたの？　わざわざコストをかけて俺を宇宙人とすり替えたってなんの得もないだろう？」

「コスト？　彼らにとってそれがとるに足らないものだったとしたら？　宇宙人の考えるこ

とは判らない、でもいつか、暴いてやるわ」

　君枝は賢い女性だった。少し独善的なところはあったが、短所と呼べるほど大きなものではなかった。それがあの事件を境にまるで繁茂する雑草のように、強く速く広がって、彼女は自分の考えを頑健な砦《とりで》のようにつくり上げてしまった。自分の考えだけが正しく、それ以外は全て間違っているとでも思っているのだ。雅春＝宇宙人論を、いくら崩そうとしても崩れない。君枝の中でそれは動かし難い真実であるのだ。宇宙人という圧倒的なテクノロジーを持った存在を引き合いに出されては、「この世界を作ったのは神である」という命題を否定出来ないのと一緒である。

　もしかすると本当に俺は宇宙人なのかも知れないな。確かに自分が自分のオリジナルであるなんて証明出来ないのだ。雅春はそんなことを思って一人笑うことしか出来なかった。

　今は、笑うことも出来ない。

　君枝は、爪を噛んだまま雅春を見る。首をゆっくり回す仕草からも身体中の筋肉が硬直しているのが判る。極度に緊張しているようにも見える。

「判ってるのよ、あなたが善良な宇宙人だってことは」

「俺なの？　俺がそれなんだな？」

「そうよ」

「じゃあ、俺が俺と紀子を攫って宇宙に連れてったたってこと？　だったらおかしいだろ、俺はここに居るんだから」

「バカにしないで、あなたたちが無数に居ることくらい調べがついているのよ」君枝は少し強い声を出す。続けた。「なんのために探偵業に就《っ》いたと思ってるの？」

「君はスーパーのレジ打ちだろ？　探偵じゃない」

「ふん、どうでも良いわそんなこと。あたしはあなたたちの正体を暴いて夫と娘を絶対に取り返すわ」

「紀子は死んだんだ」

「やめて。くだらない」

「何が？　何がくだらないんだよ、君は娘の死を受け入れられないだけだろ」

「紀子は生きている。エリエールがあたしに教えてくれたもの」

「なんだよエリエールって、良い加減にしろよ」

「あたしと暮らすのが嫌ならここから出て行きなさい」

「そんなこと出来るわけ無いだろ」

「そうよね、あたしを見張らないといけないもの」

「なんで見張らないといけないんだ」

「知らないわ、そんなこと。あたしが真相に近づくのが恐ろしいんでしょ」

「君が心配なんだ、君を守りたいだけなんだ」

「変なことを言うのはやめて」

君枝はついに無表情を崩し、顔を伏せた。その表情の歪みが何を物語っているかは判らない。

「変なことじゃないだろ、俺は君を愛しているんだ」雅春はつとめて冷静に言う。

「夫の顔で、声で、優しい言葉をかけないで」

君枝は叫ぶと、立ち上がった。時間が、慣性も働かず完全に静止したように、二人は黙っていた。

そんな二人をじっと見ている者がある。

男は、遠藤家の天井裏に、埃《ほこり》のように静かに横たわり、隙間から二人を窺っていた。

世紀の怪人物・空気ゴキブリである。

第十話　メッセージ

君枝と雅春の口論から、時間を十日ほど戻す必要がある。

空気ゴキブリは怒っていた。心に庵《いおり》を結び、そこから出ずに生きてきた。常人にはなかなかに理解し難い心情だろう。他人と接しても、心は開かず、自分の外に価値を求めず、ただただ己の性癖に忠実に生きてきた。

苺さんの死が男を変えた。

空気ゴキブリは信条を変え、苺さんの死の真相に迫ろうとしている。男はマーヤ夫人なる人物を探していた。

マーヤ夫人。皆様は覚えておいでだろうか？　苺さんのパソコンに貼られた付箋、そこに「マーヤ夫人　25日19時」とあったのを。そして、苺さんの死んだのは25日の深夜なのである。

以来、空気ゴキブリはマーヤ夫人を追っていた。そして、見張っていたお嬢さんのマンションで宇宙船と出会った。読者諸氏もその邂逅《かいこう》を記憶しているだろう。では、なぜ空気ゴキブリはお嬢さんを見張っていたのか？　それは後に明かされる。

空気ゴキブリは、宇宙船こそマーヤ夫人であると確信していたのだった。どうにかその確証を得たい。

十八時過ぎ、まだ日が残っていた。暑い。

マンションの金属製の階段を登るスーツ姿の男。不思議な光景だ。靴が鉄板を打つ音がしない。まるでタンポポの綿毛のような彼の足音は街の雑音に隠れている。

空気ゴキブリの主戦場は夜である。まだ明るいうちから行動することはない。なぜ、危険を冒してまで明るいうちに行動しなければいけなかったか。忍ぶ相手がただの女性ならば問題はなかっただろう。稀代の怪人物・空気ゴキブリが忍び込もうとしているのは、これまた稀代の異常探偵・宇宙船その人の家なのだった。

宇宙船は空気ゴキブリを見たほとんど唯一の人物である。

空気ゴキブリは、その怪人生においてはじめての好敵手を得たわけである。空気ゴキブリにとってこれまでの相手は取るに足らない標的であった。宇宙船は違う。空気ゴキブリは調査を重ね、忍び込む機会を窺った。宇宙船はなぜかこの数日間、常に在宅している。家から一歩も出ようとしない。隙をつかないとばれてしまう。

彼は外から彼女の生活リズムを把握し、彼女が深く眠るタイミングを見計らい、自らの表の顔、つまり会社人としての自分の仕事のタイミングと合わせて、今、ここに侵入を決行しているのだった。恐るべきは、空気ゴキブリのその執念であろう。

そして空気ゴキブリは６０９号室に忍び込み、そこから宇宙船こと遠藤君枝の家、５０９

号室の天井裏に至った。床と天井の隙間を這っている。

真っ暗闇である。ただ一点、床から一条の微かな光が漏れている、リビングの点検口の隙間であろう。背広のポケットには乾燥食糧が入れてある。なんとなれば飯など二三日我慢も出来るが、いざという時動けないのでは困る。最低限のエネルギーを身に残しておかねばならない。水もいくらか持ってきてはいるが、水道管などから容易に手にはいるため、量は少ない。

光に向かって這う。マンションの天井はコンクリートの梁《はり》から格子に組んだ垂木《たるき》を吊り、そこに防火の板とベニヤを張って作ってある。重さをかける場所を間違えれば天井が抜けてしまいかねない。高さ四十センチほどの空間。体重を上手く分散しながら、井桁に組まれた垂木を這って進む様は、ゴキブリというより不気味な人間蜘蛛《ぐも》のようであった。

天井裏の床から伸びる光の線は埃を煌《きらめ》かせ、光の噴水のように美しい。静寂の世界の住人たる無数の埃たちは互いに絡み合い静かに横たわっている。闖入者《ちんにゅうしゃ》の巻き起こす微かな空気の流動に宙を舞うのは若い埃たちだ。

この閉ざされた空間にいったいどこから埃がやってくるのだろう。そんなことを考えながら空気ゴキブリはゆっくりと、光の筋に近づいていく。点検口の穴から部屋を覗く。しかし、天井の厚みが邪魔をして、室内の様子はほとんど窺い知ることが出来ない。

「さて」空気ゴキブリは口の中で呟くと、作業に取り掛かった。宇宙船が眠っている間にことを済まさねばならない。

さっぱりと欲ばらず
吉沢久子

●

異常探偵 苺さん殺人事件
前田司郎

●780円

狂った機関車 鮎川哲也の選んだベスト鉄道ミステリ
鮎川哲也 選 **日下三蔵** 編

●900円

ほろよい味の旅
田中小実昌

●860円

わが文学 わが作法 文学修行三十年
水上 勉

●800円

応家の人々
日影丈吉

●900円

追懐の筆 百鬼園追悼文集
内田百閒

没後50年

●1000円

中公文庫 2021 2

日村誠司が代貸を務

組の親分の元には一風変わった経営再建の話が次々持ちかけられる。今度の舞台は古びた銭湯！ 人情味あふれるヤクザたちはお客を取り戻せるのか。〈解説〉関口苑生

こんな時代に、銭湯の建て直し!?

場

お待たせしました、大好評「任侠」シリーズ第4弾文庫化！

●720円

新刊案内

任侠浴
今野敏

…を務める阿岐本

人には見えないものが見える。幼い厩戸御子は悩んでいた。彼に霊性を感じた崇仏派の蘇我馬子、排仏派の物部守屋は御子をそれぞれ取り込もうとするのだが。

私立探偵・橋本は仕事の成功を祝い鉄道旅行を楽しんでいたが、千畳敷殺人事件の容疑者として拘束される！ 複雑に仕組まれた罠に十津川警部が挑む。

●620円

(五)

商賈の道を捨て、荘襄王とともに理想の国家をつくるため、大国・秦の宰相として奔走する呂不韋だが……。宮城谷文学の精髄、いよいよ全五巻完結！

●820円

古代中国の大国、斉に生まれた孟嘗君は、多様な力が国と人とを動かす時代に、智慧と誠実を以て

然と輝く存在で

円

ジウII
警視庁特殊急襲部隊

誉田哲也

新装版

新装版『ジウ』3部作 3か月連続刊行

日本を震撼させる巨大な闇

誘拐事件は解決したかに見えたが、依然として黒幕・ジウの正体は摑めない。事件を追う東と美咲。一方、特進をはたした基子の前には不気味な影が。〈解説〉宇田川拓也

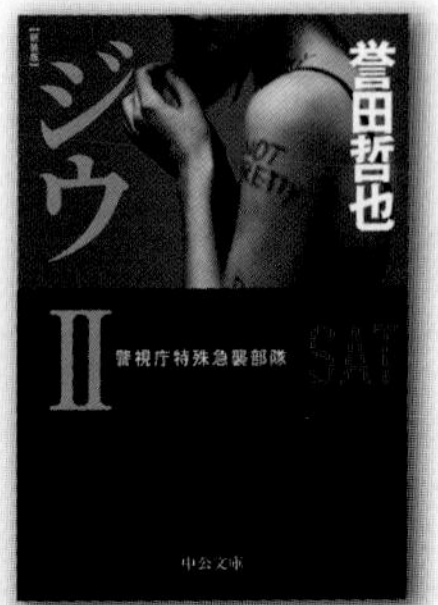

●720円

伊沢拓司さん推薦！
シリーズ累計950万部突破

新装版 マンガ日本の歴史【全27巻】以下続刊
石ノ森章太郎

9 蒙古襲来と室町幕府の成立

10 南北朝動乱と足利義満

●各840円

中央公論新社 http://www.chuko.co.jp/
〒100-8152 東京都千代田区大手町1-7-1 ☎03-5299-1730(販売)
◎表示価格は消費税を含みません。◎本紙の内容は変更になる場合があります。

やがて夜になり、日が落ちると天井裏には一切の光が届かない。微動だにせずうずくまっていた空気ゴキブリがゆっくり、ゆっくり顔を上げた。部屋に人が帰ってくる気配を感じたのだ。

下の部屋に明りが灯り、点検口の四角い蓋の四辺から光の壁が立ち上がる。

空気ゴキブリはゆっくりその隙間に顔を近づける。顔がぼんやりと照らされる。強い光が髪に、額に、そして眉毛に、ついには目玉に射し込む。空気ゴキブリは右目を光の線上に置く。闇に順応して開ききった瞳孔に光が通ると、あまりの眩《まぶ》しさに頭がくらくらとする。瞳孔はすぐさま収縮し、網膜に、天井下の光景が結像した。

リビングでは何かが緩慢に動いている。あれは宇宙船の夫だ。

天井に開いた点検口は四十五センチ四方の扉で蓋をされている。蓋の表面には天井に張ってあるものと同じ壁紙が張ってあり、その四辺はアルミの金具で縁取ってあった。

誰が自分の家の点検口に付いたアルミの縁がいつの間にか無くなったことに気付くだろうか。

思い浮かべて欲しい。読者諸君の家の天井の点検口の蓋にアルミの縁取りがしてあるか、していないか。即座に正確な答えを出すことが出来る人は極端に少ないだろう。我々はそのような些事にとらわれて暮らしてはいないのだ。空気ゴキブリは宇宙船の眠っている間に、点検口の蓋のアルミの縁取りを全て綺麗に外してしまっていた。それによって点検口の蓋を縁取るように数ミリの隙間が四角く出来ているのである。そこから居間のかなりの部分を窺い知ることが出来るようになっていた。

宇宙船の夫は部屋着に着替え椅子に座ってテレビを点けぼんやりと眺めだした。

しばらく経って扉が開く音がする。

「起きてたの？」夫が声をかける。返事はない。

宇宙船が自分の部屋から居間に出てきたのだ。宇宙船は頭巾に覆われた頭を抱え、煙草の煙をくゆらせながら、リビングを通ってお手洗いに向かう。夫のことは見もしない。

宇宙船の奴、家に居ても頭巾をとらないのか。空気ゴキブリは天井を這って宇宙船よりも先に宇宙船の部屋に向かう。胸のポケットから小さな錐《きり》を出すと、部屋の天井に素早く穴を開けた。しばらくして穴に光が灯る、宇宙船が部屋に戻ってきて明りをつけたのだ。

穴を覗くと部屋の中央の床が見える。目を回せばもう少し広く見えるが天井の厚みに邪魔されて死角になる場所がある。宇宙船は咥え煙草のまま、ベッドに横たわり、しばらく動かなかった。そして煙草が短くなると、ヘッドボードの灰皿に吸殻を捨て、新しい煙草に火を点けた。

こうして空気ゴキブリはゆっくり、まるで粘度のある液体が緩い坂を流れるように静かに、宇宙船と夫の生活を観察しはじめた。天井裏から会社に通い、仕事を終えてまた天井裏に帰ってくる。二人の動向を見守り続けた。

奇妙な同棲《どうせい》生活はこうしてはじまったのだった。

宇宙船夫婦に会話はなく、あっても夫が一方的に話しかけるだけで、とても会話と呼べるものではなかった。宇宙船はほとんど動かず、その恐るべき感受性は鈍磨《どんま》しているようだった。

そして空気ゴキブリは宇宙船と夫の件《くだん》の会話を目撃したのだ。

宇宙船は夫を、宇宙人だと思っている。宇宙船は妄念にとりつかれている。空気ゴキブリは混乱していた。オレは異常探偵・宇宙船に対して思い違いをしていたのではないか。宇宙船こそマーヤ夫人であるという確信は間違っているのか？

敵意を持って潜り込んだ宇宙船の家であったが、敵の意外な弱みを眼前にして動揺していた。宇宙船に対する言い知れぬ親近感と、深い同情を覚え、その出処《でどころ》の判らなさに、戸惑いと、不思議な喜びを覚えるのだ。自分でも不可解でならないのだが、それはなぜか郷愁《きょうしゅう》のようなものに似ていた。

＊

お嬢さんが買い物から帰ると、三人は大人しく待っていた。

米平はちゃぶ台の前に正座して座り、AとBはそれぞれ部屋の端の方に小さく座っていた。

「ただいま」

「おかえりなさい」米平が言うと、おずおずとAも言う、「おかえりなさい」小さな声で。さらに小さくBが「おかえりなさい」と言う。AとBは「おかえりなさい」と言ったことがないのかも知れない。お嬢さんは買ってきた食材を冷蔵庫に入れながら、あらためて三人を見た。

何かがおかしい。三人とも行儀が良すぎる。米平がチラチラとお嬢さんを見ている。本人は気付かれていないつもりらしい。ああ、何かやったな。お嬢さんは確信した。

「何してたの？」お嬢さんが聞くと、やや間があって米平が口を開いた。

「え？」

聞こえていたのに、答に窮して聞こえない振りで返してきたな。「何してたの？」お嬢さんはもう一度、全く何事もないかのように同じことをきいた。

米平は、AとBを見るが、ABともに米平の方を見ようとしない。まるで聞こえていないような素振りで手を見たりしている。

「色々、考えごとをしていました」米平が応え、お嬢さんを窺う。

お嬢さんはその間に部屋を見回して、ものが移動していることに気付いた。三人はお嬢さんの留守中に家《や》捜しでもしたのだろう。探偵ごっこのつもりかな。違うか、この子たちは本物の探偵のつもりなんだから。私だって、一緒になってやっている。苺さんの死の真相を解明するために、この子たちの言うことを信じようとしている。

死の真相か。そんな言葉を実際に使う日がくるなんて。

なんだか面白かった。苺さんの死が絵空事になって、ついでに自分の生活や、重苦しい日常も、自分から離れて行くようで痛快でもあった。全然良く判らない人間が三人も私の部屋に居て、ゴロゴロしている。時間を遡ってちょっと前の自分に教えてもきっと信じないだろう。

お嬢さんは一人で暮らしてきた。家族と居ても友人と居ても一人だった。苺さんや仲間たちと趣味の語らいをしている時ですら、一人だった。そんなことは当たり前なのかも知れないが、自分以外の人間はみな一人じゃないように思えて羨《うらや》ましかった。ああ違う、そんなことを言いたいのではない。

ただ、今、ワクワクしている。

三人の子供じみた人物を家に迎え入れ、まるで自分が、子供のころにした夢想の中に居るような、そわそわした興奮を感じている。苺さんは死んだんだ。自殺か他殺かは置いておいたとしても、もうこの世に居ないという事実は動かない。同志であり友人であり恩人でもある苺さんの死がまだ色濃く残っているのに、私はワクワクしている。そのことに強い罪悪感を持たないといけないという意識はあるのだけど、持たないといけないと思っている時点で、おかしい。苺さんの死を悼《いた》む気持ちはとても強いのだから、ワクワクするような心境になるはずが無いと思うのだけど、こうしてワクワクしている。お嬢さんは、座る。目の前に米平が居る。

「で、どうですか?」努めて厳しい口調で言った。

「何がですか?」と米平は動揺している。

「だから、犯人の形跡というか、なにか手がかりは見つかりましたか?」

「え?」

「家捜ししたんでしょ?」お嬢さんが言うと、米平は目を逸らす。顔だけで言えばテレビスターのように美しい。成人男性に興味のないお嬢さんですら、米平の整った顔は好ましいと思える。

その美しい顔を奇妙に動かして、米平はAを見た。

Aは心配そうにこちらを見ていたが、お嬢さんと目が合うと、一度瞬《まばた》きし、顔色を変え、それでも視線の動かし方を忘れてしまったように、じっとお嬢さんを見ていた。

お嬢さんは小首を傾げるようにして言外に「どうしたの?」とAに訊ねた。この少女は、自分が女性であることに気付いてすらいないように見えた。いつも青年期の男性がするように、自分を律して大人に近づこうとしている。女性らしい感性や趣味から遠く離れて暮らしてきたからだろうか。

「あの」そう言って黙ってしまった。大人びて見えるが、実際はもっとずっと子供なのかも知れない。コミュニケーションの拙《つたな》さが、幼さを際立たせている。お嬢さんもコミュニケーションに問題を抱えているが、この三人と居ると自分が大人だと思い知らされそうで恐い。

「俺たちはやめろって言ったんだ」黙って部屋の端、お嬢さんの後ろの辺りに座っていたBが突然口を開いた。

「なにを?」

「米平が勝手に部屋のものを弄《いじ》りだして」

「お前たちだって弄りだしたじゃないか」

「だって、見たことなかったんだもん、こういう普通の家の中なんて」Aが反論する。

「ほらお前たちが見たかったから見たんじゃないか」

「米平が弄りださなければ、俺たちだって弄らなかったよ」とB。

「僕は、捜査の一環として」

「嘘つき、なんか興奮してたじゃないか」

「してないよ」米平が大きな声を出して、お嬢さんをチラと見た。

しばらく言い争いする三人の話を聞いていると、要するに三人は楽しくなって部屋中の物を漁ったらしい。それは捜査とは全く関係のない行為で、お嬢さんもまあ、それくらいのことはあるだろうと思っていたから大して驚かなかった。自分の性癖のことは知られていたし、本当に見られたくない物はパソコンの中にデータとしてある。それは誰にも見られないようにパスワードで守られていた。この三人にそれが破れるとは思えない。とはいえ、タンスの中や、引き出しの中を漁られるのは気持ちの良いものではない。なのに不思議と嫌な気がしなかった。三人の言い争いを聞きながら、表情が緩んでいるのを感じる。微笑ましいの一歩手前くらいの感情だった。

言い争いはAとBが共闘し、米平が悪いということに落ち着きそうになっている。話を聞いていても、どうやら実際に米平に非がありそうだ。AとBは、弟や妹のように、米平のイタズラに参加しただけらしい。

「でも、犯人の手がかりを見付けたじゃないか」米平が言う。

「違う、それは俺が見付けたんだ」Aが言う。

「僕が、色々見はじめたから、見付けられたんだろ?」

「ちょっと待って」米平とAの間に、お嬢さんが口を挟む。「手がかりが見つかったの?」

「ええ、見つかりました」米平が少し怒ったように言う。

「なんでそれを早く言わないの」

「いえ、あとで話そうと思っていたので」

「何があったんですか?」

米平はAを見る。Aは会話を引き取って言う。

「手がかりっていうか」

「なに?」

「犯人からのメッセージです」

「え?」お嬢さんは焦燥から、お尻を浮かせ、立ち上がりそうになった。「メッセージ?」

「あ、はい、なんか、先に先生に見せようって米平が」

「見せて。見せなさい」

米平はふてくされたような顔を見せたが、お嬢さんの勢いに押され、よれよれの薄いジャケットのポケットから、紙切れを出した。

「先生に見せようと思ってたのですが」

「いいから」おずおずと差し出されたそれをひったくる様にして、見る。紙には

『お前に何が出来る？　この役立たずめ』

そう書かれていた。

「どういう意味なの？」お嬢さんが米平に言う。

「さあ、役に立たないということじゃないですかね？　僕にもさっぱり判らない。僕は役に立つ人間ですからね、役立たずの気持ちは判らないなあ」

「おい米平、そこになんて書いてあるの？」とA。鳩狩りの二人は漢字が読めなかった。

「なんだ、こんな字も読めないのかい？」米平は得意げに笑い「お前に何が出来る？　この役立たずめって書いてあるんだ」とAを見た。

「なんだ米平のことか」とAが言う。

「僕のことなものがあるものか」

米平が大きな声を出すので、Aは面倒くさそうにBの陰に隠れた。

Bは呆《ほう》けたような顔で壁を見ていた。

第十一話　静かな対決

宇宙船の家に女が訪ねてきたのは午前十一時。ある日曜日の事だった。

温室のような暑さのなか空気ゴキブリは眠っていた。天井裏では腰を伸ばして座ることも、腕を伸ばしてまわすことも出来ない。床は天井である、変に重みをかければ抜けてしまう。身体を縮こめて生活せねばならぬから、血流は阻害され、あちこちが凝り固まる。こんな所に一日何時間も潜んでいるなんて常人であれば気がおかしくなってしまうだろう。しかし怪人物・空気ゴキブリはその押しつぶされそうな感覚に、安心すら感じるのだ。すでに気がおかしいのかも知れない。いや、きっとそうに違いない。正常な神経の持ち主であれば、この社会に順応し、このような怪奇な犯罪行為、即ち他人の家の屋根裏に住むことなど出来ようはずがない。

空気の対流もほとんどない世界、薄暗い塵《ちり》の砂漠に、丸まった人の形をしたオブジェが置かれている。全く奇妙な光景である。空気ゴキブリは眠る猫のように微動だにせず、ただ五感だけを冴《さ》えさせたまま、半分死んだように佇《たたず》んでいる。呼吸に合わせて身体がゆっくりと上下している。それが、ふと、止まった。じわりと首が持ち上がる。玄関の方に人の気配を感じたのだ。カサカサとそちらに向かう。身体を動かすと、腰と肩に滓《おり》のようにたまった血の倦怠《けんたい》感が散っていくのが判る。宇宙船の私室の天井から玄関まで這う間に空気ゴキブリの身体は徐々に生気を取り戻していった。

玄関のチャイムが鳴ったのは、空気ゴキブリが玄関前の廊下の天井に到達する寸前であった。

宇宙船の引きずるような足音が微かに聞き取れる。玄関に着くと、宇宙船はドアノブをまわした。ドアが開く。

潜入して以来、宇宙船が夫以外の人物と接触するのを見たことがない（米平と鳩狩りたちの訪問時、空気ゴキブリは会社に出勤していた）。空気ゴキブリの胸は高鳴っていた。訪ねて来た者と、宇宙船は目を合わせた、だろう。残念ながら空気ゴキブリには二人を見ることは出来ない。耳を澄ませて天井下の状況を見守る。

夏の終わりの暑さのなか、冬の空気のように冷たく鋭い沈黙が、数秒続いた。

宅配便や、何かセールスの類では無さそうだ。

「お久しぶりです」相手が口を開いた。女だ。

「ええ」宇宙船の声は、重いが、相手を拒否しているのでは無さそうだ。会話が短か過ぎてまだ正確に判断出来ない。早く次の言葉を聞きたい。しかし、二人はしばらく黙っていた。

「あの、私」次に口を開いたのは訪問客のほうだ。それだけ言うと黙ってしまった。

「仕事のことかしら」これは宇宙船。夫と喋る時とは明らかに違う、優しさを含んだような声色だった。

「ええ、それもあるけど」その先は聞き取れなかったが、心配という単語はどうにか耳に入った。きっと、「あなたが心配だったから」というような言葉が続いたのだろう。

「良かったら」と、宇宙船は言い、訪ねて来た女は宇宙船に導かれて居間に向かった。

空気ゴキブリは上からついて行く。居間の天井にある覗き穴（点検口の蓋のふちに作った隙間である）から見下ろすと、女は三十代後半くらい、宇宙船より若く綺麗な顔立ちをしているようだった。

宇宙船はダイニングチェアに座り、煙草に火を点けた。茶も出さない。雅春が好んで座る椅子に座っている。

「君枝さん、大丈夫？」

「ええ、あたしはいつも大丈夫よ」

「本当にそうかしら」女の喋り方は宇宙船を敬《うやま》って下から見上げているかのような話し方ではあったが、どこか母親じみている。言葉の入り「本当に」の部分はどこか自信無げな響きを帯びておずおずと発せられたが、「そうかしら」には全てを知っている者が、何も知らない者に対して使うような一種、諭《さと》すような声色が含まれていたように、空気ゴキブリは感じたのだ。

宇宙船はそのことに気付かないのだろうか。言葉を続けたのは訪ねて来た女だった。

「まるで空気の抜けた風船のように見えるから」

「それはそうかもね」宇宙船は煙草の灰を灰皿に落とし、再び咥え、吸い、もみ消し、新しい煙草に火を点けた。

訪ねて来た女は、君枝の同僚らしく、上司からの伝言を伝えた。休むなら医者の診断書をもってこいということ、それが不可能なら、クビにせざるを得ないということであった。宇宙船は黙って聞いていた。特に動揺は感じられない。女の話が終わると、言った。

「あの人はあたしをクビになんて出来ないわ」その言葉に虚勢はないように聞こえたが、わざわざそんな発言をすること自体が、自らの不安を代弁しているかのようであった。頭巾の中に手を入れて頭を掻く。

女はそれを見ていた。宇宙船が女の視線に目を合わせる。

「家でも頭巾を被っているんですね」

「ええ」

「なんで？」

「さあね」

「何かから隠れてるの？」

「そんなところ」

「それとも何かを隠しているの？」

宇宙船は女を見た。

「違うわ、遮《さえぎ》っているだけよ」宇宙船は、どうせ言っても判らないと思って子供に何か真実めいたことを不意に漏らす大人のような口調で、また視線を机の上に彷徨わせた。

った。


「声?」女が言う。

宇宙船の肩が鋭く微かに動いた。

女は宇宙船を真っ直ぐに見つめている。宇宙船も視界の端に女の顔を捉えているようであった。

女はゆっくりと微笑んだ。

宇宙船が女の方を向く。

「なんですって?」

「聞こえるはずのない声が聞こえてるのではなくて?」女の問いかけに宇宙船は応えない。

女が続けた。「友人から聞いたのよ、あなたが頭巾を外し、まるで電話するみたいに、姿の見えない誰かと話していたって」

それを聞いて、宇宙船の緊張が解けたようであった。

「そういうこともあったかもね、独り言が多いからあたし」

女は少し身を乗り出す。

「あのね、君枝さん、私とあなたは友達ですよ。あなたが悩みを打ち明けてくれなくても、あなたが悩んでいるって判っただけで、私はあなたを支えたいと思うわ、あなたは私に悩みを打ち明けるんだわ、きっとあなたの中のことを私に教えてくれようとしているわね」

女は宇宙船の目を見つめながら、ゆっくりと強弱をつけて、高い音と低い音を取り混ぜてそう言った。空気ゴキブリには女の言葉の意味が良く判らなかった。それはまるで呪文のような響きをもっていた。表情は見えないが、その背中、その呼吸、その佇まいから、宇宙船が動揺していることが見て取れた。まるで今にも泣きそうな子供の後ろ姿のように見えた。

どうしてしまったのだ。異常探偵・宇宙船ともあろうものが、こんな女の言葉に動揺を見せるなんて。宇宙船は力なく首を縦《たて》に振ったように見えた。もしくはただ下を向いただけかも知れない。しかし、これほどに宇宙船がただのか弱い女のように見えたことはない。

空気ゴキブリは、訪ねて来たその女に興味を抱いた。宇宙船が煙草をもみ消す。次の一本を出そうと箱を探った。宇宙船の煙草が無くなった、新しい煙草の箱をとりに立ち上がろうと腰を上げた宇宙船に向かって、女が先に立ち上がり自分の煙草を差し出した。

「外国の煙草なんだけど良かったら」

「ニコチンは入ってる？」

「え？　ええ、もちろん」

「だったら何でも良いわ」

見たこともない色の煙草の箱は日本の物よりも細長く、アラビア語と思しき文字が書かれている。箱から飛び出た煙草は太く、手で巻いたような粗さがあった。宇宙船は女が差し出した煙草を咥える。女はライターの火を近づけて、煙草の先に着火すると、そのまま近くの椅子を引き寄せて宇宙船の斜め向かいに座りなおした。

女も自分の煙草に火を点けた。天井の空気ゴキブリから、女の顔が良く見えるようになった。美しい、美しいがどこか、汚れた雪のような物悲しさがある。

二人はしばらく煙をふかし、女は職場で起きたどうでもいい話をはじめた。そこには宇宙船の同僚の名前や、同じ職場で働く数人の人間の名前が出てきたが、煩雑になるので記すのはやめておこう。その会話の中で、女がマナコという名前であることを空気ゴキブリは知った。宇宙船が女のことをそう呼んだのだ。下の名前で呼ぶなんて、この女が言うとおり二人は友人関係にあるということか？　空気ゴキブリには何か判然としない思いが残った。宇宙船に友人が居るなんて。空気ゴキブリが観察してきた宇宙船には常に孤高のイメージがあった。しかし穏やかに、時にユーモラスに語るマナコの言葉を聞きながら、「ククッ」と宇宙船は笑い声を漏らすのだった。

二本の煙草から煙がくゆっている。

「私、聞いたんです」マナコは言って、宇宙船の反応を見る。

宇宙船は煙草を咥えたまま、目だけで「何が？」と言った。ゆっくりと煙を吐き出す。

「私も子供を亡くしてるの」マナコはそう言って、煙草の煙を肺に入れ、ゆっくり吐き出した。

宇宙船は黙っていた。宇宙船が子供を失ったらしいことは、夫である雅春との会話から、空気ゴキブリも知っていた。しかし、宇宙船は子供の死を受け入れられず、宇宙人に攫われたという妄念を抱いている。

「そう」とだけ、答えた。

空気ゴキブリはそこに宇宙船の優しさを見た。宇宙船は自分の子が生きていることを主張してマナコを困らせたりせず、彼女の悲しさに寄り添ったように見えた。

点検口の蓋の隙間を通って煙草の臭いが上がってくる。外国製だからだろうか、宇宙船がいつも吸っている煙草に比べて甘くべとつくような臭いが、鼻から喉《のど》にかけて張り付いてくるようだった。空気ゴキブリは口を動かして唾液を分泌させ飲み込むと、咳《せ》き込むのを堪えた。

「君枝さんも」マナコはそこまで言って言葉を切った。その先は言いにくい言葉らしく、宇宙船に察しさせようという腹だ。

宇宙船はかまわず続けろという態度で黙ってマナコを見ている。煙草を挟んだ指で目尻を掻いた。

「同じだって、聞いたから」マナコは、言いにくそうにそう呟いて、煙草を挟んだ指で目尻を掻いた。

宇宙船は少し微笑むと「同じではないけど」と言って煙草を一度吸い、口から離し「似たようなもんね」と言ってまた煙草を咥えた。

マナコは寂しそうに微笑み、煙草を一度吸い、口から離し「良かったら聞かせてくれませんか？」と言って煙草を咥えた。

天井から二人を見下ろしていた空気ゴキブリは先ほどから、二人の姿に何か気味の悪さを感じていた。その正体は判らなかったが、今になって判る。二人はまるで同じ振り付けのダンスでも踊っているように動いているのだった。宇宙船かマナコ、どちらかが意識して相手を見れば、鏡を見ているかのごとくであろう。いったいどういうことなのだろうか。二人の息がぴったり合っているのだろうか、双子でもない二人にこのようなことが偶然起きるとは思えない。どちらかが意図してやっているのだ。いったいどちらが？　そしてなぜこのようなことをするのだろうか？

「そうね」と宇宙船が言う。それは肯定とも否定ともとれた。空気ゴキブリには、宇宙船が言外に「いつか気が向いたら話すわ」と言っているように思えた。

「そう、じゃあ聞きますね」

マナコの発言は、言葉だけ聞くと、先ほどの宇宙船の発言と、いまいち嚙み合っていないように思えたが、音で聞いていると、ぴったりと寄り添っているように聞こえた。寄り添ってまるで、足の萎《な》えたお年寄りをゆっくりと、誘導しているようであった。

マナコは煙草をふかしながら、長い指を魚の背びれのように動かしている。五本の指が一つのように波打っている。宇宙船はそれを見つめていた。

「話したいんじゃないですか？」

マナコが言うと、宇宙船はゆっくり首を横に振る。

「そう、だったら私、聞きますわ」

明らかに嚙み合っていない。

「ええ」

宇宙船はそう小さく言って「聞いてくれる？」と続けた。

空気ゴキブリは戦慄《せんりつ》した。二人の会話の異様さにだ。

マナコは新しい煙草を一本、宇宙船に差し出し、自分でも咥えた。二人はしばらく煙の行方を眺めていた。宇宙船はゆっくり話しはじめた。

「あたしたちは二十年ぐらい前、結婚したわ。少し早すぎるかとも思ったけど、彼になんの不満もなかったし、なにより彼のことを愛していたから」そこまで言って、一度煙草を吸う。

「今でも愛しているのよ、彼のことは」と言った。

「そうよね」マナコは宇宙船を見ずにゆっくりうなずきながら言う。

宇宙船とマナコは、互いに向き合わず、しかし、互いが視界に入る位置に座っている。手を伸ばせば届く距離に座っているが、警戒心を抱くほど近くではない。

「子供が生れたわ、一九九七年六月十日の早朝、あたしは何がなんだか判らなかった、けど、世界が変わったように思えた。嬉しかった、何か、物凄い力が湧いてくるような、判る？」

「判るわ、長い冬が終わって春が来たような」

「そう、そんな感じだったかもね」

「判るわ」マナコはゆっくり噛みしめるように繰り返す。

「紀子が生れてから、とにかく忙しくて、自分がどこかへ居なくなるほどだったけど、あれほどの幸せを感じたことはなかった。今まで幸せって言葉の本当の意味を知らなかったんだって思った」

「旦那さんはどうだったの？」

「雅春は、夫は、優しかった。出来るだけあたしをサポートしようとしてくれたし、あたしと同じくらい紀子を愛していたと思う」

空気ゴキブリは宇宙船の「あたしと同じくらい」という言葉に、二つの意味を感じ取った。即ち、夫は娘を愛していた、という意味と、あたしを愛するのと同じくらい娘を愛していたという意味だ。宇宙船がどちらを意図していたのか、それとも両方を意図していたのか判らないが、夫が宇宙船と娘を二人とも愛していたのだろうと、空気ゴキブリは思った。

「いい旦那さんだったのね」マナコは過去形を使って言った。

「ええ、本当に幸せだったわ」宇宙船は過去形を使って答え、しばらく黙って煙草の煙をくゆらせた。灰が膝の上に落ちるのをものともしない。「あたしは仕事に復帰したの。会社に復帰を請われたのもあるけど、紀子を保育園に預けられるようになって、そう、慣れてきちゃったのね」

「なにに？」

「幸せによ、麻痺《まひ》してしまったの。いつの間にか当たり前になってしまった。退屈を感じるようになってしまった」宇宙船は吐き捨てるように言った。まるで自分を責めているように。

「幸せな暮らしに飽きてきてしまったのね」

「そうね。あたしはどうしても社会に出て働きたかったの」

この女は何か理不尽に自分を責めている。空気ゴキブリは思った。子を持つ母親が子を預けて仕事に出るなんて、全く責められるべきことではないと空気ゴキブリは思っている。宇宙船がどのような主義の持ち主か判らないが、何か大きな出来事が彼女の考えを圧迫し捻《ね》じ曲《ま》げ固着させていることは間違いないようであった。

「仕事は楽しかったわ、娘も健康に育っていたし、夫も優しかった。充実していた。でもある日、全てが壊れたの」宇宙船はそこまで言って、呆けたように煙草を吸っている。マナコはしばらく待ってから言った。

「何があったの？」

「娘が攫われた」

「攫われた？」

「ええ、その日、夫は会社に居て、あたしは休みで娘と家に居た。部屋で仕事の資料を読んでいたの。娘はそら、そこの駐車場で遊んでいたそうよ、そして、車に轢かれた」

「轢かれた？」

「そういうことにされた」

「そういうことにされた？　誰に？」

「善良な宇宙人よ」

「善良な宇宙人」

「そう、奴らはあたしの娘を攫った。夫も攫われたか、もう、殺されているかも知れない」

「旦那さんも攫われたか、殺されたかしてしまったのね」マナコは、宇宙船のこの突拍子もない話に、動揺する様子も見せず、ゆっくり丁寧に繰り返した。

「そう、今ここに住んでいるのは善良な宇宙人が夫に化けたものよ」

「娘さんはどこに居るの？」

「判らない、でも地球上には居ないと思うわ」

「なんで判るんです？」

「ええ、あたしはね、探偵をしているの、それに、善良な宇宙人たちはあたしの脳を改造して、聞こえない声を聞こえるようにしたのよ」宇宙船の声はかぼそく今にも泣き出しそうであった。

「可哀想に」

マナコが言うと、宇宙船は突如として顔を上げ、マナコを睨んだ。

「可哀想？　とんでもない、これはあたしの唯一の武器よ」強い口調で言った。

ここに来てはじめてマナコの表情に動揺が浮かんだ。束の間、二人は硬直したように見つめ合っていたが、宇宙船は視線を外し、指に挟んだ煙草をもみ消した。

「もう一本もらえる？」

「ええ、もちろん」

マナコは煙草を差し出し、火をつけた。

「ではあなたにだけ聞こえる声の正体は？」

「あたしにだけ聞こえる、声の正体は」宇宙船はマナコのセリフを繰り返し、そこでハッとして、黙った。そして煙を吸い込み、「それは言えないわ」そう言った。

マナコは、小さく息をつき、灰皿で煙草をもみ消す。美しい指に赤い爪が光っていた。

「随分、長居してしまったわ、お身体にさわるでしょ？」

「そんなことないけど」

「帰らなくちゃね」そう言うと、帰り支度を始めた。

宇宙船は落ち着きをなくし、女に帰って欲しく無さそうに、辺りをキョロキョロと見たり、何か言おうとしたりした。

空気ゴキブリは何か、悲しさのような、哀れさのような、そしてどういうわけか小さな怒りをすら感じた。宇宙船が哀れな、病んだ女に見えた。

「じゃあ君枝さん、きっと戻ってきてね」

そう言うと、マナコは立ち上がって、宇宙船に触れようとした。宇宙船はその手をやんわり拒絶して、呟いた。

「ええ、気が向いたら」

それを聞いた空気ゴキブリは何事か決心し、天井裏を移動し始めるのだった。

＊

数時間が過ぎ、疲れて椅子に座り煙草をくゆらせていた宇宙船は、おもむろに頭巾の紐を外すと、天辺を摑み投げ捨てた。床に赤を基調とした格子柄の頭巾が打ち捨てられる。と、宇宙船の頭の中に無数の声が響きだした。中には宇宙船自身の心の声もある。常人であればどれが自分の声でどれが違うのか判らなくなるだろう。頭に響く声は音色を持たない。

読者諸氏は自分の思考がもし誰か他《ほか》の人間の思考で、もしかすると自分は第三者に操られているかも知れないと妄想したことがおありだろうか？　筆者はある。そう思って自分の思考を精査してみると、いったい自分本来の考えとは何なのか判らなくなる。そもそも私が使っているこの言葉すら、私が考えたものではない。私のこの思想もきっと私の独創ではないだろう。私が数十年の生活の中で採集した考え方を組み合わせたものに他ならない。そういう意味で言っても、私は「私由来の物」で出来ているのでなく、「私の外部からきた物」で作られているのだ。

私自身が、私の外部から来た物で構成されているとしたら、頭の中に外部からの声が直接注ぎ込まれていたとしても、気付きようが無いではないか。

宇宙船は無意識の声を聴くと言ってもいい。意識にすら上らない知覚を、声にして聴くことが出来る。読者諸氏は不老者が空気ゴキブリの存在をなぜ知っていたかに疑問を持ったことを覚えておいでだろうか？　不老者もまた宇宙船と近い能力を持っている。彼は、民衆の無意識の声を聞くのだ。街行く人の話し声を残らず聞く。そこには民衆の無意識が露になっているという。空気ゴキブリを知覚し認知した者はいない。しかし、多くの人間の無意識は空気ゴキブリの存在を認識していたのである。

『危ないところでしたね』

その声に焦点を合わせる。他の声が目立たなくなる。ラジオのチューニングに似ている。

「なにが？　もう一度言って」

『危ないところでした。あの女あなたを操ろうとしてたのよ』

「馬鹿な、彼女はただの同僚よ」

『本当にそうかしら、あの人の何を知ってらして？』

「知ってるでしょ？　彼女は味方よ。あの人と話していると、気が休まるの」

『その珍しい煙草の所為かも知れなくてよ？』

「バカバカしい、ただの煙草だわ」

『あんたのこと操ろうとしてるのよ、あの女、あんたに取り入って利用しようとしてるのよ。思い出してごらんなさい。職場でも妙になれなれしく話し掛けてきたじゃない』

「そんなわけないわ、なんでそんなことをする必要があるの？　彼女はあたしと同じ傷をもっているのよ。だからお互いの気持ちが判るんだわ」

『何が判るの？　ねえ？　奴らは善良なのよ、忘れないで、善良なのよ。善良な宇宙人は善良なの、善良だから恐いのよ、全ての悪事は善良がゆえに起こるのよ。奴らは良かれと思ってやっているのよ、それが人間を人間で無くすとしても』

「うるさい、あなたエリエールじゃないわ」

宇宙船は立ち上がる。椅子が後ろに倒れ大きな音をたてる。

「あなたこそ善良な宇宙人なんでしょ？　黙って、黙って、黙って」

大声で怒鳴った。

頭の中が烈《はげ》しく揺すられたように、いくつもの波が起こって、ぐちゃぐちゃになる。けたたましい無数の笑い声が響き、頭の中が真っ黒になる。宇宙船以外の誰にも聞こえない笑い声。頭蓋骨の中で反響し、跳ね回り、巨大なアンプを通ったかのように増幅され、いくつも重なって、心の中に直接響く。宇宙船はぶっ倒れ、頭を押さえ、涎《よだれ》を垂れ流しながら、床を這い回り、頭巾を探した。手を伸ばし、床に落ちた頭巾を引き寄せる、頭に被ろうとする、上手く出来ずに、頭巾はばさりと落ちた。宇宙船の口から嗚咽《おえつ》が漏れる。筋肉が硬直し、痙《けい》攣《れん》を始める。それに抗《あらが》って腕を伸ばし、落ちた頭巾を摑んで、どうにか頭に被った時、宇宙船は完全に疲弊していた。

頭に響く笑い声は聞こえなくなっていた。

荒い息をつき、濡れた目を擦《こす》っていると、ラグマットから煙が出ていた。落ちた煙草で引火したのだった。延焼を防ぐ加工がされているラグマットの火は、ぶすぶすと、それでも己の力を誇示して勢力を広げようと小さな火の手を伸ばしていた。

宇宙船は立ち上がり、コップに水を注ぐと一口飲んでから、小さな火に水をかけ、裸足《はだし》の足で踏みつけた。

火は消えた。

涙と涎と汗で、ぐちゃぐちゃになった顔を手で擦る。そしてその場に力なく座り込んだ。

しかしその目には、私たちの良く知る宇宙船の、燃えるような光が微かに蘇っているのだった。

そして、その姿を空気ゴキブリは見ていない。すでに彼は宇宙船の部屋の天井裏から立ち去っていた。

第十二話　役者はそろった！

お嬢さんとAはすっかり打ち解けていた。かつてお嬢さんが他人とこれほど打ち解けたことはないし、AがB以外の人間に（師匠にすら）打ち解けた態度をとったことはなかった。BへのAの接し方は、また打ち解けたというのとは違うのかも知れない。AとBは互いを不可分に感じているようで、まるで二人で一人の人間であるようだった。そして二人は女であり男であった。

お嬢さんはAに自分の服を着せた。

Aはそのヒラヒラした衣装を着ると、大層動き辛く、なんだか心もとなく、どこか自分が蔑まれているような感じを覚えた。蔑まれたという言葉は適切ではないかも知れない。なんだか自分が哀れに思えたのだ。それがどういう感情なのかAには判らなかった。これまでの自分を可哀想に思ったのか、それとも、今、この衣装を着せられている自分が哀れなのか。

Aの心は、Aにそれを隠してはいたが、きっと、嬉しかったのだ。その喜びが、これまでのAを、そしてこの先のAを否定しているようで、寂しさに似た不快感を覚えたのだ。

鏡に自分を映して見ると、そこには街に居るような若い女性の姿があった。ベージュのスカートに白いシャツ、明るい青色のカーディガンを羽織っている。

油の染みた元の色も判らないようなチノパンと雑巾のような色のトレーナーが彼女の皮膚であった。毛皮をはがれた獣が、別の獣の皮を被っているようで、違和感と気恥ずかしさが表情に出ている。鏡から隠れようとするAの肩に、お嬢さんが後ろからそっと手を置いた。力では負けないはずのAは、お嬢さんのか細いその手で動けなくなった。

二人の女性が映っている。Aは自分が女であることを、この時はじめて自覚した。これまでは隠してきたのだった。自覚すれば修復出来ないほど自分が傷つくのじゃないかと恐れていたのかも知れない。鏡の中に映る娘の姿、髪の毛も綺麗に整えられ、薄化粧した娘の唖然としてどこか不安そうに硬くなった表情を見ると、鏡の向こうに別の世界があって、そこから誰かがこちらを見ているような錯覚に囚《とら》われる。そもそもAは鏡などほとんど見たことがなかった。深夜の街のビルの窓ガラスに映る自分の姿を、時々立ち止まって眺めるくらいのものであった。自分が何者か、忘れないために、時々そうするくらいだった。

「可愛《かわい》い、凄く」お嬢さんは少しかがんでAの顔と同じ高さになって、そう囁いた。「私より細いから、少しサイズが合わないけど」

Aはお嬢さんを見た。

お嬢さんはその辺に居る一人の女だった。街の中でもAはまるで檻《おり》の中の獣だった。外とは決して交わらない。時々飼育員のような人、米平や宇宙船が来て、外界と繋がることはあるが、その辺に居る一般人と関わることはなかったし、関わることを避けていた。関われば自分の身を危険に晒すからだ。自分たちと他の人間を何か別のもののように捉えている。互いに人間であることは知っているが、同じ人間だとは思えない。それは質的な違いではなく、もっと侵しがたい違いのように感じられた。突拍子もない話だが、空間や時間がずれているような、大きな断絶を感じていた。つまりお嬢さんのような一般の女性と自分が交わることなど無いはずだった。お嬢さんが一般の女性の範疇に収まるかどうかには諸説あるだろうが、少なくとも社会生活を送っているという意味では充分に一般的であった。Aは自分が一般の華やかな女性（Aの目には大抵の女性がそう映っていた）に、憬れを持っていたことに今になって気が付いたのだった。

鏡に映る自分を綺麗だと思うことに、強い罪悪感を覚える。高慢で鼻持ちならない奴に思える。申し訳ない、これは自分ではないと思う、口の辺りがむずむず動いて、鏡の中の自分は奇妙に薄く微笑んでいた。嬉しいのだ。

嬉しいという感情を素直に受け入れられない。唇を引き結ぶ。

お嬢さんは鏡越しにAの顔を見ていた。表情に彼女の内面が滲んでいる。お嬢さんはAを不憫に思うと同時に、強い喜びを感じた。何か貴《とうと》いものが誕生する瞬間に立ち会っているかのようで、鼻の奥がむずがゆく、涙が溢れてくるのだった。人はこれを母性と呼ぶのかも知れない。私は小さな私を見ているような気持ちになっているんだわ。

「いやあ、馬子《まご》にも衣装って言いますからな」

米平が玄関にある鏡のところにやってきて、お嬢さんとAの横からそんなことを言った。

お嬢さんはそれを無視して、Aの髪の毛を撫でた。Aは咄嗟にその手を払い除《の》けようとして、慌てて自制する。

米平は、先ほどの自分の発言が宙に浮いたままになっていることを気にして、その発言に対して「あははは」と自分で笑って取り繕《つくろ》おうとしたが、その試みも含めて全く無視された。米平なりにAの姿に感動を覚えていたのであるが、それを素直に表す術を知らない。知っていても無駄な意地を張って実行出来ない。

「いやあすっかりお嬢さまだ、これじゃあお嬢さんが二人になっちゃうなあ」と、結構な大声で言った。お嬢さんはさすがにこれは無視出来ず、愛想程度に笑って、鏡越しにAを見ると彼女と目があい、二人で少し笑った。米平は自分の発言が受けたと勘違いして、悦に入っていたが、その姿がまた面白くて二人は笑う。米平も笑った。

そしてBは居なくなった。

お嬢さんが今度はもう少し短めのスカートを穿かせようと、Aを引っ張って浴室の脱衣場に入り、あれこれ服を合わせていると「あれ？」という米平の声が聞こえた。最初は放って置いた。「あれえ？　おかしいなあ。あれえ？」あまりにしつこいので「どうしたんですか？」と訊ねると「Bが居ない」と言う。トイレかもしくはまた押入れの中ででも寝ているのだろうと意にも介さなかったが、Aは「B」と叫んだ。返事はない。Aが脱衣場から飛び出す。

「Aちゃん」お嬢さんの呼びかけも聞こえないように、Aは家中を駆け回りBを探した。Bは跡形もなく消えていた。

Aは、猫が飼い主の手から飛び出すように部屋を出て行った。

「あ、おいA」と、米平が後を追ったが相手は鳩狩りである。米平がいくら必死に追っても追い付けるはずもなく、Aは階段の手すりを摑んでそれをピョンピョン飛び越し、半ば飛び降りるように一気に降りて行ってしまった。

唖然としているお嬢さんのところに米平がニヤニヤ笑いながら戻ってきた。

「いやあ、せわしない奴らですな」

「Bはどうしちゃったんですか？　どうして出て行ったの？」

「いやあ、どうせそこら辺でもパトロールしているのでしょう」

お嬢さんにはBの気持ちが判っていた。Aにばかりかまい過ぎた。きっと強い孤独を覚えたのだろう。なんとなくBのことは頭の隅にあったが、Bが男であるというだけでお嬢さんは彼を敬遠していたのだ。お嬢さんには男全体を恨《うら》むような傾向がある。特になにをされたというわけでもないのだろうが、男に意地悪してしまう。よくよく自分の行動を観察してみれば、Aに良くしたのもBに対するあてつけのような部分がなかったとは言えない。

そう思うと、自分の幼さを情けなく感じた。

Bに可哀想なことをした。彼だって、不憫な境遇にある哀れな青少年ではないか。私はなんとなくBを敬遠していた。お嬢さんはテーブルの横に座り、天板の上に腕を投げ出すとそれを枕にした。

「いやはや、困った奴らですよ」

言いながら米平はお嬢さんの向かいに座ったが、お嬢さんの視線は別の方向を向いていた。

「私の態度がいけなかったんです」お嬢さんは天板の一点を見つめながら言った。近所の家具屋で買った安物のテーブルだ、合板に白い樹脂《じゅし》でコーティングされている。無数の細かい傷に汚れが入り込んで、灰色や黒に染まっている。

「え、どういうことですか？」

米平が訊いてきたが無視した。

「お嬢さんがAばっかりかまって、Bを無視したからですか？」米平は続ける。身体を曲げてお嬢さんの顔を覗き込む。「確かに、Bはずっと拗《す》ねていましたね。多分あれですな、なんですか？　BはAをとられたような気がしたんですな」

多分違うと思う、Aが変わっていくのが恐かったのだ。自分だけ取り残されたような気がしたのだろう。

「Bの奴、Aの気を引くために家出したんですよ、まあ狂言という奴ですね。ところで狂言というのは、あの伝統芸能の奴のことですよね？　僕は伝統芸能が好きでしてね、歌舞伎を最後まで寝ないで見たこともあるんですよ、あの太鼓《たいこ》を叩かせてもらったこともあるんです、こうやって、なんか肩に担いでポンて叩くんですけど、普通の人は叩かせてもらえないんですが、僕は、お母さんが歌舞伎の人の友達で、歌舞伎の人たちが顔を白く塗るところも見せてもらったことがあるんですよ、いやあ、あれは面白いですねえ、顔を白く塗っちゃうんだから、歌舞伎っていうのは本当に面白いですよ、顔を白く塗ってそこに絵を描くでしょ？　普通しませんよ、あんなこと、面白いなあ」

と、米平は歌舞伎の面白さを語りだしたが、お嬢さんはBとAのことを考えていた。

三人が家に転がりこんできてお嬢さんの生活は変わった。最初の数日間はベビーシッターにでもなったようで、ご飯の食べ方を教えたり、お風呂の入り方を教えたり、自分の時間など持てなかった。AとBは社会性が全くなく、というよりか、違う社会の住人のようで、こちらの常識を押し付けるのが憚《はばか》られたものだから、許せないこと以外は好きにさせた。二人とも暗くて狭いところに入りたがるから、寝る場所はベッドの下や押入れの隅で、いつも二人一緒に眠っていた。最初のうちは寝ている姿を見ることも出来なかったが、今ではときどき二人の寝顔を見ることもある。二人がいつも寝ている場所をそっと覗いてみると、二人のうちどちらかがその気配で目覚めうっすら目を開ける。そして再び眠りに落ちるのだ。

お嬢さんが一番警戒していたのは米平であったが、彼は彼なりに気を遣っているようでもあり、しかし多分、恥ずかしいのだろうか、あまりお嬢さんのプライベートに立ち入ってくるようなこともなかった。お嬢さんを性的な目で見ることもなく、あるのかも知れないがそれは幼い子供のそれであって、それほど不快なものではなかった。

AとBは馴《な》れてくると、お嬢さんの近くにいて、お嬢さんのすることを見たりしていたが、米平は昼間は出かけていて、お嬢さんが夕方、店に向かう時、その後ろを付いてきた。護衛のつもりだろうが、最初は気味が悪かった。ただ、米平という人物は能力もなく、小さな嘘を沢山つくのだが、人を騙したりすることは絶対にないだろうという変な確信を相手に抱かせるのだった。例の脅迫じみた手紙が発見されて、心細い思いをしたが、思ったほど恐怖を感じなかったのはこの三人がお嬢さんの側に居たからだろう。お嬢さんは今では三人に感謝し、親愛を感じ始めていた。最初は三人を一つの塊のように見ていたが、そのうち「米平」と「鳩狩り」の二つの塊として見るようになり、さらに「米平」と「A」と「B」三人に個性を見るようになった。そしてそれぞれに注ぐ愛情に偏《かたよ》りが出てきたのだ。結果、男性に対する恐怖や嫌悪をB一人に押し付ける形になってしまった。

私は良心からAを着飾ったり、女性らしいことを教えたりしたつもりだったけど、Aが驚いたり喜んだりしている姿をただ愛《め》でたかっただけで、自分が気持ち良いだけだった。その結果Aの生活が変わって、それに責任が持てるのかどうかなんて一切考えていなかった。いや、心のどこかで考えていたけど、それは私とは無関係だと思っていた。AにとってBがどれだけ大切で、二人を引き離すことがどれだけ残酷なことか、心のどこかでは判っていたはずなのに、少し考えればそんなこと容易に想像がつくことなのに、なんで私は。私はやっぱり男を憎んでいるのだろう。その恨みを弱いBにぶつけて喜んでいたのだ。Bがもう少し若くて、天使の年頃だったら、私はBをいやらしい目で見て、Aに邪険にしたかも知れない。

お嬢さんは一度嫌な方向に考え始めると止まらなくなった。自分で自分の醜さを増大させて、そのあまりの厭らしさに、今にも泣き出しそうなほど悲しい気持ちになった。

米平はさっきから黙っている。どうしたら良いのか判らない。お嬢さんがなんだか酷く落ち込んでいることは判る。それがBの失踪と関係していることも判るのだが、なんでお嬢さんがそれに関して落ち込むのか理解出来ない。

米平はBとAのことを良く知っているつもりだったし、二人が言い争いをしているのも良く見ていた。しかし二人の争いは、大丈夫な感じだ。なんか良く判らないけど、大丈夫なのだ。駄目な争いもあり、それはもう駄目だ。お互いの何かを壊しあうような争いは駄目だ。

AとBの争いは違った、何かをどんどん壊しながら二人の間に何かを作っているような争いだ。上手く説明出来ないが、とにかく大丈夫なのだ。それをお嬢さんに伝えたかったが、どう言って良いか判らなかったし、話の切り出しかたも判らなかった。

米平は、お嬢さんのことが好きになり始めていた。いや、好きだった。だいたいの綺麗な女の人を好きになってしまう癖が米平にはあったが、今回は特に好きだった。お嬢さんが米平を嫌いにならなかったのを、敏感に察していたのだろう。顔が良いから黙っていればある程度女性が寄ってくる、しかし、会話しているうちにすぐに去って行くのが常だった。去らなかったのは宇宙船を除けば、お嬢さんがはじめてだったかも知れない。意識しだすと、どうにも気が気でないような気がした。なんだかお嬢さんをずっと見ていたいような気分になるが、そんな自分を見られたくない。考えていると、身体が熱くなり、頭から汗が吹き出てくる。前髪の生え際から汗がたれてきた。米平はそれを手の甲で拭う。

「いやあ、暑いですねえ」

「そうですか」

とお嬢さんが米平を見る。米平は思わずまじまじとお嬢さんの顔を見てしまった。

その視線があまりに強かったせいか、お嬢さんは驚いたように顔を少し背けた。

「あ、そうか、僕はあれだ、米平少年探偵団を集める笛を持っていたんだ」

「少年探偵団？」

「ええ、僕の探偵団です、お話ししませんでしたっけ？　AとB、それからCが居るんです」

「Cも居るんですね」

「ええ、滅多に来ませんがね。とにかく僕のこの笛を吹けば、奴らどこに居ても駆けつけるってわけです」そう言ってポシェットから、竹笛をとりだした。竹笛にはウグイスの顔が描かれている。米平はそれを咥えると、吹き鳴らした。ホーホケキョ、と口で言いながら吹いている。

しばらく経った。

「あれ、おかしいなあ、聞こえないんだなきっと、じゃあ、僕ちょっと外に行って吹いてきます」

言いながら、もうすでに玄関の方へ歩き出し、靴を履いて、出て行ってしまった。しばらくの間、玄関の外で米平のウグイス笛が聞こえていたが、段々遠ざかり、聞こえなくなった。

お嬢さんは少し落ち着いてさらに落ち着くためにお茶をいれ、随分久しぶりにパソコンの電源を入れ、趣味の画像を見始めた。思えばこの部屋で一人きりになるのは随分久しぶりだ。趣味の画像を見ていても、前ほど気持ちが昂らない。なんとなく惰性で画像を見ながら、全然関係のないことを考えていた。主にAやB、それに米平のことだった。

と、玄関のチャイムが鳴った。

「はーい」お嬢さんは、扉の向こうに聞こえるのか聞こえないのか判らないくらいの声量で言いながら玄関の方へ向かう。Aか米平、もしかしたらBが帰って来たのだろうか？

「はいはいはい」

言いながら、扉を開けると、そこには見知らぬ女が立っていた。

女はお嬢さんを見ると、不安そうな表情を徐々に親愛の微笑みに変えた。

「お嬢さん？　私です『目玉』です」

そう言った。

＊

身体がだるい。しかし頭は冴えていた。ずいぶん久しぶりに外の空気を吸った。玄関の鍵を閉め煙草に火を点ける。気分が良い。鍵に意味なんてないんだわ。扉を開けたい奴にとっては手間が一つ増えるだけ。それでも掛けないよりましだわね。

宇宙船はジーンズに淡いグリーンのざっくりとしたニットを着て、深緑の頭巾を被り、煙草三箱と財布と鍵を持って、階段を下りる。

階段を下りるのにも息が切れた。三週間近く家でごろごろしていたのだ、当然だろう。思ったより暑い。夏がまだ残っているようだ。服装を間違えた。着替えたい。

職場に着いて、上司に挨拶を済ます。来週から勤務に戻ると告げた。四十代の上司は小言の一つも言いたげであったが、彼は宇宙船が恐いのだ。宇宙船に助けられたことがあった。その調査の過程で、彼の秘密は全て宇宙船に握られていたのだから。

喫煙所に向かう。黒革のパンプスはヒールが高く、久々に履くとふくらはぎに負荷のかかるのが判った。靴が床を打つ音が自分を鼓舞しているように聞こえる。

ガラスの扉を開け、宇宙船はタワー型の錆《さ》びた灰皿に向かって歩きながらすでに煙草に火を点けている。警備員の村田が喫煙所の合皮とパイプで出来たスツールに腰をかけている。ブスッとした顔を宇宙船に向けた。腹に肉がつきすぎて背中が曲がっている。

壁に寄りかかると宇宙船は最初の灰を灰皿に落とした。灰皿からは煙が立ち上っている。前に誰かが捨てた煙草の火が消えていないのだろう。

「死んだのはやっぱりziziだったよ」村田が言った。

「そう、三人死んだってわけね」

「まあね」

「運動靴については？」

「あんたの睨んだ通りだった。前科持ちだったよ、長いこと服役してたみたいだ」

「そう」宇宙船は煙草をもみ消し、次の煙草を咥える。

「大変だったんだ、調べるの」

「パソコンの前に座っていただけでしょ？」

二人はいったいなんの話をしているのだろうか。

村田は宇宙船を見もせずに、ポケットから紫色のガムを出すと、嚙みだした。

「なによそれ？」

「ガムだよ」

「煙草は？」

「やめたんだ、孫が出来るんでね」

「はっ、あんたもおじいちゃんてこと？」

「やめてくれ、オレはまだ五十六だよ。罠《わな》に獲物はかかったかい？」

「ええ、二人」

「二人？」

「犯人は絶対接触してくると思った」

「二人とも？」

「いいえ、多分、一人は違うわ、もう一人は、そう」宇宙船はそこで言葉を切り、煙をいっぱいに吸い込んでゆっくり吐き出した。「悲しいけど、もう一人は」

「奴らか？」

「多分ね。あなたの方は？　あたしがいない間も話してたんでしょ？　仲良くなれた？」

「仲良くなれたかどうかは判らないけど」

「何か判ったの？」

村田は立ち上がり、宇宙船に顔を近づけると、小さな声でなにやら話しはじめた。宇宙船は時々頷きながら聞いている。その表情はどこか悲しそうだった。

「そう、ありがとう」そう言うと名残惜しそうに煙を吸い込み、煙草を灰皿に捨てた。踵《きびす》を返す。

「なあ」村田が彼女を呼び止める。「もう終わりにしてくれ、孫が出来たんだ、危ない橋は渡りたくない。充分、借りは返しただろう？」

「あなた勘違いしているわ、借りがどうのってことじゃないのよ」宇宙船は振り返ってそう言った。

村田は口をうっすらあけ、拳《こぶし》を膝の上に置いて宇宙船を見ている。

「あなたはあたしに逆らえないのよ、C」

宇宙船が去っていくのを、Cは呆けたような顔で見送った。

＊

さて、お嬢さんの部屋から消えたBはいったいどこに行ってしまったのだろうか。

読者諸君はお嬢さんの部屋に置かれたなぞのメッセージを覚えておいでだろうか？『お前に何が出来る？　この役立たずめ』と書かれたメモである。誰もこのメッセージの真意に気付くことはなかったのである。ただ一人、Bを除いては。

Bは空気ゴキブリを追い詰めた時、彼《か》の人物から「役立たず」と罵《ののし》られたことを覚えていた。つまりこのメッセージは空気ゴキブリからBに宛てたものだったのである。Bはこの事実を誰にも言わなかった。Aにも。

AとB、二人は全く一人であった。これは常人には理解し難い感覚であろう。まるで双子のように、いや、どの双子よりもさらに二人の関係は密であった。

近頃、BはAに対して対抗心のようなものが芽生えたことを感じていた。それはライバル意識のような見た目をしていたが、本質的には全く別の感情であった。Aに認められたいという欲求。つまりBはAの中の女性を意識しはじめたのであるが、当の本人には判らない。

Bが男性でAが女性であることは、二人を徐々に孤独にさせた。

Bは少年から大人に差し掛かっているようである。成長のプロセスを事前に知らず、それに直面しているBの動揺はいかばかりか。変化への戸惑いと恐れがBを孤独にさせ、幼児返りさせたのだろうか。お嬢さんによってどんどん変化していくAを見ていると、何かこれまで感じたことのないような、焦りのような、苛立ちのような、敗北感のような、感情が湧き上がってきてコントロール出来なくなった。

「俺は役立たずなどではない」そんな強い思いがBの判断を鈍らせた。

Aが洗面所の前で、お嬢さんに綺麗な服を着せられ美しく着飾っていた時、一人居間に居たBはベランダに人影を見たのだ。

大胆不敵。そこには目だし帽を被った痩せた男が立っていた。男の表情は黒い布に覆われて判らない。しかし、Bには男が挑発的に笑っているのが判った。Aに知らせなくては。そう思った瞬間にはもう身体が動いていた。ベランダに飛び出す。痩せた男は、すでにそこから飛び降りていた。ゴムが下に向かって伸びている。Bはベランダの窓を静かに閉めると、飴色のゴムに摑まりスルスルと降りていった。

Bが途中まで降りたところで頭上のゴムの一端が外れる。慌ててベランダの手すりを摑むと、地面に痩せた男が、走り出していた。こちらを見る。目だし帽の口元は白い縁取りがあって、笑っているように口角が上がっていた。

Bは半ばヤケになって挑発に乗った。ベランダの手すりから手を離し、一階下のベランダに飛び移ると、さらに一階下に飛び移る。腕と肩に衝撃が走る。手を滑らせたら終わりだ。しかし、そんなことは考えなかった。地上に降りたところには空気ゴキブリの姿は見えなかった。

走る。街行く人に姿を見られてしまうことも気にせずに走った。あまりの速さに何人かの人々が振り返る。痩せた男の後ろ姿を捉える。男は目だし帽を取っていた。Bは、これまで行ったことのない場所まで来たことに気付いた。S区を出てここはM区の辺りだろうか。地下鉄の駅の看板が見える。漢字が読めないので駅名は判らないが、あの文字には見覚えがなかった。

街行く人がBをジロジロと見る。視線に晒されるのは嫌だった。

出来るだけ陰を伝って男を追いかける。男の足はさほど速くない。捕まえられる。「俺は役立たずではない」

男はチラチラとこちらを振り返りながら走る。いつの間にかまた目だし帽を被っていた。人通りが少ない。Bは速度を上げた。と、男が腕を振るう。端に重石の付いたゴムがマンションのベランダの柵にからみつく。男の身体が宙を舞った。

「あ」Bが短く叫ぶ。

男はマンションのベランダにぶら下がり、Bを挑発するように見る。Bは雨どいを伝って、登っていく。こんな追いかけっこが一時間以上続いた。Bが男に近づくと男は上に逃げてしまう。男はこの辺の地理を知り尽くしているようだった。

Bは男を取り逃がすたびにイライラを募らせ、しかし、このゲームをどこかで楽しみはじめていた。無心になって追いかけっこをする。マンションの高層階までおいつめ、時に命がけの局面を迎えることもあった。爽快だった。「この瞬間、俺は生きている。俺は役立たずではない」そう感じる一方で、自分が馬鹿にされている、弄ばれているのにも気付いていた、それを見ない振りしていることにも。Bはこの爽快な命がけの追いかけっこの間、心の裏面で、男の真意について考え続けていた。そして、ある答を導きだしてさえいた。

男はBを、お嬢さんたちから引き離そうとしているに違いない。

Bは功を焦って一人で飛び出してきたことを後悔したくなかった。Aに声をかけなかったことを。Aに認められ尊敬されたかった。Aよりも上に立ちたかった。いつかAが自分から離れて行ってしまいそうで恐かった。

Ｂは痩せた男を追うのを止めた。

痩せた男はゴム紐に摑まり、三階建ての一軒家の軒下からこちらを見ている。Ｂは踵を返し、帰巣本能を頼りにお嬢さんの家に向かって走った。

夏の終わりの太陽が傾きはじめている。

Ｂがマンションに着くと、ちょうど誰かがマンションから出てきたところだった。

見知らぬ女が、お嬢さんを連れている。Ｂは色んな可能性を考えたが整合性の取れる答えは見つからなかった。すぐに考えるのを止め、鳩の鳴きまねをする。Ａへの合図だ。返事がない。Ａは近くに居ないのだろうか。そう、御存知の通り、この時、Ａも米平もＢを探すため部屋を空けていたのである。

女は、お嬢さんに付いてくるように促し先を行く、お嬢さんは後ろ髪引かれるようにマンションを振り返りながら進む。ＢはＡと合流するのを諦め、お嬢さんの後を追う。

どうにか会話が聞き取れるところまで近づこうとするが、二人とも前に後ろに視線を走らせているので、なかなか近づけない。どうやら二人は駅の方へ向かっているようだ。電車に乗られてしまっては追えない。鳩狩りは電車に乗ったことがない。覚えている限り。

二人は駅へ向かう道の途中で曲がって有楽街へ足を向けた。酒場や風俗店の点在する場所である。その頃にはお嬢さんも後ろを振り返ることはなく、従って女も遅れてくるお嬢さんを振り返る必要がなくなった。二人とも前を向いて歩く。Ｂはやっと落ち着いて二人を追うことが出来るようになった。鳩狩りたちは昼間の尾行には向かない。目立ってしまうのだ。Bは二人を見失わぬよう、陰から陰を伝って追いかけた。幸いなことにここにはBが隠れるための陰が沢山ある。

そして二人の女はビジネスホテルの外階段を登り、二階のファミリーレストランに入って行った。

Bは建物に入ることは出来ない。近くのゴミ箱の陰にスッと腰を下ろし、街の風景に溶け込むと、鳩鳴きをして、自分の鳩を呼んだ。

*

Bの行方は結局判らず、Aと米平は、お嬢さんもが消えた部屋で途方に暮れていたのだった。

「どうするんだよ」米平はお嬢さんのベッドに寝転びながら言った。Aは犬の様に両手両足をついてしゃがんでいる。お嬢さんに着せてもらったスカートがこれでは台無しだ。Aはちらりと米平を見ただけでまた考えの中に沈んでいった。

お嬢さんが帰ってこない。Bも出て行ったままだった。怒って出て行ったBを追いかけ、戻ってきてみるとお嬢さんが消えていたのだ。今や米平とAの二人きりだ。

「ゆゆしき自体だよこれは、早く先生に知らせるべきだ。だから僕は言ったんだ、どだい先生抜きで捜査をするなんて出すぎた真似はするもんじゃなかったんだ」

「だったら先生のところに行けば良いじゃないか」Aは吐き捨てるように言う。

「だから、先生は居留守を使われていると言っただろ」

米平が宇宙船を訪ねると留守であった。実際その時、宇宙船も夫の雅春も家には居なかったのだが、米平は居留守であると断じていた。

「お嬢さんが居なくなるなんておかしいんだよこんなの、どうしよう、きっと空気ゴキブリに攫われたに違いないんだ」米平はそう言って、反応を知りたそうに、Aの方をチラチラと見たが、Aはそれを無視した。

Aには空気ゴキブリがそんなことをするとは思えなかった。Aの直観は、お嬢さんの失踪は空気ゴキブリの仕業ではないと告げていた。何かこれまでにない言い知れぬ気味の悪さを感じるのだ。

「くそう、空気ゴキブリの奴め、お嬢さんをどうする気だ」米平は叫んで、お嬢さんのベッドに寝転んだまま飛び跳ねた。と、玄関でチャイムが鳴る。

「はーい」

米平は起き上がり、気軽に玄関に向かう。

「ちょっと」Aは慌てて止めた。

「なんだよ？」

「俺がまず確認する」

「なんでだよ、僕が確認するから、君はそこで待っていたまえ」米平はそう言うと玄関に向かって走りだした。「はいはーい、今開けまーす」

そう言いながら走る米平を追いかけようとしたが、もう、玄関の向こうに声が聞こえてしまっているだろうと観念し、猫が獲物を見付けた時のようにAは、身体を少し浮かしていつでも動かせるようにした。いったい誰が来ると言うのだ。嫌な予感がした。Aの勘は社会の外で鍛《きた》えられたものだ。チャイムを押してやってくる者は社会の中に居るだろう。であれば、Aの勘は役に立たないかも知れない。

彼女はそうなることを祈りながら、玄関が窺える位置までゆっくり移動した。

米平が玄関のドアを開ける。

向こうに立って居る誰かの姿はAには見えない。

米平は相手を見て「あ、どうも」と言った。知り合いだろうか。Aはさらに近づいて、訪問者の姿を見た。髪の長い痩せた男。背はそれほど大きくない。これと言った特徴はなかったが、何か薄気味の悪さを感じたのは、Aの警戒心のなせる業だろうか。

「誰ですか？」

米平の問いに、男は答えずに、部屋の中を見る。どこかオドオドとしたような、なんだろう？　男の態度に不自然なところを感じたAは、男の目を見た。

部屋のそこかしこに目線を動かしている、落ち着かない。Aの存在に気付いているだろうが、決してこちらを見ようとしない。

「誰ですか？　友達ですか？」

米平のわけの判らない問いかけに、ちらりとそちらの方を向いたものの、顔も見ようとしないのは、強者の余裕ではなく、弱者の虚勢であると、Aは見抜いた。野良猫どもの争いで、弱者がいつもとるような態度だ。ではいったいこいつは何者か？　お嬢さんの知り合いだろうか？　それにしては、部屋に居た米平とAに対してなんの反応も示さないのは変である。男は土足のまま、米平の制止を無視して部屋の中に入ってくる。何か変だ。そうだ靴音がしない。

「君、良い加減にしないか」米平が男の背中に声をかける。

男はそこで初めて米平の顔を見た。

「君は誰だ？　あ、そうか、判ったぞ、お前は怪人・空気ゴキブリだな」

米平が馬鹿げたことを言う。Aは空気ゴキブリを見ている。こいつはそうじゃない。

「犯人は絶対に犯行現場に戻る。やはり、僕の仮説は正しかったのだ」

男は米平の言葉を聞きながら動こうともしない。

「さあ、観念しろ空気ゴキブリ、お嬢さんをどこにやった」米平がそう言って、男を指さす。

一瞬の間。

男が飛び跳ねる。両手を壁につくと、足を伸ばして逆の壁に付け、男は突っ張り棒のように廊下の両壁に張り付き、手足を動かし壁を移動する。米平に向かって。驚いた米平が頭を庇《かば》うように両手を挙げる。

Aはもう動いていた。両足で床を蹴ってバッタが跳ねるように、玄関の方へ。

ギャ。

声がして、そこで形勢は決まっていた。男の両足は米平の胴に絡みつき、腕は首に食い込んでいる。Aが動きを止めると、米平は膝を地面につき、倒れそうなところを、男が胴に絡んだ足を外して支えた。首は絞めたままだ。

「動くな」男の妙に高い声が響く。

グググ、と米平の呻《うめ》きが聞こえる。気絶はしていないようだ。

「お前は誰だ？」Aが言う。

「人はオレを空気ゴキブリと呼ぶ」男は高い声でそう言った。

「嘘だ」Aは言いながら男を注意深く観察した。男は口に綿を含んでいるようだ。髪の生え方にも何か違和を感じる。臭いも違う。そして空気ゴキブリはもう少し背が高かった。いくら変装していたとしても、背の高さまでは変えられまい。厚底の靴を履いて背を高く見せていた？　いや、そんな不自由な靴であれだけの逃走劇が演じられようはずがない。とすると、バイクに乗って、空気ゴキブリを救った男か？　あの男の筋肉はもっと隆起していた。

「お前は空気ゴキブリではない」Aは言う。

男は驚いたような顔をする。

「お、お前は、く、空気ゴキブリを見たのか？」男は声色を使うのをやめた。

「見た、俺は奴をもう少しのところで捕まえそうになったのだ」

Bと一緒に空気ゴキブリを追い詰め、すんでのところで取り逃がした苦い感覚が一瞬蘇る。

Bのことを思い出すと、後ろめたさと悲しさと喪失感と、とにかく今までAが感じたことのないような感情が、腹の底の穴の中から蓋を押し上げて溢れ出しそうになる、Aはどうにかそれを押さえつけ、米平の首に腕を絡ませた男の顔を睨みつける。

「ふん」と、男は鼻で笑ってから言った。「そ、それは空気ゴキブリではない、そそ、そいつは偽物だ」

Aの頭はグルグル回転した。

男の腕の中でぐったりした米平が悲しそうな目でAを見ている。

第十三話　二つの告白

米平は床に寝転んでいる。

Aはまだ警戒を崩していない。鳥肌をたて、いつでも跳べるようにしゃがんでいた。慣れないスカートの扱いはこの際気にしないことにした。

空気ゴキブリを名乗った男はお嬢さんの家を一通り見て回った。身軽に天井裏に上がり、押入れの中に入り込み、その身のこなしは彼が空気ゴキブリであると証明しているかのようにも思えたが、Aはまだ信じてはいない。

「もういいだろ?」苛立ったAが言うと、男は玄関を背負って床に腰を下ろした。片膝を立て、一挙動で立ち上がれる体勢である。

「お、オレ以外に、誰か、別の奴がここに侵入している」男は言った。

「なるほど、それは僕の推理で言うと、つまり僕たちちってことだね」

米平は嬉しそうに起き上がりながら言ったが、男はすぐに否定する。

「ち、違う」

「どうしてだよ、だってそうだろ?」

「米平、少し黙ってて。いったい誰がここに侵入したっていうの？」

「多分、お、お前が出会った、奴と、い、一緒の奴だ」

「だれ？」

「下着泥棒」空気ゴキブリが言う。

「下着泥棒？」

「はっ、下着泥棒は君だろう？　空気ゴキブリ」米平が口を出す。

「違う。お、オレは下着など盗まない」

「じゃあ、君は下着泥棒じゃないと言うんだな？」

「だ、だからそうだ」

「はっ、語るに落ちたな空気ゴキブリ。実際に下着がなくなり、新しい下着と交換されていたんだ、それは確かになくなってないから泥棒ではないかも知れないけど、要するに泥棒ってことだぞ」勝ち誇ったように言う米平を無視してAが口を開く。

「真犯人が他にいるってこと？」

「そ、そうだ」

「そいつを知ってるの？」

「ああ、そいつは下着賊《したぎぞく》と呼ばれている。下着を盗んで新しいものに取り替える。ちんけな変態だ」

下着賊、初めて聞く名である。下着を新しいものに変える行為を義賊的な行為と思っているのだろうか。

「お嬢さんの下着を盗んだのはそいつってこと？」Aが確認すると、男は頷いた。

「ああ、お、お前も奴と、あ、会ったんなら判るだろう、や、奴はゴムを使う、オレはか、身体だけだ」

確かにBに追われた時、あいつはゴムの帯を使って逃げた。

「と、するとお前が空気ゴキブリであるってことは確かなの、かな？」Aは途中で言葉を米平の方へ曲げた。

米平は、良く判らないのだろう、難しい顔をAに向け、意味ありげに目を伏せてみせた。

「じゃあ、お前は何をしているんだ？」Aの問いかけには、A自身の混乱が滲んでいる。

「お、オレは、ただ、ただ、み、」

「み？」

「み、見たいだけだ、見るだけだ、お、オレは、見たいんだ」

「そんな変態居るものか、見るだけなんて、それじゃあ、変態じゃないじゃないか。なあ、君、天下の怪人、空気ゴキブリともあろうものが、そんな言い訳するなんて情けないぜ」

「米平、この男はただ見るだけじゃないだろ？　だって、苺さんを殺したんだから」

「殺してない」男が大きな声を出す。「お、オレはそんなことしない。お、オレは、彼女を、あ、あい、あ、あ、愛していたんだ」

稀代の怪人物・空気ゴキブリが愛を語るとは。あまりの驚きに米平もAも口を開け、顔を見合わせる。

「判らないだろう、お、お前らには、お、オレの孤独が。香織は、苺さんは、オレと同じ、た、魂を持っていたのだ。孤独で誇り高い魂だ」

空気ゴキブリは自らの愛を語り始めた。

全ての生活を犠牲にして覗きに捧げた人生だった。そこに充実はなく、男はただただ欲望の奴隷であった。覗きたい、という己の希求に応え続けるだけの人生。果てしない孤独の牢《ろう》獄《ごく》。その中で空気ゴキブリは苺さんに出会ったのだ。

苺さんもまた、空気ゴキブリと同じ孤独にあった。幼い男子への欲望に支配されていた。それは身を滅ぼす類の欲望である。彼女の苦悶《くもん》が彼にはよく判った。彼女を覗いていると、はじめて孤独から解放された。同時に彼女に近づくのが恐かった。彼女に自分の存在を知られてはいけない。存在を知らせるということは、空気ゴキブリにとって自己の否定に他ならない。

彼は、自分の中にある恋心を否定するために、出来るだけ苺さんの家に行かないようにした。週に一回、他の人たちを覗く合間に、彼女を覗いた。

苺さんには友人がいた。皆さんも御存知の面々である。彼女たちの「お茶会」をモニター越しに盗み見る時、苺さんが生き生きとお喋りする姿に胸をときめかせた。

そしてあの事件が起きた。

空気ゴキブリは確信していた、それは自殺ではない。そして犯人は「お茶会」のメンバーの中に居る。なぜなら苺さんの人間関係のほとんどはお茶会の中にあったことを知っていたからだ。しかし「お茶会」メンバーの全容は杳として知れない。空気ゴキブリは初めて自分の欲望を抑え、他人のために動いた。苺さんの家を探りマーヤ夫人の名を知った。お嬢さんを疑っていた時期もある。お嬢さんを尾行し、宇宙船の存在を知った。

ある期間は宇宙船がマーヤ夫人であると確信していた。空気ゴキブリが下着泥棒だという噂を、彼女とその部下が流しだした時、宇宙船が苺さん殺害の裏に居ると確信していた。

「でも先生は犯人ではない」米平が口を挟む。

「わ、判らない、今はわ、判らない。で、でも宇宙船を探れば、犯人に巡りあえる、と、お、思ったんだ。それに、し、下着泥棒なんて、げ、下品な奴とい、い、い、一緒にされたくない」

「じゃあ犯人は？　あの嫌らしいメモをここに残していった奴は？」Aは空気ゴキブリを促すように言った。

「メモ？　そ、それは知らない、そ、そんなメモ知らない。お、お前たちじゃないのか？」

「なんでだよ、なんで僕たちがそんなことするんだよ」

「ならば、は、犯人は下着賊だ」

「下着賊が苺さんを殺したの？」

「でもただの下着泥棒がなんで、苺さんを殺すんだい？　僕には納得がいかないなあ」

「し、下着賊はた、ただの部下だ」

「部下？」米平は怪訝《けげん》な顔をしたが、Ａはすぐにピンと来た。ＡとＢが捕り物を演じた相手こそ下着賊であったとするなら、下着賊を逃がしたバイクに乗った人物が事によると下着賊の親玉、もしくはさらに上が居るのかも知れないが。ただ、それでもまだ疑問は残っている。

「お前はなんでそんなことが判ったの？　下着賊を操っている奴が居るって」

「お、オレは宇宙船の家に侵入していたのだ」

「え？」

「宇宙船の家の天井裏に潜んで、か、彼女を見張った」

「貴様、なんてことを、許さないぞ」米平は言ったが、座ったまま行動を起こそうとはしない。

「宇宙船はお、お、お、恐らく、オレに気付いていた。そ、その上で泳がせていたんだ」

「どこを？」米平の問いかけを無視して、空気ゴキブリは続ける。

「宇宙船のところに、お、女が訪ねて来た。綺麗なお、女だ。お、オレはそ、そいつが普通じゃないと、わ、判った。お、女は普通じゃなかった」

　空気ゴキブリはＡと米平に、あの日、天井裏から見た真那子と宇宙船のやりとりについてかいつまんで話した。

「お、女は、宇宙船を操ろうとしているように見えた」

　空気ゴキブリの話を聞いて、米平もＡもしばらく考えているようだった。しばらくの沈黙の後、Ａが口を開く。

「その女の正体は？」

「判らない、オレはお、女の後をつけた。お、女の正体を見破ろうと思ったのだ。そしてしばらくお、女の家を覗いたけど、お、女は家では何もしない。何もだ。古い、広い家だった。家族の居た形跡はあったが、住んでいるのはお、女一人だ。あとは女の部下が一人。お、女の脇の下には入墨《いれずみ》がある。子供の顔の入墨だ」

「脇の下だって？　なんでまたそんな所に？」

「子供の絵？　なんで？」

「わ、判らない。女はマーヤ夫人かも知れない」

「て、ことはつまり？」そう言って米平はAをみる。

「その女こそこの事件の黒幕ってこと？」

「御明察。要するに、僕の推理が正しければ、マーヤ夫人は下着賊を使って、苺さんを自殺に見せかけて殺したと言うわけだ」

「そ、そういうことだと思う。女はここにやってきた、そして、お嬢さんを連れて行ったのだ」

「その女がお嬢さんを？」Aは今にも立ち上がりそうになる。

「あ、ああ」

「なぜあなたは追わなかったんだ？」

「邪魔が入った」

「邪魔？」

「お、お前たちの仲間だ、獣のような、や、奴、そいつが追って行った」

「Ｂ？」

「ビ、Ｂ？　わ、判らない」

「きっとＢが気付いて追っかけて行ったんだ。でも、いったいどうして？　その女はお嬢さんを連れて行ったんだろう？」Ａは自分に問いかけるように、首を捻った。

「わ、判らない、た、ただ、お、お、お嬢さんのみ、身が、き、危険、だ」

「僕の推理を聞かせようか？」

誰も答えない。米平は続ける。

「これは推測の域を出ないがね、多分、きっと、そいつは、お嬢さんを殺そうとしてるんじゃないか？　つまり、お嬢さんが危ない」

「じゃあ、お嬢さんを連れ去ったそいつがマーヤ夫人てこと？」

「わ、判らない、マーヤ夫人が何者か誰にも判らない、のだ」

「でも下着賊を追えば、マーヤ夫人にたどり着く」

「Ａ、それは良いアイディアだ」

「い、いや、それはない」

「なぜだ？」米平が大きな声を出す。

「奴はお、オレが倒すからだ。それに、もう、あの女は下着賊とは接触しない」

空気ゴキブリが言うと、米平とAは黙っていたが、その顔が「なぜ？」と問いかけていた。

「あの女がま、マーヤ夫人なら、下着賊を始末するだろう」

「どうやって？」

「お、オレをつかって」

「え？」

「お、オレが、奴を始末しようと思っていることまで、あいつには判っているに違いないんだ」

「ちょっと待ちたまえ、君は、随分、妄想にとりつかれているようだよ」

「そうかも知れない。しかし、きっと奴はお、オレが、そうすると判っているんだ。そしておお、オレはきっとそうする」

「でも、下着賊を捕まえるなんて無理でしょ？」

「いいや。今夜だ。今夜奴は、あっ、あ、現れる。もうすぐ夏休みが、あ、明けるのだ、何人かの女子大生が、寮に戻ってきた。あ、あいつは必ず現れる。女子大の寮だ」

「どうしてそこに下着賊が来ると判る？」

「わ、判ってしまうのだ、悲しいことに。あ、あいつもお、オレと同じだから。お、オレたちは、へ、変態なのだ」

三人は黙っていた。

空気ゴキブリは、靴底に穴の開いた特殊な靴を履いたまま、リビングに立ち上がる。

「お、オレは行く」

「下着賊を殺すの？」

「あ、ああ、奴は苺さんを殺したから」

空気ゴキブリは玄関の方に行きかけ、振り返った。

「お、お前たち、行くなら、あの女の、い、家の場所を教えるぞ。そ、そこにだ、誰が居るのか、いないのか、お、オレには判らないが」

米平とAは顔を見合わせた。

「お、オレはまだ、あの女がマーヤ夫人かどうか確信がもてない。う、宇宙船こそ犯人かも知れない。宇宙船は、お、オレからみ、見ても、狂ってる」

「それはない」とA。

「そうさ、そして僕はお嬢さんをきっと救い出す」

米平はそう高らかに宣言するのだった。

*

その数時間前。

八月の終わりの暑さは夏の断末魔のように、じっとりと街に絡み付いている。反してここは寒い。クーラーが強すぎるのだ。

窓の外にビルが見える。この店の窓ガラスには色が入っているのだろう、灰色のビルが実際よりももっと灰色に見えた。目の前に座っている三十代後半と思しき上品な女は自分が「目玉」だと名乗った。袖の長い黒いシャツを着ていた。

駅の近く。一階はコンビニエンスストア、三階以上はビジネスホテルになっている。お嬢さんたちが居るファミリーレストランは二階にある。地方から出張に来たようなビジネスマンや、地元の高齢者が多い。お嬢さんの前にはオレンジジュースが、目玉の前にはコーヒーがある。お嬢さんのコップはすでにほとんど空であるのに、目玉はまだ一口も口をつけていない。

「私、緊張してしまって」目玉はぎこちなく微笑んで、そう言った。

お嬢さんは笑顔を作ろうと口角の筋肉に力を入れたが、ほっぺたがひきつったように動いただけだった。目玉の話はあまりにも衝撃的であった。

お嬢さんの仲間、リーダーの苺さんだけでなく、ziziも運動靴もすでにこの世に居ないというのだ。にわかには信じ難い話ではあったが、信じない理由もない。目玉は言った。

「確かに、私も生前のお二人に実際会ったわけではありません。しかし、お二人と、その、個人的なメールのやりとりがありまして」

そこで言葉を濁してはいたが、お嬢さんには大体の事情が飲み込めた。きっと法に触れるような写真を三人が個人的にやりとりしていたのであろう。それは苺さんによって禁じられていたことであったから「お茶会」の場所でやりとりされることはなかった。三人が個人的にメールアドレスを交換し、それをやりとりしていたとしても不思議ではない。お嬢さんは一抹の寂しさのようなものを感じたがそれはすぐに消えた。それどころではないからだ。

「二人はその、殺されたんですか？」お嬢さんはずっとあった疑問を、恐るべき疑問を、ゆっくり差し出した。

「ええ、多分」

目玉は勇気が閾値《いきち》に達するのを待つように沈黙し、やがておごそかに口を開く。

「なぜ？　なぜそう思うのです」

「二人とも、苺さんと全く同じ文面の遺書を残して死んでいるんです」

「え？」お嬢さんは、なぜ目玉が三人の遺書の文面を知り得たのか聞くのを忘れてしまった。目玉の次の言葉に我を失うほど動揺したからである。

「お嬢さん、あなた、宇宙船を知っていますか？」

お嬢さんはその衝撃に、沈黙でしか応えられなかった。

「知っているんですね」目玉は「やっぱり」という表情で緑色のビニールの背もたれに体重を預ける。

「どういうことです？」やっとのことでお嬢さんは訊ねた。

目玉はあらたまった様子で、声を抑えて言う。

「宇宙船と名乗る人物が、苺さん、zizi、運動靴の三人に接触していたのです。そして、この私にも」

「え？」

「ええ、私の仕事先に彼女は居たのです。そしてお嬢さん、あなたにも接触があった。そうです、あなたが考えている通り、彼女はあなたを殺そうとしているんですよ」

「でも、いったいどうして？」

「さあ、それは私にも判りません、ただ、宇宙船は、遠藤君枝は事故で子供を失っているんです。あまりの出来事に、正気を失っているんです。その証拠に、彼女は自分の娘の死を受け入れられず、娘は宇宙人に攫われたと信じ込んでいる。あまつさえ自分の夫がその宇宙人の仲間だと思い込んでいるのです。そしてこの世界は宇宙人にのっとられていると。私たちのこともその宇宙人の仲間だと思い込んでいるのでしょう」

「それで、私たちを殺そうとしていると？」

「ええ、私たちはその、偏見のある方から見ると、子供に悪さをする人外の者のように見えるでしょうからね」

「目玉さん、あなたなんでそんなことまで知ってるの？」

「調べたの。ねえ、お嬢さん、あなた、身を隠した方が良いわ」

「でも、私」

「家に宇宙船の仲間たちが入り込んでいるのでしょう？　私、彼らがあなたから離れるのを一人、待っていたのよ。心細かった。恐かった」

お嬢さんは目玉の顔を見る。

目玉はひるまずにお嬢さんの目を見返し、ゆっくりと丁寧に言った。

「私、あなたを、守りたいの」

お嬢さんは混乱していた。読者諸君もそれは同様であろう。筆者である私も同じだ。まさか稀代の名探偵、あの宇宙船が犯人だったとは。にわかには信じ難いこの衝撃的な発言をお嬢さんは半ば信じた。時としてあまりにも予想外な出来事が、予想の外にあるが故に深々と感情に突き刺さることがある。そして目玉はお嬢さんの旧来の同志であるのだ。あのへんてこな集団、宇宙船や米平少年探偵団の面々と比べれば、どう考えても信頼に足るのは目玉である。何か心にひっかかるものがありつつも、お嬢さんは目玉の提言に従って、目玉の家に一時隠れることを承認したのだった。

正直なところAやBそして米平に悪いと思った。もし宇宙船が悪玉でも、あの三人は良いように使われているだけではないか？　お嬢さんは宇宙船よりも彼らを信頼していた。

目玉に連れられお嬢さんは街を歩く。

家に向かう道中も目玉は話し続けた。二人の共通の趣味のこと、それからお嬢さんの不安を取り除くため、思いつく限りのことを彼女はしてくれた。

やがて目玉は立ち止まり、一つの建物を示した。

「ここよ」

古い一軒家である。マンションとビルの狭間《はざま》に建つその家は、表札もなく、長い間風雨に晒された外壁は濃い灰色に染まっていた。三階建ての木造で、中は結構な広さがあるように窺われる。人の住む気配を感じられない。

「祖父母の家だったの。今は私しか住んでいないから気がねすることないわ」

お嬢さんは、目玉に促され家に入って行った。他人の家の臭いがする。細かい埃の臭いに混じって、甘いような、有機的な臭いがする。

邸内は薄暗く、階段の照明のガラスシェードは彫刻されていて、女の姿をしていた。埃を被っている。ストッキングを通しても、なにか足裏にじゃりじゃりとした感触を感じるようで、掃除が行き届いていない印象を受ける。明り取りの窓は小さく、田の字の格子がはめられている。そこから何気無しに外を見た。

三羽の鳩が飛び立つ。

お嬢さんはその飛び立ち方にいささか不自然な印象を持ったが、よもやその鳩たちがBによって放たれたとは想像もしなかった。

第十四話　鉄頭人

マンション五階の外廊下から見下ろすと、その一軒家が塀の向こうに見える。ここから見ると、間口から想像するよりも奥行きがあるのが判る。細長い土地に建っているようだ。建物の中央には坪庭のような場所も見える。

これだけ広い家に二人しか居ないとしたら忍び込むことも可能かも知れない。Bは思った。

Bにとって家の中は未知の領域だ。誰の家の中でもである。お嬢さんの家に招かれたのが覚えている限り、堂々と人の家に入った初めてのことであった。建造物の陰に、建造物の下に、潜り込むことはあっても、その中に入り込むことはまず無かった。人目についてはいけない。建造物の中では目立ってしまう。それは知っていた。好奇心を抑えることが出来ず誰も居ない夜の駅に忍び込んだ時、駅員に追われた。夜のビルに忍び込んだ時は、警備員と警察に追われた。

ここ最近は入ろうとも思わない。動物的な学習能力が危険を遠ざけるのだ。

しかし鳩狩りは、Bは、本能が危険を知らせていても、意思でそれを抑えつけ、他の誰かのために自らの犠牲を厭《いと》わない行動をとることもある。

Bはマンションの二階におり廊下の手すりを乗り越え、その家の塀に飛び移り、塀の上に音もなくしゃがむ。

お嬢さんのことは好きだ。それにお嬢さんに何かあればAが傷つく。

Bは嫌な予感がしていた。あの得体の知れない女に連れられて、お嬢さんがこの家に入った時から。塀と家の間は人一人通れるほどの幅があったが、全く手入れされた様子がなく、踏み跡もない。背の低い草木が繁茂していた。日のあたらない場所はぬかるみになっていて、マンションから投げ入れられたのだろうか、煙草の吸殻やビニール袋などゴミが溶け込むように落ちていた。

ここに降り立つのか。お嬢さんに買い与えられた新しいズボンのすそが汚れるのが気になる。こんな感情ははじめてだった。物に対する執着。それを振り切って、汚れた地面に飛び降りる。塀に背を押し付け、見回すと冷暖房の室外機が置いてある。あれに登れば窓に手が届きそうだ。

田の字の格子がはめ込まれた窓から中を窺うと、階段が見えた。窓はしっかりと閉まっている。ここから入るのは難しいだろう。どこかに裏口のようなところはないか？　家の真裏に回ると、縁側のようになっていて、アルミのサッシが閉めてあり施錠《せじょう》してあったが、なにやら油断のようなものを感じた。用心して近づいたが、人の気配はしない。

ガラス戸越しに見ると、鍵は二つ付いている。カタツムリのような形の金具をまわしてロックする一般の家庭でよく見られるものだ。ここだけ家の築年数に比べて少し新しい。

ガラス戸の横の一枚は木の鎧戸である。鎧戸はスライドしないようになっているが、上下の溝にはめられているだけで、しばらく観察した結果これはどうにか外せそうだ。Bはもう一度聞き耳をたて、中の様子を窺い、近くに誰もいないことを確認すると、木の戸の鎧状に重ねられた板の隙に指をかけ上へ持ち上げる。戸の上部が上の溝の天辺にあたり、下部を手前にずらすと、戸が外れた。

裸足の足裏の汚れをきれいにぬぐって、急いで中に入り、戸を元に戻す。少し手間取ったが、どうやら誰にも気付かれずに侵入出来たようだった。

邸内の重く沈んだ空気が闖入者の気配にゆらゆらと、警告するように、流れる。塵が空気に舞い、Bの動きにあわせて躍るのが差し込む光に照らされる。

Bはゆっくりと辺りを見回した。

重厚な椅子とテーブルの向こうから明りが差し込んでいる。向こうの玄関とこの部屋の間には小さな中庭がある。明りはそこから差し込んでいる。部屋の半分には落ち着いた赤色の絨毯《じゅうたん》が敷いてある。Bの右手には彫刻の施された立派なカップボードがあり、ガラスや磁器が整然と並べてあるが、それは生活の道具というよりは美術館の収蔵品のように生気がない。

Bはギョッとした。何者かの視線を感じ、身を屈め音もなく、背丈ほどあるカップボードの陰に素早く隠れる。ゆっくりと違和を感じた場所を見た。二階に上る階段の下。

金色の人間だ。金色の人間が立っている。

しかしすぐに冷静さを取り戻す。いったい誰がこんなものを、なんの目的で作ったんだろう。近づいて見てみると、それは子供の背丈ほどある像だ。生きていない。肌は濡れたように金色に鈍く輝いている。金箔を貼ったのだろうか。塗装の質感とは違う。目を半分つぶり、胸元で手を合わせている。似たような物をどこかで見たことがあった気もするが、それがなにを意味しているのかBには判らなかった。

と、足音が聞こえる。誰かが三階から二階に降りてきたのだ。

Bは咄嗟にAを見ようとした。そして、すぐにAが隣に居ないことを思い出す。再びしっかりとカップボードの陰に隠れた。相手に勘付かれたら即座に飛び出して組み伏せよう。そこから先は成り行きまかせだ。相手を拘束し、お嬢さんを探せば良い。陰から目を配り拘束に必要な道具を探した。古びた電気スタンドが立っている。布製の笠《かさ》にフリンジの付いた高価そうな照明であるが、笠が傾いでいる。壊れているのかも知れない。あれから伸びるコードを使えば人一人縛ることくらい出来よう。

二階に下りた足音は、立ち止まることなくBの居る一階に向かって降りてくる。

どす、どす、と、階段を鳴らす。足音の主がそのまま玄関から外に出るのでない限り、Bの側に来る可能性は高かった。

足音はついに一階に達し、止まった。やがて再び動き出した足音はBの居る方に向かってくる。

呼吸を整える。心臓が高鳴る、それは最初、焦りや恐怖の形をとるが、Bはそれらを興奮と悦びに変える術を心得ていた。足音が極近くまでやってくる。

今だ。

Ｂは陰から躍り出ると、同時に飛び上がり、足を棒のように振り回し、相手の頭部にめがけて撃ちつけた。

ガン。

と、鉄鍋を蹴ったような音と、激痛。自分の身に起きたことを理解する前に石の塊のような拳が飛んできて、Ｂの顎にぶつかった。強烈な衝撃と同時に、闇に吸い込まれるように消えるＢの意識が最後に見たのは、鉄の頭の巨人であった。


まず臭いが戻ってきた。埃の臭い。鉄の臭い、いや、これは味だ。意識はまだ沼の底に居るようで、口内に広がる鉄の臭いが、血の味であることに気付くまで大分時間がかかった。半分開いた口から血と涎が混じった液体が顎の下まで垂れ、固まって皮膚を突っ張らせている。拭おうとして、両腕が頭の上で拘束されていることに気付いた。拘束された腕が痺《しび》れて末端に感覚のないことを知った時、やっと目ヤニで固まった目蓋《まぶた》が開いた。右目の視界がかすれている。

Ｂのぼやけた視界には金属の小さな釣鐘を被った屈強な男が映っていた。男は半ズボンに緑色のタンクトップという恰好で頭に被った釣鐘には十文字の穴が開いている。その穴の奥に二つの目が部屋の明りを反射して光っていた。

Bをじっと見つめている。

Bは両腕を縛られ梁か何かから吊られているのだ。足は膝をつく形で床に付いている。部屋は四畳程度でところどころ破れてササクレだった畳が敷かれている。電気は壁に付けられた小さなもの一つ。窓はない。今がいったい何時なのか、あれからどれくらい経ったのか。意識が徐々にはっきりしてくるにつれ、Bは環境を理解するとともに、自分が置かれた状況について情報が足りないことを自覚し始めた。

「お」男に話しかけようとしたが、口の周りや喉に張り付いた血が固まって、声が出ない。乾きに咳き込むと、すっかり痺れてしまった両腕にジンジンと痛みが走った。

ヒヒヒ。Bを見ていた男が奇妙な笑い声を上げ、立ち上がる。二メートルはあろうかという巨人であった。Bは見上げる。首に痛みが走る。

「大人しくしていろ」男はそう言うと、ドアを開けて出て行った。ドアの向こうを見ようと思ったが、男の陰になって有用な情報は得られなかった。ここはまだあの女の邸内なのか、それとも別の場所に連れて来られたのか。Bの五感はここが女の邸内であると告げていた。臭いが同じだ。それにBの正確な体内時計はまだ大きくは狂っていないだろう。鉄の頭の男に殴られて気を失ってから、数時間しか経っていないように感じる。脱出の可能性を探ったが、手首を縛った縄は太く、腕はほとんど感覚を失っていた。立ち上がってみようと思ったが、情けないことに足に力が入らない。

あの鉄の頭の男には見覚えがあった。あの時、空気ゴキブリ（Bは知らないが、それは空気ゴキブリの話を信じるのであれば、下着賊である）を乗せて逃げ去ったバイクを運転していた筋骨隆々たる男こそ、鉄頭人に違いない。あの時、バイクが小さく見えたのも、男が殊更大きな体軀であったからだろう。すると、ここは犯人の隠れ家なのだろうか。

と、足音が近づいてくる。部屋の前で止まった。電気が消え、部屋が真っ暗になる。

ドアが開き、光の筋が部屋に入り込んできたかと思うと、二つの人影が部屋に入ってきた。一つは鉄の頭の巨人の影、もう一つの影は白い。

ドアが閉まり、また暗闇に戻った時、Bの目には白い影の残像だけが残った。それは裸体だったかも知れない。

「お目覚めかしら？」

女の落ち着いた声がする。勝者が敗者にかける憐憫ではなく、どこか物悲しい哀れみを帯びたような声。

「お前は、誰だ？」

Bは交渉事には全くと言っていいほど慣れていない。とにかく自分の欲しい情報を求めた。

「先ずはこちらの質問に答えてもらいましょう」暗闇から声がする。扉の隙間から入る微かな、本当に微かな明りが女の白い影を浮かび上がらせている。しかし、ともするとこれはBの目の中の残像、もしくは妄想の影かも知れない。

「あなたは宇宙船の手下ね？」

Bは黙っている。

「いいわ、答えなくても判っているから。ここには一人で来たの？」

Bは答えない。

「宇宙船はここを知っているの？」

Bは黙ったままだ。

冷たいものがBの身体に触れた。顎の下に置かれたそれが女の手であることに気付くと、Bは拘束された身体を出来るだけ動かして、撥《は》ね除けようとするも、それが無駄であることを覚る。

「手をどけろ」

「もう一度訊くわ。宇宙船はここを知っているの？」

「手をどけろ」

「そう、知っているのね」

「なにを？　知っているわけないだろう。先生とはずっと会っていない。俺は一人でここに来たんだ」Bはこれまで感じたことのない不安を感じた。

「判ったわ」

「何がだ？」

「私は、あなたの声を聞いてるわけじゃないの、あなたの反応を聞いているのよ」

そう言うと女は笑ったようだった。

「しばらく大人しくしていてちょうだいね。またあの変質者の相手をしなくてはいけないの。

人間の皮を被った悪魔のね。私は悪魔の振りをしなくてはならないの」その声には嫌悪感と恐怖と、汚らわしい行為に挑む勇気が滲んでいた。女はBの身体から手を離す。

「あなたのことは嫌いじゃないわ。でも、ごめんなさいね」そう言って女が遠ざかる。微かな空気の動きと、熱源が遠ざかっていく感覚で判る。

「ほら」女の鋭い声が響き、続いて火花のような音が響いた。女が平手で鉄頭人の素肌をはたいたのだと気付くのにしばらくかかった。

「もうしわけありません」黒い影がくぐもった声で言い、動き出す。熱源が近づいてくる。

Bは身体を捻ろうとしたが、遅かった。

鉄頭の巨人が放った当てずっぽうの一撃が、Bの肩辺りに命中し、二発目の拳は、左の頬骨辺りを直撃した。酷く脳みそを揺さぶられたが、どうにか気を失わないように、Bは闘志を保つ。

光が飛び込んでくる。ドアが開いたのだ。裸の女が立っている。手を挙げて、鉄頭の男に一緒に来るよう合図した。その瞬間、Bは女の脇の下、乳房の脇に子供の顔を見た気がした。

子供は笑みを浮かべ女の肌に張り付いていた。

＊

家に残してきたAや米平、そして失踪したBのことが頭に浮かんできて、目の前に並べられた惣菜《そうざい》の数々に手を伸ばすのが憚られた。ほうれん草のおひたし、ひじきの煮つけ、里芋とイカの煮物、玉子焼き、大根のサラダ、それらはプラスチックの器に入れられていた。器には高級食料品店のシールが残っている。割り箸を割って、手に持ったまま、お嬢さんはため息をついた。薄暗い部屋。窓からの明りだけが煌々《こうこう》としている。そちらを見つめてから部屋を見るとほとんど真っ暗に見える。

目玉の言ったことは果たして本当なのだろうか。宇宙船が犯人であるなんて。

しかし、宇宙船や米平、AやBは確かにまともな人間ではない。決して悪い印象は受けなかったものの、社会性という面ではどこかずれていた。彼らが独自の理論で、自らの犯罪行為を正当化し、殺人に手を染めたからといってそれほど大きな驚きを感じないこともまた確かであった。それはお嬢さん自身にも当てはまるだけに、考えると、少し居心地の悪い思いがする。お嬢さんもまた少年たちに対して犯罪すれすれの行為をしていたのだ。そんなことを考えているお嬢さんは心のどこかで、もはや、この事件の犯人は宇宙船であると決めていた。

読者諸君はどうであろう？　筆者である私は、はっきりと確信が持てない。つまり宇宙船が犯人であるかどうかについてである。目玉が言うように、宇宙船が苺さんを殺し、お嬢さんのことも殺そうとしている可能性も、論理的には否定出来ないのだ。

しかし、宇宙船が犯人であると仮定すると腑《ふ》に落ちない点がある。お嬢さんと宇宙船の出会いに関してである。そう、お嬢さんは自ら宇宙船に接触したのだ。宇宙船がお嬢さんを狙っていたとしたら、お嬢さんが自ら接触してくるのを待っていたということであろうか？

もしくは、お嬢さんが宇宙船に接触するように仕組んだのかも知れない。お嬢さんの仕事は水商売である。客として接触するのは容易《たやす》い。考えてもみたまえ、お嬢さんが宇宙船のことを知ったのはあの元保健所の職員からであったわけだが、彼は宇宙船と接触していた。弱みでも握られ、宇宙船のために働いていたとしてもおかしくない。

そうして考えていくと、宇宙船が犯人であることを否定出来る要素がなくなってしまう。残されたのは、私たちの知っている宇宙船はそのような悪事に手を染めないという、感情的な押し付けがましい祈りのような気持ちだけである。

お嬢さんも同じようなことを考えた。しかし、お嬢さんは宇宙船よりも目玉に強いシンパシーを感じるのだ。なにせお嬢さんと目玉とは同好の士である。彼女たちの繋がりは私たちが想像するよりも強い。

と、大きめの木製の扉が開いた。蝶番《ちょうつがい》に歪みが出ているのか、扉の一部が床を擦る高くいやらしい音が短く鳴った。上品な土色のガウンを羽織った目玉が入ってきた。ガウンは薄い生地を何枚も重ねたもので、粘性のある液体をゆっくり垂らしたように身体の形にしっかりと添っていた。身体の線が外から見て取れる。

お嬢さんは思わず目を逸らし、うつむいた。

「気分はいかが？」

「ええ、あの、さっき、凄く大きな音がしたんだけど、何か大きなものが倒れるような」

「ああ、あの音ね、大丈夫気にしないで」

「でも」

目玉はお嬢さんの発言を視線で制する。お嬢さんは黙ってしまった。

「食欲がわかないの？」

目玉が慈愛に満ちた母親のような声で問いかけると、お嬢さんは自分が悪いことをしているような気持ちになった。

「ごめんなさい、いろいろ考えてしまって」

「無理もないわ、なにを信じて良いか判らないんですものね」

「ええ」

目玉は椅子を引き、お嬢さんの隣に座ると静かに呼吸を合わせた。

「ただこれだけは信じて、そうでないとあなたの命が危ないの。宇宙船はあなたを殺そうとしているわ」目玉はゆっくり丁寧に、まるで点滴で薬液を体内に注入するように、言った。

そしてゆっくりと手を上げ、指先を泳がせるように上下させながら再び口を開く。

「いい？　宇宙船はあなたを殺そうとしているわ、あなたの命が危ないの」

お嬢さんはすでに目玉の言葉をまるっきり信じかけていた。ただ、目玉の言うことが真実であれば、自分は犯人に騙されていたことになる。誰しも騙されるのは嫌なものだ、自分を愚かしいと思ってしまうからだろう。ゆえに、「騙された」という事実を認めたくないのだ。

お嬢さんにも反応が現れた。

「でも、宇宙船やその仲間の人たちはとても良い人だったのよ」

「ええ、もちろん。彼らは良い人なの。善意でやっているのよ。だから恐ろしいの」目玉はゆっくりと、なだめるように言った。そこには「あなたは悪くない」という言外の情報が含まれているようである。

「私、一度帰った方がいいと思うのだけど」

「それはね、駄目よ。判ってちょうだい。お嬢さん、あなたはのっぴきならない状況に居るの」

「でも、ここに居てもどうにもならないんじゃない？」

「ええ、だから、私が行って、宇宙船と話をつけるわ」

「あなたも狙われてるんでしょ？」

「もちろん。だから、絶対相手が手を出せない場所で会うの。衆人環視の下、例えば喫茶店とか」

お嬢さんは、目玉の発言に沈黙で応えた。目玉が続ける。

「宇宙船は、あなたに直接手をくださないわ。自殺に見せかけてあなたを殺す。そうすれば、多少怪しいところがあっても警察は動かない。自殺で処理されるでしょう？」

「そうなの？」

「苺さんの時を思い出して。ziziや運動靴の死は？　殺人事件として捜査された？」

確かに、苺さんの死は自殺で片付けられた。

「もし宇宙船が私やあなたを殺すなら、自殺を偽装出来る場所、状況でしかやれないのよ」

「そうなのね」お嬢さんは思わず納得した。

「ただ、さすがにそんなことはしないと思うけど」と前置きをし目玉は言った。「例えばここであなたを殺して、私に罪をなすりつけ、私を自殺に見せかけて殺すようなこともないとは言えないわ」

「そんなこと出来るの?」

「出来っこない。そう思う。でも、相手はあの宇宙船よ、やってのけるかも知れない。苺さんを殺した手口だって、出来っこないようなやり方でしょう?」

「宇宙船はどうやって、苺さんを殺したの?」

「これは私の推理に過ぎないけど、私は確信を持っているの」

「ええ」お嬢さんは頷き、目玉に話の続きを促した。

目玉は下を見て、頭の中の恐ろしい推理を一度整理すると話し始めた。

「あの女は私たち小児性愛者に恨みを持っていた、そして、私たちの『お茶会』を何らかの方法で知った」

「そんなこと」

「出来るわ、彼女がなぜ頭巾を被っているか知っている?」

「いいえ」

「あの人はあれで自分の能力を抑えているの」

「どんな能力?」

「それは判らない。けど、聞くことに関連していると推測しているわ。そう、そして彼女はお茶会のメンバーを殺すことに決めた」

「そんな、なんで？」

「きっと彼女の捻じ曲がった正義のためよ。つまり、私たち小児性愛者を殺すことで世の中を良くするとかなんとか」

お嬢さんは肌が粟立《あわだ》つのを感じた。自分の趣向が世の中からすると悪であることを、また思い出したのだ。

「恐がらないでお嬢さん。私たちは直接天使たちに干渉したりしてないでしょ？」

「え、ええ」お嬢さんは、全く心から、そうは言えないのである。

その反応を目玉は、視界の端に捉え、一瞬、目尻を動かしたように見えたが、よどみなく話し続ける。

「宇宙船は部下を苺さんの部屋に忍び込ませ、なんらかの手を使って苺さんを殺した。そしてパソコンに遺書を残し、消える」

「消えるって言っても、監視カメラや、誰かに目撃でもされたら」と、そこまで言って、お嬢さんはある人物を思い浮かべた。

「宇宙船の部下に、人の家に音もなく忍び込めるような人物が居るんじゃなくて？」

「で、でも、その人物は、宇宙船の部下ではなくて、宇宙船が追いかけている人物だから」

「だれ？」

「怪人・空気ゴキブリ」

「それよ。きっとその人物をつかったんだわ」

「でも、彼は私を襲おうとしていたのよ」

「ほら、繋がった。空気ゴキブリと宇宙船は裏で繋がっていたのよ」

「でも、米平少年たちは？　私を守ろうとしたわ」

「ああ、あなたの部屋に居座っていた子たちね」

「ええ」

「もしかすると、彼らすら知らない宇宙船の思惑があるのかも知れないでしょ？」

確かにそうであった。米平を騙すのはいとも容易いし、AもBも宇宙船に心酔している。

「じゃあ、宇宙船と空気ゴキブリはグルだったってこと？」

「そうなるわね」

「なんてことなの」お嬢さんは頭を抱えてしまった。

「ね、これで判ったでしょ？　家に戻るなんてとんでもないわ。しばらくここに身を隠してちょうだい。私と、私の友人しか住んでいないから、気をつかうこともないし」

「友人？」

「ええ。ああ、そうだった、紹介がまだだったわね。彼はまあこの家の執事のようなものね」目玉は髪をかき上げながら、お嬢さんに微笑を向け、そのまま何か考えているようだった。

「なんというか説明が難しくてね、執事って言葉が一番近いかと思ったんだけど、いわゆる執事とは違うのよ」

　お嬢さんは目玉の意図がつかめずに、表情で「どういうこと？」と先を促す。

「ええ、そうね。彼はね、ちょっと私の口からは言い辛いのだけど、私に心酔しているのよ」

　目玉の口調には照れや遠慮のようなものではなく、嫌悪が感じられた。

「つまり、どういうこと？」

「つまり、そうね、私の従者のようなものね。向こうから望んでのことだけど」

　そう言った目玉のくったくのない微笑に、お嬢さんは何か根本的な不気味さを感じた。その正体は判らないが、それは目玉の異質さを表しているようだった。しかし、お嬢さんはこの手の異質さに慣れていた。お茶会のメンバーはみな異質な部分をもっていたし、それが即ち悪でないことは重々承知していた。なにせ、お嬢さん自身がこの種の異質さを抱えているのだから。

　お嬢さんはどうにか微笑をつくり、軽く頷いた。

　目玉はお嬢さんに頷き返し、ローテーブルの縁の木のささくれを、親指の爪で弄り、ゆっくり尻の位置をずらす。

「会ってもらったほうが早いわ」そう言うと目玉は立ち上がり、お嬢さんに「待っていて」という仕草をして、部屋を出て行った。

扉の向こうで階段を下りる音が聞こえる。

石鹸《せっけん》と防虫剤の臭いが、テーブルに置かれたお惣菜の匂いと混じり、他人の家に居る奇妙な落ち着かなさを強く感じた。お嬢さんは両掌をグッと握り、開き、を繰り返し、自らの緊張をほぐそうとしたが、あまり効果はなかった。窓からの明りを受けて、男性の背丈ほどある古い木の本棚が茶色く光っている。

ほどなくして、再び扉が開くと、お嬢さんは自分の目を疑った。そこに立っていたのは鉄の兜《かぶと》で頭をすっかり覆った緑色のタンクトップの大男だった。

「驚かせてしまったかしら」大男の陰から目玉の声がする。

「え、ええ」お嬢さんはなんとか平静を装う。あまり驚いた素振りを見せすぎては失礼だと思った。

「これがそれよ」目玉は顎で男を指し示した。鉄頭の男は、半ズボンから覗く隆々と盛り上がった太ももを擦りあわせ、お嬢さんに小さく会釈した。

「なにかあったら私かこれに言ってちょうだい」目玉は、不安そうに見つめるお嬢さんを無視してそう言った。「もうさがって良いわ。宇宙船たちが入り込まないように見張っていなさい。ああ、そうだ、これも下げてちょうだい」

鉄頭の男は深々と頭をさげ、お嬢さんの目の前に置いてあった出来合いの惣菜をビニール袋にガサガサと入れて行く。さっきまで食べ物だった生ゴミの袋を下げ、男は立ち上がる。

「少し失礼するわね」目玉はそう言って部屋を出る。鉄頭の男がその後を追う。

白いビニール袋が男の身体との対比でとても小さく見えてなんだか滑稽だった。

＊

そして、家の前でえんじ色のワンピースを着た宇宙船は深緑の頭巾を脱いだ。無数の音が重なって聞こえる。街の雑音、自分の思考、得体の知れない声音、そして宇宙からの声。

ここまでは地図をたよりにやってきた。慌てて書いたのだろう、走り書きの地図の隣に「ここ」とだけ書かれていた。線と点だけで書かれた地図は宇宙船だからこそ解読出来た。しかしそこに何があるのか宇宙船にも判らないはずだ。

「ここね」

『ええ』宇宙船の頭で彼女が応える。彼女をまだ正式に紹介していなかった。エリエール。それが彼女の名前だ。宇宙船の頭に語りかける声の正体。実体は宇宙の彼方《かなた》にあり、声だけが宇宙船の頭に届いている。その存在を感じ、信じているのは宇宙船だけだ。

「さて、どうやって入りましょうか」

『玄関からってわけにはいきませんものね』

「そうね」宇宙船は家の裏に回る。

と、そこは読者諸氏には見覚えのある場所だ。Bが忍び込んだ家の裏手。そう、宇宙船がやってきたのは目玉の屋敷である。いったいどうやって宇宙船はこの場所を知りえたのだろう？

もうお判りだろうが、Bが屋敷に入り込む前、地図をしたため鳩を飛ばしたのだ。その鳩の足には地図が結び付けてあったというわけだ。良く仕込まれた鳩は宇宙船と鳩狩りたちの秘密の場所に飛んできた。そうして宇宙船はBからのメッセージを手に入れたのだ。

宇宙船は擦り傷をこしらえながらも、どうにか塀を乗り越えて敷地内に忍び込んだ。

「中には何人居る?」宇宙船は声を出さずに頭の中のエリエールに語りかける。

『三人、いや、四人居るわ。聞こえるでしょ?』

宇宙船が耳を澄ますと、聞こえない音も聞こえてくる。それはもしかすると我々常人の耳にも常に聞こえているのかも知れない。ただ、大量の情報を処理出来ないがゆえ、切り捨てられている音かも知れない。我々は認識している情報が、受信している情報の全てであると考えがちであるが、人間はもっと沢山の情報を受信している。普段はその一部を認識し、理解しているに過ぎない。宇宙船の能力はそんな考えを裏書きするものではなかろうか。

宇宙船は例の木戸を外し、邸内に忍び込む。

「お嬢さんは二階に居る?」

『ええ、そうね』

「Bは?」

『Bの音は一階から聞こえるわ』

「本当に?」宇宙船はカップボードの陰に隠れ、耳を澄ませる。無数の雑音の中に聞き覚えのある呼吸音が混じっている気がする。それがどこから聞こえるのか、目をつぶり、ゆっくり首を動かしながら、探っていく。

「遠いわ、でも確かに同じ階から聞こえる」

『だからそう言ったじゃない』

「中庭の向こうね」宇宙船が見る先には手入れされていない小さな坪庭があり、葉の少ない細いモミジの木が真ん中に生えていた。ガラスの引き戸が坪庭とこちらを隔てている。足を忍ばせ、坪庭の様子を窺うと、庭の向こうにさらに縁側と廊下が見える。

「この家は随分静かね、電化製品がほとんどないからかな」宇宙船はゆっくり坪庭に近づいた。

坪庭に出てそこを横切るのは危険だった。家の二階からも三階からも丸見えになってしまう。坪庭を囲むように廊下が走っているが、一方には使われていないストーブやら何やらが置かれている。その廊下は普段は使っていないのかも知れない。確かにここは一人で暮らすには広すぎる。廊下の一方くらい使わなくても反対側の廊下を通ればいい。

「エリエール、Bとお嬢さん以外の二人。確実に味方ではないでしょうね」

『床の軋み方が一人だけ違うわ、きっと男。それもかなり大きなね』

「好みじゃなさそうだな」

『あら、向こうはあなたに興味津々みたいよ』

「どういうこと？」

『ウロウロ動き回ってるもの。彼そうとうしつこいタイプね』

二階の廊下を歩きまわる微かな軋みが、宇宙船の頭の中に聞こえる。

「そう。そういう人とは、とにかく出会わないことが一番ね」宇宙船は先回りし、足音から出来るだけ距離を保つようにして邸内を移動する。「まずはBに会わないと」

*

真っ暗な部屋にBは静かに佇んでいた。眠ってはいない。しかし不思議と不安はなかった。自分の力では何も出来ない状況が、かえってBを安心させていた。自分にはやらなくてはいけないことがある。しかし、それが何かは判らない。だったらいっそこのように拘束されていた方が楽だった。手首に食い込んだ縄をほどこうと手首を捻る。何度も挑戦したが、固く縛られており抜け出すことは不可能だった。確かめるたびに安心する自分がなんだかおかしくて、愉快な気持ちにすらなっていた。

足音が近づいてくる。微かな、懐かしい足音。ああ、俺のこの安らかな時間ももう終わりか。

ドアにかかった鍵が外れる音がする。ドアが開き、光の筋が入り込む。そして強烈な光の向こうから女が姿を現した。

「待たせたわね。さあ、反撃をはじめましょう」

宇宙船は頭巾を被っていなかった。

第十五話　潜入

奇妙に静かだった。遠くに車の音が聞こえるくらいで、自らの呼吸音をうるさく感じるほどだ。その静寂にお嬢さんは落ち着きのなさを感じた。

「あのー」声を出してみたが、思った以上にかぼそい声に自分でも驚く。少し多めに息を吸って「目玉さーん」と、呼んでみた。静寂が返事だ。立ち上がり、ドアのところに行ってみる。「勝手に歩き回っては失礼だわ」そう思ったが、この場所にじっとしているのがどうしてか恐くなり、お手洗いに行きたいという理由をあとから付け足し、ドアノブに手をかける。古い真鍮《しんちゅう》製の丸いノブは、椎茸《しいたけ》の笠のように平べったく、小さい。指でつまむようにそれを持って、回してみるが、回らない。回さずにひいてみるが、動かず、押しても動かない。

そこではじめて、向こうから鍵をかけられていることに気付いた。こちら側には鍵穴がなく、いったいどういう意図でつくられた部屋なのだろうと考えをめぐらせると、自らが置かれた状況に恐ろしさを感じる。私は軟禁されている？　まさか？　一瞬、思考が停滞し、この状況に合理的な説明をくわえる能力を失い、これは夢かも知れない、次の瞬間には目がさめて苺さんも生きていて、全てがまたもとに戻っているかも知れない。しかし、すぐに甘い夢想を自ら否定し、現実を見るようにつとめた。

もう一度、ドアを開けようとする。開け方が下手で開かないだけかも知れない。ヨーロッパの古いホテルなどは、ドアが古くて開き辛いものが多いと客に聞いたことがある。この家も随分古いから、建て付けが悪くて、開けるのにコツがいるだけかも知れない。

何度か試す。やはり開かない。お嬢さんはドアの前に立ち尽くす。

不意に、カチャと、錠の外れるような音がした。ドアの向こうに誰か居る。お嬢さんの身体が緊張する。元の椅子に座るべきか、動けばドアの向こうの相手に覚られるのではないか、それよりも、「お手洗いに行きたかった」という言い訳を、焦らず堂々と言えるように準備しておくべきだ。いや、何も悪いことしているわけではないのだから、大丈夫なはず。でも。考えをめぐらしていると、扉が開きはじめる。何か言おうと口を開くが、言葉が出てこない。

どうしよう、扉が開く。一歩あとずさる。恐怖で身体が動かない。ゆっくり開いた。

すっとBが顔を出す。

「え？」と声が漏れた。

「話はあとよ」と、聞き覚えのある声がする。

Bの陰に、えんじ色の綺麗なワンピースを着た髪の長い女が立っていた。一瞬誰だか判らなかった、宇宙船だ。頭巾を取った姿をはじめて見た。

宇宙船とBは、お嬢さんには目もくれず、辺りを警戒しながら、部屋の中に入ってくる。

「な、なんですか？」やっと出た言葉がそれだった。

「助けにきたわ」部屋に何か仕掛けがないか注意深く見回しながら、お嬢さんの方を見ずに、宇宙船は短く早くそう言った。

お嬢さんは懐かしいBと宇宙船の顔を見て安心したが、すぐに状況を整理しなおし、宇宙船がもはや敵であることを思い出す。

宇宙船は私を殺すために目玉から奪い返しに来たんだわ。

「あの、何か勘違いがあるんじゃないですか？」辺りを捜索する宇宙船にそう言った。声が少し上ずっているのが自分でも判る。Bが鋭い視線を送ってくる。Bの顔は腫《は》れている。殴られたようだ。宇宙船がやったのだろうか。

「勘違い？」そこで初めて宇宙船はお嬢さんの顔を正面から見た。

お嬢さんの方は、宇宙船の胸の辺りに視線を送っている。

「ええ、だって、私、友人の家にお呼ばれしただけですよ」

「友人ですって？　どういうこと？」宇宙船は急に首を右斜め上に向け、問いかけた、何か見えないものと会話でもするように宙を睨んでいる。「そう、あなた、洗脳されたのね」そしてそう言った。

お嬢さんは笑ってしまった。発想が突飛過ぎてバカバカしい。洗脳なんて、映画じゃあるまいし。

「ごめんなさい、何を言ってるの？　なんで私が洗脳されるの？」言っているうちに、小さな怒りが湧いてきて、語尾が強くなる。

「都合にあわせて操るためよ」

「バカバカしい、知ってるんですよ、あなたが苺さんを殺した犯人だって」

宇宙船はそれを聞いて、ハッとしたような顔をしたが、すぐにいつもの渋面《じゅうめん》に戻り言った。

「そう、そういうことになってるのね」

「そんな風に誤魔化そうとしたって無駄です、あなたが犯人である証拠もあるのよ」

「証拠？」

「お子さんを亡くされたんですってね」

宇宙船は黙っている。その表情には何の変化もないが、内面の動揺が喉の辺りに漂っているように見える。Bは扉の方に注意をはらいながらも、宇宙船をチラチラと見ている。

「聞いたわ、可哀想に、それで頭がおかしくなってしまったんでしょ？」お嬢さんは同情を込めて言った、それは演技ではなく、本当に宇宙船を気の毒に思っての発言だった。

「おい、先生の頭はおかしくなんかなっていない」Bは抑えた声でゆっくり重く言った。

「頭の正常な人間が他人の家に勝手に入り込んで、家の客人を攫おうとするかしら」

「無駄話はやめにしましょう。一緒に行かないとあなた殺されるわ」

「いったい誰に？　私、あなたには同情します。でも、あなたは人殺しかも知れないのよ。

そんな人と一緒に行けると思いますか？」

「あたしと来なかったら殺されるだけだわ」宇宙船はそう言うと、お嬢さんの腕を摑んだ。

その瞬間、お嬢さんは強い嫌悪と恐怖を感じた。それはこれまで彼女が感じたことのない昂りだった。

「やめてください」自分でも驚くほど大きな声が出た。その声を皮切りに感情が溢れるのを感じる。もう止められない。

「誰か、助けて、助けて」

叫んでいた。涙と鼻水と涎で顔中が濡れていたことに気付いたのは随分あとのことだ。

宇宙船は、お嬢さんのあまりの剣幕に気圧された。大きな声に慣れていない。暴力的な音に肝を潰したのだ。

と、Bが躍り出てお嬢さんの腹を殴った。

お嬢さんの口から出かかっていた三回目の「助けて」が、途中で行き場を失い「ぐ」という音に潰される。気絶こそしないまでも、お嬢さんの中の恐怖が膨らんで肉体を萎縮《いしゅく》させ、抵抗する意思は消え去った。

「彼女を担いで、早く脱出しなくては」

冷静さを取り戻した宇宙船がそう鋭く叫ぶと同時に、バン、と音がしてドアが乱暴に開いた。鉄の頭をした巨人が立っていた。無言で宇宙船の方へ向かってくる。

鉄頭人は上半身の衣服を脱ぎ捨て、筋肉の山脈を汗で鈍く光らせている。

Bはお嬢さんから離れると、身体を低くして、鉄頭人の脇に回る。そこは彼の兜の覗き穴から死角になっている場所だ。鉄頭人が身体を捻るより早く、Bは摑みかかった。Bの腕が鉄頭人の左足に絡みつく。それを剝ぎ取ろうと暴れる巨人。

宇宙船は、鉄頭人の向こうに隠れた人影に気付いていた。人影もまた、宇宙船を注視しているようであった。宇宙船はその人影が誰か判っていた。しかし、認めたくなかった。

真那子だ。そしてつまり真那子はまた「目玉」でもあったのだ。

「やっぱりあなただったのね」

宇宙船はほとんど囁くように言った。Bと鉄頭人の格闘が繰り広げられている騒音の中。

「そう、私だったのよ」

真那子もまた囁くように返した。その声は確かに宇宙船の頭に届いた。

二人の女は見つめ合う。まるで運命の恋人同士のように二人の視線は数分にも感じるような一瞬の間、絡みあうように交わった。

ガンと、物凄い衝撃が宇宙船の右脚に加わると同時に「ああ」とお嬢さんの叫び声が聞こえた。お嬢さんに何か起こったのかと、そちらを振り向こうとしたが無駄だった。お嬢さんが声を上げたのは、宇宙船が鉄頭人に右脚を蹴り払われ床に倒れたからだった。

床にしたたか顎を打ちつけた宇宙船は、衝撃が頭蓋を伝わって、脳天に抜けるのを感じる。脳内が真っ暗になる。暗闇の中に一本だけ細い糸のような思考が残った。思考は悲しみに染まっていた。そうか、この悲しみがあたしの本当の気持ちか。そんなことを思った時、口の中に血の味が広がってくる。同時に感覚が戻ってきて、したたかに打ちつけた顎から、耳の辺りにかけて強い痛みがある。起き上がろうと身体を動かすが、腕に力が入らない。Bは？

視線を漂わせると、Bも倒れている。

怯《おび》えて縮み上がっているお嬢さんの前に鉄の頭をした巨人が立っていた。兜の下の表情は読み取れないが、肉体が上下に膨縮を繰り返しているところから興奮しているのが判る。

『相手は疲れてるわ』

「だからなに？」

『早くしないとお嬢さんが連れて行かれちゃう』

「あたしじゃ、あんな大男に勝てない」

宇宙船は頭の中でエリエールと会話した。もう気力が尽きかけていた。いや、尽きていたのかも知れない。

自分はいったい何のために戦っているのか。娘を取り返すためだ。でも、本当にこんなことをしていていつか娘が返ってくるのだろうか。この道がそこに続いていると誰も保証してくれない。宇宙船を動かすのは、ただ、己の信念、思い込みだけだ。

宇宙船はどこかで、善良な宇宙人も、娘が生きているってことも、自分の妄想に過ぎないんじゃないかと疑っていた。容易にそちらの考えに転ぶことも出来た。みんなが言うように、娘は事故で死んだと思うことも出来た。自分の中の冷めた部分は実際そう思っていた。また、別の部分（それは熱にうなされた夢のような部分）は、冷静な自分を否定し、娘の生存を信じ、道の先に娘の生還があると確信していた。宇宙船は綱を渡っているようだった。バランスを崩せば落ちていく。いつも、今にも落ちていきそうだった。

真那子と出会った時、何か、初めて仲間を得たような気持ちを感じた。自分の行動が初めて他人に認められたような。

「さあ、ここは彼に任せて行きましょう」

遠くで真那子の声が聞こえる。声が誘うのは宇宙船ではない。宇宙船は真那子の敵だ。

「でも」

お嬢さんと真那子が部屋を出て行くのが判った。去り際、お嬢さんがこちらを見た。真那子は宇宙船に目も向けなかった。二人の足音が遠ざかっていく。

男の大きな手が肩にかかる、死んだ虫でもヒックリ返すように、宇宙船は容易に仰向けにされた。鉄の兜の隙間から二つの目が見えた。綺麗な目だった。

「綺麗な目ね」

宇宙船が呟くと、鉄頭人はギョッとして、手を引っ込める。

「顔が見たいわ」宇宙船は鉄頭人にだけ聞こえるような声で囁く。

こんな状況にあっても、あたしは術を使っている。

宇宙船は頭巾を被っていない。鉄頭人がいくら顔を隠していても、彼の気持ちを察することが出来る。宇宙船は聞こえない音を聞く。鉄頭人の声無き声を聞く。身体を分厚い筋肉で覆い、頭を鉄の兜で覆ったこの大男の正体は、細い針金のような人間だ。不安と恐怖、自分が傷つくことを極度に恐れるあまり、肉の鎧を纏った哀れな小人物だ。

「あたしにはあなたのことが判るわ」

宇宙船が兜の下の目を射《い》すくめて静かに言うと、鉄頭人は目を伏せた。

「目を逸らさずにこっちを見たらどう?」

宇宙船の言葉には挑発と軽蔑、それから「あなたにならいい出来るはず」という励ましのようなものが含まれていた。鉄頭人は、虚勢を張るような鋭い視線をオドオドと合わせてきた。しかし数秒も目を合わせられずに、芯を外し、視線が宇宙船の瞳の周辺をウロウロと漂っている。

「手を離してくれる?」

宇宙船の肩にかけた手を一瞬緩めるが、再びすぐにさらに強い力で摑んだ。

『いい反応だわ。葛藤している証拠よ』頭の中でエリエールが言う。

「手を、離してくれるわね?」

鉄頭人は力を緩めた。いまだ手は宇宙船の肩に置いたままだ。

と、その頭が烈しい音をたて、宇宙船から見て右の方に吹き飛んだ。覆い被さっていた身体も離れる。ガランガランガランと吹き飛んだ鉄兜がもの凄い音をたてた。立ち直ったBが鉄頭人の頭を思い切り蹴飛ばしたのだ。

「先生」Bは注意深く鉄頭人を見ながら言う。

宇宙船は立ち上がる、軽い眩暈《めまい》がした。鉄頭人は右手で顔を隠しながら、兜を探している。手の隙間から見えるその顔は女のように美しかった。

「行きましょう」

宇宙船が言う。Bを見ると、宇宙船と鉄頭人の間に入るように身体を横に移動させた。

「行けそうにない」Bはそう言うと、兜を被りなおした鉄頭人と対峙していた。


部屋を出る。外は静かだった。

部屋の中から、Bと鉄頭人が争う気配が聞こえる。Bなら大丈夫、大怪我をするようなことはない。そう確信していても心配だった。

宇宙船は頭の中に響く、無数のノイズに耳を傾け、必要な音に同調する。二つの足音。お嬢さんと真那子のものだろう。下だ。頭が痛い。視神経がどこからどう走っているのか知覚出来そうなほどはっきりと痛み、投網《とあみ》が広がるように痛みが頭全体を包む。

階段を下りる一歩一歩の振動が、頭を締め付けるように痛めつける。一階に着く。誰も居ない。そこは宇宙船が最初に忍び込んだ部屋だ。外に出たのか？　いや、その気配はしなかった。

「どこに行った？」

『向こうで何かを引きずるような音がしたわ』エリエールの言う方向に移動すると、階段の下に仏像が立っている。『下に空間が広がってるみたい』

「ええ」宇宙船は金の仏像の右肩と腹に手を置くと、後ろに押した。思ったよりも軽く、仏像は動く。その下に、ぽっかりと真っ暗い口が開いていた。

躊躇なく、宇宙船の身体は黒く小さな奈落の入り口に飲み込まれていった。

＊

それからまもなく、真那子の家のチャイムが鳴った。続いて外から大きな声が聞こえる。

「誰か居ませんかー」

米平少年だ。米平とAは、空気ゴキブリからこの場所を聞いて駆けつけたのだった。しかし当の空気ゴキブリはどこに行ったのだろう？　玄関のチャイムを連打しているのは米平少年一人だ。Aの姿も見えない。玄関のちょうど上の部屋ではまさにBが、鉄頭人と対決を繰り広げていた。

そんなことは露《つゆ》も知らない米平は出来るだけ大きな声で「すいませーん」と叫んだ。

その声はBの耳にも届いていた。

Bはそれを聞いてニヤリと笑う。対峙していた鉄頭人が、Bの顔を見て「うー」と唸った。怒りの声だ。Bはひるまない。「あー」と叫び返した。鉄頭人の攻撃はBには当たらない。全てすんでのところでかわされてしまうのだ。と言って、Bがまるきり優位とも言えなかった。Bがいくら殴っても、蹴っても、鉄頭人は意に介さず向かってくる。もし摑まえられてしまえば、ひとたまりもない。体重は優に倍近く違う。

Bが手近にあった硬い本を拾って鉄頭人に投げる。鉄頭人はどんなに重い本が当たってもびくともしないが、その本は真那子の物である。自分より、本が傷つくことを恐れ、慌ててそれを床に落とすまいと、お手玉するように必死に摑む。その刹那を狙ってBは鉄兜の隙間に手を突っ込んだ。目を突くために指を尖《とが》らせている。が、そうは簡単にいかない。太い腕で払われてしまう。本が床に落ちる。

Bの運動神経は並外れている。だが、格闘に関しては素人なのだ。人との接触をほとんどしてこなかった。格闘の経験といえばAとじゃれあいのケンカをするくらいだ。

これは狩りだ。相手はこれまでで最大の獣だ。

Bは兜の穴に引っかかって出血した指を圧迫止血しながら、呼吸を整えた。こいつを動けなくして早く先生を追わなくては。下に米平が来たということは、もう俺は一人じゃない。ゆっくりと円を描くように動く。鉄頭人はBと踊ってでもいるかのように、対峙しながら、回る。

鉄頭人がドアを背にしたところで、Bは止まった。

しばしにらみ合いが続いたあと、鉄頭人がゆっくりと間合いを詰めてくる。

Bはじりじりと後退した。背中に壁が当たる。獲物を狙う肉食獣のように、鉄頭人は身体を低くして、一撃でしとめられる位置まで近づこうとしている。

Bはもう諦めてしまったのだろうか。頭を守るように腕を上げ身体を縮こめる。

鉄頭人は息を吸い込むと同時に右腕を振りかぶった。電柱のような腕を振り下ろしたなら、Bが抜群の運動神経を頼りにそれをかいくぐろうと思っても、逃げる余地などないだろう。

しかし、「きゃ」と、思わず高い声を出したのは鉄頭人だった。首の付け根を押さえて巨大な身体を屈める。その向こうにAが立っていた。

Ａは鉄頭人の首の付け根に振り下ろしたのだろう、金槌を持っていた。途中物置から拝借したのだ。ＢはＡと目を合わせる暇もなく、縮こまった身体を伸ばすついでに鉄頭人の顎を踵で蹴り上げた。

鉄頭人は後ろにひっくり返るように自ら回転し、ＡＢ二人から距離をとった。

「縄を」Ｂが叫ぶ。

「そんなもの持ってない」Ａは答えながら、いまだ痛みに囚われている鉄頭人に体当たりする。が、体重差があり過ぎだ、鉄頭人は少しよろけただけだった。

Ｂは近くに鉄頭人の動きを封じることが出来るものを探しながら、鉄頭人がＡを攻撃しないよう牽制《けんせい》のために、足を蹴り飛ばした。石のように重い足はびくともしない。いくら野性を持っていても、ＢもＡも栄養の偏った子供に過ぎないのだ。鍛え抜かれた大人の男の肉体には歯が立たない。

「米平は？」

「先生を追った」Ａは短く答えながら、鉄頭人が振り回した腕をかいくぐる。「私が窓から入って玄関の戸を開けた」

「先生はどこに？」ＢはＡに問いかけながらも、闇雲に腕を振り回す鉄頭人から目を離さない。

「この家の地下」Ａが素早く床を転がりながら答える。

「地下？」Ｂは筆記机の方に飛び跳ねる。

「そう。ここをどうにかして、俺たちも先生を追おう」Aが椅子を鉄頭人の方に投げた。鉄頭人はそれを空中で摑んで、床に静かに置く。

「うん」Bは筆記机の上の銀色のペンを拾った。今まで見たペンの中では考えられないほど重い、金属製の古いペンだ。ペン先は円錐《えんすい》で先が鋭く尖ったデザインになっている。

Aは Bが何を拾ったのか気付いた。そしてBも、自分がこれから何をしようとしているかAが理解していることを知っていた。

Aは鉄頭人の意識を自分にひきつけるように、その辺にあるものを片っ端から投げつけた。鉄頭人はこの場所にあるものが傷付けられるのを嫌う。投げられたものが傷つかないように一々それを落ちないように捕ろうとした。

Bはペンを右手で握って脇にかまえる。蹴り足に力を込めて飛び出し、鉄頭人の身体に突きたてようとして躊躇した。刺さりどころが悪ければこいつは死ぬだろう。Bは食べる目的以外で何かを殺したことがなかった。人を傷付ける、さらには殺すという行為は、相手と関わるという意味において非情に過激な行為だ。普段から他人との関わりが極端に少ないBにとって、相手を殺すかも知れない行為、相手と深く関わる行為に、強い抵抗があった。Bの無意識はここに来て初めてそれに気付いたのだった。

俺はこいつを刺せるのか。

考えてしまったらもう終わりである。人を刺すことへの恐怖が、Bの身体を支配した。Bは床を蹴って一歩前に出たかと思うと奇妙な動きでそこに静止する。

「B」Aが叫んだ。挑発を繰り返していたAは、ついに鉄頭人に腕を掴まれてしまった。「あ」と、音がBの口から出る前に、Aは小さな子供が振り回すお人形のように、壁にたたきつけられた。床に崩れ落ちる。

口を半分開き白目を剝いたAの顔が見えた。

これまで感じたことのない、感情がBのみぞおちの辺りから湧き出てきた。それは全身の毛穴がする嘔吐《おうと》のように、身体の外にまでほとばしり出た。

次の瞬間、銀のペンは鉄頭人の背中、左の腰の上辺りに刺さり、鈍く光っていた。血液もほとばしるのを忘れてしまったかのように、ただ、そこから生えた木のように、銀色の金属棒は肉体の大地に突き立っている。

Bは見ていた。

＊

地下へ続く階段は石で出来ていて、角の部分が長年の使用で削られ丸くなっていた。昔は沢山の人が行き来していたのかも知れない。今はほとんど使われていないようで、深海にでも居るかのように米平は感じていた。空気が停滞している。本当にこの先に先生が居るのだろうか。

Aは先生が地下に降りて行ったのを見たという。そして上の階からBの「あー」という呼び声が聞こえたという。Aは家の中から玄関の戸を開け、米平を招きいれ、米平は今、一人、宇宙船を追って地下へと続く長い階段を下りている。

ここはなんなんだろう。もしかすると地下帝国へ続いているのかも知れない。階段の遥《はる》か下の方からゆらゆらと明りが漏れている。米平は一段一段下りるごとに、不安と興奮が増していくのを感じていた。

「せんせー」と小さな声で呼んでみる。先生はなんでこんなところに降りて行ったのだろう？　お嬢さんが危ないと空気ゴキブリは言った。ともすると地下までお嬢さんを追いかけて行ったのかも知れない。米平は英雄的な気持ちになっていた。自分もお嬢さんを救うのだ。

ついに長い階段が終わり、低い入り口をくぐると、曲がりくねった廊下が続いている。壁には裸電球が並んでいた。燭台《しょくだい》を改造したのか、ソケットと真鍮製ブラケットの継ぎ目はハンダで固定されている。配線も外に出ているところを見ると、素人が工事したのかも知れない。必要最低限の数だけしか照明はなく、薄暗い。米平は先に進むのが恐くなってしまった。

「ここは僕の推理で先生を助けなくては」などと独りごちて、辺りをウロウロしはじめた。

「おや？」入り口の脇のところに長さ三十センチほどのレバーを見付けた。鉄製の棒の先に緑色の丸いプラスチックが付いている。それが手前に傾いており、奥側に押すことが出来そうだ。

「うーむ、これは何かの仕掛けのスイッチに違いない、ことによると悪人が仕掛けた罠のスイッチかも知れないぞ。とするると、どうだ」米平は顎に手を置き、考えるポーズをするが、何も考えていない。「こいつを倒せば先生が罠から解放される可能性があるな。すなわち、僕はここに居ながらにして、先生のピンチを救うことが出来る可能性があるというわけか。うーむ、南無三、えい」と、最近覚えた言葉を間違って使いながら、レバーを向こう側に押し込んだ。

電気が全て消えた。

「わあ、わあ」米平は一通り慌ててからレバーを元に戻した。

＊

少し時間を遡る。宇宙船は、真那子とお嬢さんを追って走っていた。曲がりくねった地下道を、前方を走る足音をたよりに追いかける。追い付いた所でいったいどうすればいいのだろう。お嬢さんは真那子を信じている。お嬢さんからすれば宇宙船は恐ろしい殺人者なのだ。

自分が行ったところで事態が好転するとは限らない。

それにこれだけ真那子の秘密を暴いたのだ、もう彼女もお嬢さんを殺そうとは思っていないかも知れない。お嬢さんに忠告もした。真那子がお嬢さんを殺そうとしても、お嬢さんの方で警戒するだろう。そう簡単に殺すことは出来ない。もう疲れた。長く頭巾を外し過ぎた。つい最近まで引きこもっていたのに、急に動き過ぎだ。身体も頭も鉄のように重い。

向こうで二人の足音が止まった。いや、これはただのノイズかも知れない。別の足音が迫っているのも聞こえる気がする。どれが現実の音で、どれがそうでないのか、最早判り難くなっていた。無数の声が聞こえる。娘の声、夫の声、いま聞こえているのか？　いや、これは過去から響いているに過ぎない。「よくやった、もうゆっくり休みなさい」という声も。これは誰の声？　亡くなった母の声だ。それとも自分の声だろうか。

「エリエール」宇宙船は、宇宙の彼方でいつも見守ってくれている友人の名を呼んでみた。返事がない。地下までは声が届かないのかしら。それとも、疲れてエリエールの声が見付けられないのかも知れない。

娘の紀子が居なくなった時、宇宙船は全てのスイッチが切れたように感じた。いや、そう感じる主体すら消えてなくなった。そうじゃないな、消えられたら良かったが、消えることすら出来ない。ただ何か恐ろしい空白だけがあって、その空白を感じているはずの主体が見付からない、それなのに圧倒的な不在がそこにあることだけが知覚されるような状態。

それから一年ほどは、ほとんど何も覚えていない。ある日、自分の頭の中で囁く声があることに気付いた。その声は『紀子は生きている。死んだという情報を埋め込まれただけ』と言っていた。か細かったその声に、「どういうこと？　もっと詳しく話して」と、反応を返すも、声の主には聞こえないようだった。しかし、数ヶ月呼びかけ続けていると『あなたの紀子は生きています。夫と一緒に宇宙に連れて行かれただけ』「あなたは誰？」『私は宇宙の彼方から声をかけている』だんだんと声の主とコミュニケーションが取れるようになってきた。

宇宙船は声の主の存在を疑った。気の狂った自分が作り出した妄想に過ぎないんじゃないかと。

「あなたはあたしが生み出したんでしょ？」『そう思う？　私は存在しないと』「ええ、そう思うわ」『ではあなた以外の人間は存在するのですか？』

「どういう意味？」『例えばあなたの目の前に座っているその人は存在していますか？』「存在しているに決まってるじゃない」『どうしてそう言えるの？』「だって現にここにこうして居るもの」『私だってここにこうして居るわ』

「あなたはあたしの頭の中にしか居ない」『あなたの目の前に座ったその人だってあなたの頭の中にしか居ないじゃない』「そんな理屈だけで丸め込まれないわよ」

『だって、私が存在しない理由っていうのも理屈じゃないですか』「そうだけど」『判ったわ、じゃあ客観的現象を通して私の存在を証明すればいいのね』

「どうやって」

『例えばあなたが知らないことを教えてあげる、私が存在していなければそんなこと不可能なはずよ。私があなたによって生み出されたというなら、私はあなたが知らないことを知っているはずがないでしょ』「それはそうだけど」『例えば、あなたの娘は生きているってこと、そしてあなたの夫はもうあなたの夫ではないわ』「どういう意味？」

『彼が変わったことに気付かない？』

「確かに、今までとは違うけど、それは娘のことがあって、動揺しているから」

『本当にそれだけかしら？　もっと根本的なところが変わったと思わない？』

宇宙船は頭の中で黙った。

『そう感じているのね』

「でも、あんなことがあったら誰だって変わるでしょ？」

『本当にそれだけかしら。あなたの知っている彼だったら、自分の娘が死んだのに、あんな風に笑うことが出来る？　彼、テレビを見て笑ってたのよ？　まだあれから一年しか経っていないのに』

夫はもうすでに昔の生活を取り戻そうとしていた。自分は世界が変わってしまったのに。

『彼は昔の彼ではないのよ。あなたの夫、雅春は今宇宙の彼方に居るのです』

「なんですって？」

『あなたの目の前に座っているその男は人間ではありません。それは宇宙人です』

「そんな」

『そうなのよ』

「信じられない」

『信じざるをえなくなるわ』

「いったい何のために？　もし彼が宇宙人だったとして、いったいどうしてそんなことをするの？」

『それは判らない。でも、奴ら宇宙人たちはこの地球を自分たちの理想に近づけようとしているのよ』

「なぜ？」

『さあ、彼らなりの善行なのかも知れない』

「そんなの大きなお世話だわ」

『人間にとったらそうかも知れないわね』

「娘はどこに居るの」

『あなたの紀子は善良な宇宙人に連れていかれたのよ』

宇宙船はもう、その声の主の存在を疑わなくなっていた。

これを狂気と呼ぶ人もいるだろう。しかし目の前の事実を疑わない我々も充分に狂気を孕《はら》んでいることを考えなければいけない。ただ無条件に頭に送り込まれている情報を完全な事実であると信じて疑わない、この狂信を狂気と言わずしてなんと言おう。我々の正気は狂気なのである。

宇宙船の狂気もつまりは正気なのではないだろうか。

捕らえられた自分の娘を取り返すため、善良な宇宙人の正体を暴くため、遠藤君枝は宇宙船と呼ばれる探偵になった。

もうお気付きだろうが彼女の通り名「宇宙船」は本来「宇宙線」なのだ。宇宙から飛来する無線を頭で受信出来ること、それが宇宙船の名の由来だ。

君枝が探偵の活動を始めてからもう十年以上の歳月が流れていた。

地下通路を、真那子を追いながら、宇宙船はついに今度こそ善良な宇宙人の秘密に迫れるのではないかという予感に期待と恐ろしさを感じていた。エリエールは真那子を善良な宇宙人であると断言していた。ついに、夫以外の善良な宇宙人と直接向かい合える好機。しかし恐ろしさの方が大きかった。もし紀子が宇宙に居て、宇宙船には彼女を連れ戻す術がないと判ったら、娘を二度失うことになる。それとも、善良な宇宙人自体が宇宙船の妄想で、雅春が言うように娘は本当に死んでしまっているとしたら、それもまた娘を二度失うことになるのだ。

唯一の可能性は、本当に宇宙に居る娘が帰ってくることだった。が、宇宙船は頭のどこかで、彼女の意識から上手く隠れて、強く、「そんなことはありえない」と感じて居るのだ。何が本当で何が嘘かそんなことは判らない。客観的な事実と思しきことでも人間が介在している時点でそれは怪しい。そんなことを言い出したら立ち行かなくなるから、我々はそれを真実だと断定して暮らしているが、身の回りのもの全て怪しいのだ。

宇宙船のように、頭の中に無数の情報が飛び交っている状況ではなおさらだろう。頭の中の声が自分の声かどうか判らない。耳から聞こえたものか、頭で考えているものか、それとも宇宙から直接頭に響いている声か、無数の声が頭に響く状況で暮らすのは常人には耐え難いだろう。宇宙船ですら普段は頭巾を被って、外部からの声を遮断しているのである。

今は頭巾を被っていなかった。しかも大分長いこと。頭が限界に近いほど疲れてきている。心も。正常な判断を失い、頭の中の自分の声を見失えば、自身の行動さえ何者かにのっとられかねない。「右に行こう」と思う自分の意思さえ、もしかすると外部からの命令かも知れないのだ。

宇宙船は右に曲がった。

地下通路は急ごしらえのコンクリで固められた道に変わった。照らす明りもない。ただ遠くの方から光が漏れている。光の方に人の気配がする。宇宙船は煙草に火を点け、疲労で重くなった脳をもう一度しっかり集中させてエリエールに語りかける。

「誰か居るわね？」

『やっと正気に戻ったのね。ええ、居るわ』彼女は滞りなく答えた。

真那子とお嬢さんだろう。明りまではまだ百メートル近く離れていたが、二人の息づかいが聞こえるようだった。近づくべきか、状況が判らない。

と、急に奥の光が消えた。辺りが完全な闇に染まる。

宇宙船は身体を硬くする。神経を集中させ、危険を探る。壁に手を添えて音に集中する。

この暗転こそは、米平少年の件の行動によるものだった。そしてこれが偶然にも宇宙船に重要な情報を提供することとなった。

通路の先から巨大な蛇の体内のような空洞を通って声が聞こえる。

「どうしたの？」これはお嬢さんの声。

「判らない。誰か侵入したのだわ」お嬢さんの声に答えるように少し離れたところから真那子の声がした。

電気が点く。二人の声はそれ以上聞こえなくなった。

「大きな空間。二人は離れている。お嬢さんは空間の中央近くに座っているようだった、真那子の方は壁のそばに立っている」

『私にもそう聞こえたわ』

宇宙船が心の中で呟いた声に、エリエールはそう答えた。静かに明りの方へ向かう。

これだけの地下通路をいったいどうやって掘ったのだろう。個人の力では難しいだろう。

『当然、宇宙技術が使われているわ』宇宙船の頭の中でエリエールが言った。

「確かに宇宙技術を使わなくては、こんな地下通路とても作れない」

『これでも、真那子が善良な宇宙人じゃないって疑うの?』

「黙って、今はあなたと議論してる場合じゃない」宇宙船は頭の中でそう言うと、通路の壁の膨らみに身体を隠し、光に近づくにつれゆっくり閉じてきた瞳孔を、光の源である部屋の中へ向けた。

入り口は屈まなければ通れないほど狭い。入り口の陰から覗き見たその奥の空間は大変に広かった。博物館のホールを思わせる高い天井は岩で出来ており、部屋自体は真四角に切り取られ、採石場のようでもあった。光源は工事用のものが一つだけ、一点から光の手を伸ばし、その爪先が部屋の壁を優しく撫でている。

光源から少し離れたところ、部屋の中央に場違いなほど立派な椅子があり、緩やかなカーブを描く肘掛に乗せた手を細い縄で縛られているのはお嬢さんだった。細い足も、重く黒い彫刻のような椅子の脚に縛りつけられている。

宇宙船はその縄に注目した。随分綺麗に縛られている。

「おかしいわ」

『そうね』

「縛られる相手の協力がなければあんなに綺麗に縛れないはず」

言われて見れば確かにそうで、もし抵抗にあえばもっと汚い縛り方になっていたであろう。お嬢さんが縛られるのに協力したのだろうか？　おかしな話である。それとも気を失っている間になされたのだろうか。

お嬢さんは、心細そうに辺りを見回したりしている。

『罠でしょうね。さっき電気が落ちた時も、二人の会話は敵同士のそれじゃなかったわ』

「真那子がどこに居るか判る？　さっきから動いてないとすれば壁際に居るはずなんだけど」

『光源を見て、どこから電源を取ってる？』

「コードは奥の岩陰に続いてるわ」

『延長コードでつながれてない限り、あの手の機材のコードはそこまで長くないはず』

「てことは、あの岩陰が怪しいわ」

『その確率は高いわね』

「どこにも罠らしいものは見当たらないわ、近づいていっても大丈夫じゃないかしら」

『いいえ、それはやめておいた方が良さそうよ』

「でも、このままにしておけないわ」

『様子を見ましょう。差し迫った危険はないはずよ』

「あたしの頭が限界に近いわ」

『あら、それは困ったわね。でもほら、聞こえない？』

そう言われて耳を澄ませると、遠くに足音のようなものを感じる。

「これは？」

『誰かが私たちを追ってきた』

宇宙船は疲れた頭でその足音に焦点を合わせる。安定した足取りではない、進んだり止まったり、どこか投げやりで、恐怖から逃げようとしているようにも聞こえる。

「米平少年だわ」

『そうでしょうね』

と、「せんせー」というか細い声が聞こえてきた。

「いけない、相手にばれてしまう」

宇宙船は足音を忍ばせて、来た道を戻る。自分の身体が部屋からの光源を遮り足元が見え辛い。それでも、小走りに米平の方へ向かった。宇宙船の気配に気付いたのだろうか、米平が止まったのを感じ、驚かせないように小さな声で「少年」と呼びかけた。

「先生」大きな声で米平が答える。

「しっ」と、声を出した時には相手の姿が見て取れた。もう少し近ければ半分泣きそうな米平の表情も見えただろう。

「助けに来ましたよ」と、泣きそうな声で米平は言う。

「いいところに来たわ」宇宙船は米平に言った。予想外の発言だったのか、米平は一瞬驚いた顔を見せ、それから嬉しそうにニヤニヤし始めた。

二人は足音をひそめ、再び大広間の入り口に戻る。

「さあ、お嬢さんを助けに行って」

「え?」

と戸惑う米平をよそ目に、「ああ、そうだ」と言って宇宙船はタイトめのワンピースを脱ぎ始めた。

「な、な、な、どうしたんですか先生」米平はそう言いながらもじっと宇宙船を見ている。

「念のため、これに着替えて」下着姿になった宇宙船は、ワンピースを突き出した。

「え、ええ?」

「早く」

米平はあたふたと服を脱ぎ、差し出された宇宙船の服を着た。小さかったがどうにか入る。

宇宙船も米平のズボンとシャツを着て、ズボンの裾を折った。

「さあ、お嬢さんのところへ。静かに走って行きなさい」

「お嬢さんを助け出せばいいんですね? お安い御用ですよ、ハハ」

「いいから行きなさい」

米平は、サッと一回その場で飛び上がると、上半身を固定させ、足だけ動かすようにして走って行った。きっとそれが忍者のイメージなのだろう。

ホールの中に米平の足音が響く。

お嬢さんが顔を上げた。米平の姿を認め、目を見開いて驚いたのが宇宙船のところからも見えた。すぐに米平の背中に隠れて見えなくなる。

「米平さん」そう呟く声が聞こえたような気がした。瞬間。バシュッという音が聞こえ、「グ」といううめき声と同時に米平が床に倒れるのが見えた。

「やっぱり罠だったわね」宇宙船は頭の中で呟く。

再びバシュッと音がして、米平の身体に何かが当たる。米平は身体を小さく丸めて完全に動かなくなった。

最終話

床に倒れて動かない米平を、真っ青な顔をしたお嬢さんが見ている。米平の横には丸い白い物体が二つ落ちていた。

『ボールだわね』

「なんのボール？」

『さあ、野球か何かのじゃない』

宇宙船もエリエールも詳しくないので判らなかったが、それは野球の硬球であった。物陰に球を高速で飛ばす機械が隠してあるのだ。なぜ真那子がそれを選んだのかは判らないが、とにかくピッチングマシーンはそこにあった。罠に近づいたものをしとめるために。

米平は痛みと恐怖で声が出せずその場で蠢いている。と、物陰から女が現れた。真那子だ。

「酷い。宇宙船じゃないのに」椅子に縛られたお嬢さんが言う。

「畜生」真那子は米平を確認してそう呟き、何かに気付いてハッと振り返るとそこにはもう宇宙船が走り込んでいた。真那子が自らのポケットから何かを取り出そうとする。

宇宙船は肩から真那子に体当たりした。小柄な宇宙船だが、真那子を突き飛ばすのに十分な勢いがあった。

　真那子は石の床に倒れて右肩を強く打った。痛みに気をとられる間もなく、左手でポケットから何かを取り出すと、物陰に向けて腕を伸ばした。

『あぶない』頭の中でエリエールが叫ぶのと同時に、宇宙船は地面に伏せた。バシュッと音がしてボールが飛んでくる。ボールは宇宙船から数メートル離れたところを横切っていった。バンと烈しい音がして、硬いゴムの塊が跳ねる強い音が広い空間に響く。

　真那子がピッチングマシーンのリモコンを使ったのだ。宇宙船は安堵《あんど》のため息をつき、一瞬、気を緩めると電気が消えた。

「しまった」小さく叫ぶ。真那子が電気のコードを引き抜いたに違いない。遠ざかる足音が聞こえる。真那子はコードを伝っているのだろう。闇の中を迷いなく走り去った。

「どうしたの？　何があったの？」暗闇から不安そうなお嬢さんの声がする。

　宇宙船はそれを無視して耳を澄ませる。音を頼りにゆっくりと、真那子の去って行った方向を確認する。

「先生、僕は死ぬんですか？」不意に米平が声を上げた。声の位置から察するに宇宙船のすぐ足元に居るらしい。

「黙って」

「僕が死んだら」

「死なないから、黙って。あなたはお嬢さんを解放して地上に戻りなさい。あたしは真那子を追うわ」

「いや、僕は死ぬんだ」米平はさも苦しそうに言う。

「少年、コードを探して。それを伝えば近くに電源があるわ。照明のコンセントをそこに繫いで明りを点けるの。お嬢さんを頼んだわよ」宇宙船はそれだけ言うと、遠くに聞こえる真那子の足音を頼りによたよたと歩き出す。

暗闇をしばらく歩くと、前に出した手が何かに触れた。冷たい金属の機械。ピッチングマシーンだ。辺りを手と耳を使って探ると、ちょうどピッチングマシーンの裏辺りから、また別の通路が奥に延びていた。真那子はどうやらここから逃げたらしい。

宇宙船は暗闇を奥に向かって走り出した。

「先生、僕が死んだら骨は海に撒《ま》いてください」宇宙船を追いかけるように米平は叫ぶ。

返事はない。宇宙船はすでにこのホールから出てしまっていた。米平少年の声は、ホールに反響するだけだった。少年は目を瞑《つむ》って倒れていたが、目を開けてみてもやはり真っ暗なのだ。

「米平さん？」お嬢さんの弱々しい声が聞こえる。

「お嬢さん、すいません、あなたを助けることが出来なかった」

米平は自分の症状をより悪いものに見せるために、息も絶え絶えに喋る。これらのことは無意識に行っているのであって、演技しているわけではない。実際にとても苦しく感じているのだ。ボールが当たった場所が焼けるように痛い。米平のセンチメンタリズムが痛みを何倍にも増幅させている。

「どうか、どうかこれから言うことを笑わずに聞いてくれますか?」

「え?」

「真面目に聞いて欲しいのです」

「ええ、良いですけどまず電気を点けて縄を解いてくれませんか?」暗闇の中で、お嬢さんは米平の状態がいまいち判らないようで、とにかく落ち着かない様子だった。無理もない。

「いや、電気を点けると言い辛いのでとりあえずこのままで良いですか?」

「いいえ、困ります。電気を点けるまで聞きません」

「聞き分けのないお嬢さんだ、しかし、手足を縛られている以上、耳を覆うことも出来ないはずだ。僕が喋れば自動的に聞くことになるに違いない」

米平はそこまで言うと、次の言葉を発するための準備に入った。

お嬢さんは暗闇の中で音もたてない。きっと、これはもう待つほかないと覚ったのだろう。

「お嬢さん、僕はあなたが好きなんだ」

「え?」さすがに驚いたのか、お嬢さんから声が漏れる。

「僕とどうにかなって欲しい」

「どうにか?」

「はい」

「どうにかっていうと、どう?」

「僕はもう死ぬんです」

「死なないわ、大丈夫だから。だって、目玉はボールをぶつけただけよ」

「ボール？　ボールだって当たり所が悪ければ死ぬでしょう？　その証拠にデッドボールっていう言葉があるくらいだから、デッドには死ぬっていう意味があるんですよ」

「でも生きてるじゃない」

「ええ、今のところは」

「今、それだけ元気なら大丈夫よ」

「それでもいつかは死ぬんだ」米平は大声を出した。

そりゃそうだろうけど、という言葉をお嬢さんが飲み込む。その隙を突くように米平は続ける。

「だからどうか僕の願いを聞いて欲しい」

「え、いつか死ぬから、ですか？」

「有体に言えばそうです」

「え、だってそんな、誰でもいつかは死ぬでしょ？」

「それがなんだって言うんだ」

米平はまた大きな声を出したが、今度はお嬢さんがひるまなかった。

「良い加減にしてください。早く明りを点けて縄を解いて」

「返事を聞かせてください」

「いや、だから、私は」お嬢さんが言いよどむ。真っ暗な地下空間で、二人の男女の会話が石壁に反響している。二人が黙ると圧倒的な静寂が辺りを包んだ。音も明りもない。

お嬢さんの口内から唾液の泡の爆《は》ぜる微かな音がした。口を動かしたのだろう。やがて小さな声が聞こえだす。

「私は、前に話したように、少年しか愛せないんです。判るでしょ？　誰かと愛しあうことなんて不可能なのよ」

「良いですかお嬢さん？　僕は確かに三十年生きてきた。しかし、心は少年なんです」

米平はなんの照れもなくそう言い切るのだった。

米平の主張はなんというかなんの客観的根拠もないただの無茶であったが、どういうわけかお嬢さんはその発言を頭から否定することが出来なかった。そこに真実を見てしまったのかも知れない。米平がそう信じているが故に彼の中ではそのことが真実であるように、多くのことは「それがそうである」と誰かが信じるからこそ真実であるに過ぎないのだ。

米平は力強く言う。

「だから大丈夫です」

「いや、でも」

「ねえお嬢さん、確かに僕の身体は大人だ、しかし、あなたは身体が目当てなんですか？」

「え？」

「だったら僕の方から願い下げだ」

「え？」

「あなたは少年の心を愛しているんです。だったら僕の見た目はどうでもいいはずだ。僕の中の少年の心を受け入れてください」

「なにを言ってるんですか？」

「なにをって、今言ったこと聞いてなかったんですか？」

「そういうことじゃなくて」そう言ってお嬢さんは考え込んでしまった。

米平は闇の中でゴソゴソ動き出した。

「なにしてるんですか？」

「二人でここを脱出しましょう」

「早く電気を点けてください」

「だから今それをしようとしているのです」

随分時間がかかってやっと電気が点いた時、暗闇に慣れた二人の目は眩《くら》んでしばらく機能しなかった。

やっと明るさに慣れて最初に目に入ってきたのが女装した米平の姿だったから、お嬢さんは笑ってしまった。米平は憤然としたが、お嬢さんの縄を解き始めた。

「助けるためにこんな恰好までしたのに、笑うなんて」

「ごめんなさい、あまりにも似合っていたから」

「え、そうですか？　そうかなあ」

工事用の投光機がホールの床に転がっている。光には部屋の全てを均等に照らすほどの力はなく、同心球状の光のグラデーションが壁を照らしている。さらに光は反射して壁を跳ね回り、何かその石の空間は妙に暖かいような気すらした。

「米平さん」

「はい」

「宇宙船は、苺さんを殺してないんですね？」

「え？」

「今回の事件の犯人は宇宙船ではないんですね？」

「なんで、先生が人を殺すんですか？」

「殺してないんですね？」

「そりゃそうですよ、苺さんが亡くなった時、僕と先生は別の事件にかかりきりでしたからね」

米平は、お嬢さんの気持ちが全く判らなかった。

お嬢さんは、米平のその答えを聞いても確信がもてなかった。はっきり言ってもう判らなかった。何が本当で何が嘘なのか。

「Aちゃんと Bくんはどうしたんですか？」

「ああ、二人は上の屋敷に居るはずです。見張りと戦っているんじゃないかな」

お嬢さんは身体を少し動かしながら米平の言葉を聞き、言う。

「私たち早く屋敷に戻りましょう。二人が心配だわ」

「僕もちょうど、そう思ってたところです」

堂々と言う米平の顔を、お嬢さんは呆れたように眺めた。

＊

服を裂いて丸めたものを強く押し付けていたので血は止まったようだった。

AもBも普段から鳩を殺して食っているので血には慣れていたが、人間の血は鳩のそれとは違う。もっと濃く、指に絡みつくようで、何やら恨みがましい感じがした。

Bは床に座り込み、Aはお嬢さんが座っていた椅子に腰掛けていた、穿き慣れないスカートを気にしたのだ。BはAのスカートのことなど気にも留めなかった。自分が人を傷付けたことにこんなに動揺するなんて。まだ、心が烈しく揺れていた。横目で鉄頭人を見る。

鉄頭人はすっかり大人しくなって、布を使って腰辺りの傷を圧迫している。突き立てられた銀のペンは横腹の筋肉に阻まれて止まったらしく、思ったほど重傷ではないようだが、鉄釜を被ってはいても、なんだかとても落ち込んでいるのが判る。

鉄頭人を見ているうちに自然と流れてきた涙を、Bは慌てて誰にも気付かれないように拭ったつもりだったが、Aも鉄頭人も気付いていた。

「大丈夫だから」鉄頭人が言った。

予想外の言葉であったのと、鉄釜の向こうからでくぐもっていたのとで、AもBもうまく聞き取れなかった。

鉄頭人は痛そうに首を二人の方に回し、再び言う。

「大丈夫だから」

大きな身体からは想像もつかない小さな声だったが、今度は二人にもしっかりと聞き取れた。

「私の血で奥様の御屋敷の床をよごさないようにしておくれ」

鉄頭人の声を聞いて、AとBは顔を見合わせ、二人は彼の望むとおりにしてやろうと決めた。Bの服を裂いたもので床に滴《したた》った血を拭いた。

「ありがとう」鉄頭人は言って、また下を向いてしまった。

血は少し乾いて床にこびり付いている。

Bは立ち上がり、テーブルの上に載った水差しを持ってきた。お嬢さんが飲むように館の主、真那子が置いていったものだ。AとBは布を水で濡らし、床を拭く、血が滲んで広がっていく。

「そんなんじゃ駄目だよ」

鉄頭人は立ち上がり、いったん部屋の外に出ると、傷口を押さえながら片手で掃除用具を持って戻ってきた。出血はだいぶ収まったようだ。

三人で床を片づける間、鉄頭人は自分のことを話した。

彼の両親は、身体だけが異様に大きく時々粗暴になる彼を恐れ持てあました。彼は中学を出ると祖母と二人で暮らした。家から一歩も出なかった。彼は自分の醜さを恐れ外と関わりたくなかった。祖母が亡くなり、一人になると、そのまま自分も飢えて死のうとした。そこにやってきて、彼に鉄の兜を与え、召使としたのが母親の友人である真那子だった。

真那子と出会ってから、彼はやっと安息を得た。従うべき規範を得た。真那子の言うとおりに生きることに喜びを見出した。一般社会と触れずに生きてきたゆえ鉄頭人はまるで暗がりに暮らしてきたようで、明るい光を放つ真那子に吸い寄せられるように、ふらふらと彼女に従ったのだ。

それは悪いことだろうか。

Bには判らなかった。Aは自分たちのことを思った。二人は宇宙船に出会った。鉄頭人は真那子に出会った。それだけの違いだ。AとBは鉄頭人に強い親近感を覚えていた。

三人は床を拭いている。

＊

空から見ると、まるで群れをなす草原の動物のように、暗いスーツを着た無数の人間が駅に向かって歩いている。駅はさながら排水溝で、人々は汚水のように駅に流れ込む。

日はほとんど沈み、空の西の端だけがうっすらと赤く光っている。

駅前の古いビジネスホテルの外壁に、手足だけで張り付く男は街を見下ろしていた。

誰もオレたちに気付いてはいない。これだけの人間が居て、上を見る者など居ないのだ。

滑稽であり、痛快でもあった。空気ゴキブリは再び、神経を自らの敵に完全に向ける。

今、二人の変態が命をかけて戦っている。生命の火花が散っているそのすぐ下に、凡庸な日常の大河が流れている。

一人の変態は下着賊、帯のように幅広のゴムを使い自在に建物の外壁を這い回る。残る一人は空気ゴキブリ、己の膂力《りょりょく》と脚力で壁に張り付く。

この二人の超人の追いかけっこを見ていると、重力を介さず飛び回っているようにすら見える。もし地を行く人の群れのうちの一人でも空を見上げることがあれば、彼の目には夕闇に舞う二匹の蝙蝠《こうもり》が戯れているように見えたかも知れない。二人の変態は形勢を入れ替えつつ、住宅街の方へ建物から建物、時に電信柱から地に降りて、陰を走り、移動していった。

近づき離れ、相手を蹴落とそうとし、拮抗《きっこう》していた戦いは、やがて一方に傾き始めた。ゴムを振り、その伸縮性と摩擦力とを手足のように使い善戦していた下着賊であったが、全てを切り詰め己の肉体だけで追いすがる空気ゴキブリに押されはじめた。

目黒川の曲線に沿うようにくの字に曲がったマンションは各部屋から川が眺められるようにと設計されている。奥行きは短く、屏風《びょうぶ》のような風貌をしている。白い壁にベランダの青い鉄柵が映える。今、九階のベランダの柵に二人の変態がぶら下がっている、一人は903号室の、もう一人は905号室の。互いを見つめあっている。どことなく似ている。一人は目だし帽を被り、ゴム帯の一端を柵に巻き付け、もう一端を身体に巻き、手を添え垂直を保っている。もう一人、スーツを着た方は右手でぶら下がり、右足を壁に走る細い溝にかけている。

下着賊が身体を重石に、振り子のように揺れだした。弧を描き揺れる軌道に、ゴムの伸縮が加わる。

橋に人だかりが出来ている。小さな黒い頭を持った無数の白い顔がこちらを見上げている。誰か一人が変態同士の決闘に気付き、ついに衆目を集めはじめたのだ。

遠くから歓声にも取れるような声が聞こえてくる。

下着賊は身体を揺すりゴムの伸縮を調整し、空気ゴキブリを幻惑するように動く。空気ゴキブリは微動だにせず、ベランダにぶら下がっている。随分奇妙に見えることだろう。二人の自殺志願者が、命に名残を惜しんでいるように見えたかも知れない。

下着賊の腹にはゴムの端が巻きついている。それが烈しい動きで食い込んでいくのが判る。

空気ゴキブリは相手の動きに幻惑されないよう、下着賊自身に目の焦点を合わせず、動きまわる彼全体にぼんやりと合わせる。この作業は気持ちを落ち着かせた。下着賊は最後の賭けに出るだろう。そう感じていた。

空気ゴキブリは誰かと交戦するのは初めてだった。隠密行動中に存在を気付かれたことすらほとんどない。下着賊の方はどうだろうか。少なくとも自分よりは戦いに慣れているように見える。

しかし、空気ゴキブリには信念があった。自分は観察者であって部外者である。世界に干渉してはいけない。その一線を越えれば犯罪者に落ちぶれる。下着賊は一線を越えている。

犯罪者に負けるわけにはいかない。負ければ崇高な意志が損なわれる。そこまで思っている。

今、空気ゴキブリの心は澄み渡っていた。波一つない。

他人の家に忍び込み、その生活を覗く時、外界からのあらゆる情報を受け取りながらも、それに影響されることなく、ただ静かに目の前のことを観察する訓練を積んでいる。空気ゴキブリはいつものように見る機械となる。彼は一個のビデオカメラだ。

目の前では犯罪者に落ちぶれた変態がゴムにぶら下がって揺れている。そして遠ざかり、ゴムが伸びきると、それが急撃に烈しく縮み、溜《た》め込んだ力を解放する、足を突き出し槍《やり》のような鋭さで、空気ゴキブリの方に飛んできた。危ない。すんでのところで空気ゴキブリは手を離す。

「わあ」という叫声が群集から漏れる。

空気ゴキブリは音もなく、一階下のベランダの鉄柵に摑まり、ピタリと止まる。と、下着賊は先ほどまで空気ゴキブリが居た場所を通り過ぎながら、身体に巻き付いたゴムを引き、さらに少し開放し、軌道を変え、空気ゴキブリの頭をめがけて二撃目を、ちょうどなぎ払った刀の軌道を変えて、今度は振り下ろすように動いた。

振り下ろされた刀、即ち真上に迫った下着賊の脚、空気ゴキブリはそれをギリギリまで見た。

一瞬のことであった。

目をつぶり身体を固めてはいけない、目を開き、柔軟に、右手に持った鉄柵を離し身体を開いて下着賊の蹴りをかわすと、宙に何も身体を固定するものなく、ただ落下する物体となった空気ゴキブリは中空で、伸びきったゴム紐を鋭く砥いだ爪の先で突く、その次の瞬間には左手で、一階下のベランダの縁を摑んでいた。

ゴムには一点、針の先ほどの穴が開き、それは断末魔の叫びを上げる魔物の口のように大きく黒く広がって、やがて口の端が裂け、ついにゴムの帯は裂けて、千切れた。

ベランダに巻き付いたゴム、落下する下着賊の身体に巻き付いたゴム、二つに分かれた長いゴムの帯は暴れる二匹の龍のようにうねりながら縮んでいった。

下着賊は仰向けに落ちていく。空に向けられたその視線と、空気ゴキブリの視線が、合う。遠ざかる。時が止まったように感じる。が、時間は動いていた。

ドンと、烈しい音がして、下着賊は宙を見つめたまま、道路に横たわっている。

辺り一帯の見物人が我を忘れたように、静まった。

やがて思い出したように、女性の糸を引くような細く長い叫び声が上がり、それを合図に群衆が騒ぎ出す。マンションの一階部分に入った飲み屋から酔客があふれ出し、橋の上から見物していた物好きたちも、集まり始める。

空気ゴキブリはベランダにぶら下がり、己の影を見下ろしていた。そしてスルスルと外壁のパイプを伝って登っていく。

稀代の変質者、下着賊は死んだ。

空気ゴキブリは再び街の陰に消えていった。

翌日の新聞には奇妙な若い男の死が扇動的《せんどう》に書かれ、しばらくは世間の耳目を楽しませた。「もう一人居た」という目撃談も話題になったが、誰ももう二度と、空気ゴキブリのことを見付けられなかった。

＊

暗闇の頭上に三日月のような穴が開いている。

歩くたび、靴に入り込んだ汚水が、足との隙間からポンプで排水されたみたいに噴き出した。汚水の小川の中から宇宙船は天井を見上げている。マンホールの蓋がずれ、外の明りが漏れて三日月のように見えた。

頭が痛い。身体が辛い。胸が痛いほど呼吸が乱れている。鉄のハシゴを登って蓋と穴の隙間から外に出る。汚れた手を米平少年と交換した服に擦り付ける。重い鉄の蓋を引き摺《ず》って、穴にはめ込むと、また手が汚れる、そのまま天を仰いで荒い息を吐く。少しだけ呼吸が整うと、冷静さが戻ってきた。アスファルトの道路に濡れた足跡が続いている。真那子のものだ。

宇宙船は亡霊のようにそれを追った。

夜の住宅街は静かで、家から漏れるテレビの音と、犬の声、ときどき通る車の音しかしない。

対照的に宇宙船の頭の中はさわがしかった。自らの思考の他に自分以外の者の声、常人には聞こえない声音が頭を満たしている。エリエールの声もその中に埋もれてしまっている。もはや宇宙船には自らの声も見分けられない。

聞こえない声が聞こえ始めてから、こんなに頭巾を脱いでいたのは初めてだった。いや、一番最初、まだ頭巾を手に入れる前はこんな状態だったか？　まるで得体の知れない複数の者にのっとられたような感じだった。複数の者？　元々頭の中は一人の物じゃない。最初から沢山住んでいるのだ。沢山の声が色々なことを考えている。そこに勝手に道筋を作って、それを人格と呼んでいるだけなのだ。嘘だ。頭はそんなに複雑じゃない。そうとも。頭は空っぽだ。人間は空っぽだ。命令を受けるための機械だ。宇宙から操られているのだ。宇宙？　宇宙人のこと？　善良な宇宙人？　そんなものはただの妄想だ。宇宙人など居ない。いや居る。どこに？　そこら中に居る。あなたこそ宇宙人なんじゃないの？　あなた？　あたしだ。あたしは、あたしだ。

そうだ、あたしは善良な宇宙人を追って、娘を助けないといけない。宇宙船は頭を振り、ちょうど急激な眠気から覚めるように自分の思考を取り戻す。真那子を見付けて、喋らせないといけない。早くしないと足跡が乾いてしまう。乾き薄れはじめた足跡を追って宇宙船は走る。

『落ち着きなさい。相手はあなたが来るのを待っている』

エリエールの声が聞こえる。思えばさっきからずっとエリエールはそう言っていた。今ははっきりと聞こえる。ただ、落ち着いてなど居られなかった。

宇宙船は走った。疲れた身体を引き摺るように走る。歩いた方が速いかも知れない。しかし歩くわけには行かなかった。娘に対する愛を、愛に対する忠誠を示すかのように、宇宙船は走った。

「この先通り抜け出来ません」と書かれた木の看板が風雨にさらされて半ば崩れ落ちるように立っている。もうほとんど消えてしまった足跡はそっちに向かっていた。

宇宙船は足音を忍ばせて進む。塀と塀に挟まれた道は途中で九〇度曲がっている。その先に真那子が居るのだろうか。

暗い道、街の明りが方々を反射して、汚れた灰色の塀を白く浮かび上がらせている。薄い雲を透かした月の明りは、街の明りに融けて見分けがつかない。

宇宙船は最後の一歩を引き摺って角を曲がる。

曲がった先は十坪ほどの更地になっていてアスファルトで固められた地面の真ん中からサクラの木が生えている。緑の葉を茂らせ天に手を伸ばすような枝ぶりは薄明りに照らされて、ところどころ輝いて見える。幹の後ろに誰か居る。背中をもたせかけている。

宇宙船は切符をなくした子供のようにポケットを探る。煙草が吸いたい。違和を感じ、それが米平少年のズボンであったことを思い出す。

「あいつらは死んで当然だったのよ」木の向こうから真那子の声がする。

「煙草ある？」宇宙船が言うと、真那子は背中でフッと笑って箱ごと投げてよこした。宇宙でそれを受け取ると、箱の中からライターと、煙草を一本取り出して火を点ける。ライターの明りが一瞬宇宙船の顔を照らす。渇いた喉を潤すように、何度か立て続けに吸い込むとやっと落ち着いて、ゆっくり煙を吐き出した。

「全部あげるわ、私、煙草なんて嫌いだから」

真那子は言いながら、幹を回って宇宙船の方に姿を現し、しゃがみ込んで背中を幹にあずける。

「苺さんを殺したのはあなたなの？」

「彼女を殺したのは彼女自身よ」

「誤魔化すのはやめて」

「誤魔化しちゃいないわ、自分で毒を呷《あお》ったのよ」

「あなたが飲ませたんでしょ？」

「まさか、私は少しお話ししただけよ」

「彼女を操ったのはあなたよ」宇宙船は声を張る。

真那子は桜の樹《き》に背をあずけ、宇宙船から目を逸らして言った。

「人に、人を操ることなんて出来ないわ」

「あなた、宇宙人なんでしょ？」

宇宙船の発言に、真那子はハッと宇宙船の方を向く。宇宙船の顔に意思の明確さを見ると、気が抜けたように笑うのだ。

「判っているのよ」宇宙船はまるで自分に言い聞かせるように、靴の先を見つめ、そう吐き捨てると、煙草の煙を吸い込む。

「私は人間よ」

「嘘よ、善良な宇宙人は、必ず自分のことを人間だって言うんだわ」

「ハッ」真那子は思わず笑った。「私のことを、それだと思ってるの？」

「そうよ」

「善良な宇宙人はあなたの夫でしょ？」

「あなたとあたしの夫に化けた宇宙人は、仲間なのよ」宇宙船の目は血走り真那子を睨みつけている。

「それは初耳だわ」真那子は言った。

「娘を返しなさい」宇宙船は真那子に近づくと、生地の薄いドレスのような服の右肩を摑み、そのまま押し込むように腕を首にあて、背中の樹に押し当て気道を圧迫する。

真那子は両手で宇宙船の腕を摑んで押し返そうとするが、どうにか呼吸を確保出来ただけで、押し払うことは出来ない。宇宙船がさらに体重をかけると、真那子の気道は再び塞がれた。

月を覆っていた雲が去り、月光が桜の樹に当たる。都会の袋小路に真那子のうめき声が小さく響く。

宇宙船は強く烈しい感情に身体を支配されている。その感情はこの場で相手を縊《くび》り殺そうとしている。どうにかそれに抗って、自らの腕を振り解《ほど》いた。服が乱れ真那子の胸元が露になる。白かった。

二人は荒い息を吐いている。

「返せるものなら返してあげたいわ」真那子が言った。

「出来るはずよ」

「出来ない」

「出来るはずだわ」

「出来ないのよ、あなたの娘は死んだの」

「嘘吐かないで」宇宙船は大きな声を出す。

真那子は驚きも、気圧されもせず、真っ直ぐ宇宙船を見ている。

「あなたの娘も、私の息子も死んだのよ」

宇宙船は動かない。ただ、地面を見ている。火の点いたままの煙草が落ちている。土の上で小さな赤い火を灯していた。

真那子は弛《ゆる》んだ服の胸元から、腕を引き抜いた。片方の乳房が露になる。白い。

腕を上げ、脇の下を宇宙船に見せた。そこには幼い男の子の笑顔が入墨されている。その笑顔から、宇宙船は目を離せないでいた。真那子は腕を下ろすと、宇宙船に近づく。目と目を合わせた。

「君枝さん、私を手伝ってちょうだい。私の息子は変質者に殺されたの。あの苺さんやお嬢さんの仲間、運動靴によって」

宇宙船は真那子から目を逸らさない。

「息子を殺した女は、たった十四年で釈放されたわ。私は必死に探した。そして苺さんたちのお茶会でのうのうと楽しんでいる運動靴を見つけた。私はこの世の変態どもを憎み、全部殺してやろうと思った。そんな奴らに生きて行く価値があると思う？」

宇宙船は答えない。

「ありはしないのよ、不良品は処理すべきでしょ？」

宇宙船は真那子から少し離れると、二本目の煙草に火を点けた。

「ねえ、君枝さん、お願いだから私を手伝ってちょうだい、なんの罪もない者が死んで、罪を背負ったものが生きている、こんな世の中に耐えられないの、世界を変えないと、世界を良い方向に変えないといけないの」

宇宙船はゆっくりと煙を吐き出す。真那子に背を向けると、歩きだした。

「どうしたの君枝さん？」

宇宙船は答えない、振り返りもしない。

「どうするつもり？　私を警察に突き出すの？」真那子の声は悲しみの艶を増していく。

「お願い、一緒に、世界を良い方向にもっていく手伝いをして」

立ち止まると、宇宙船は煙草を口に咥えたまま言った。

「この世は不良品なのよ。不良品のない世界なんて、地獄だわ」

歩き去る。

宇宙船が居た場所に煙草の白い煙が月の光をうけて輝き、漂い、消えていく。

真那子はそれを見ていた。

エピローグ

枯れ落ちた葉が風の箒《ほうき》に掃《は》かれて舞っている。信号が変わり車の群れが走り出すと、その気流に巻き込まれ道路に飛び出すもの、歩道に横たわるもの、人に踏まれるもの、米平はその中で一番綺麗な黄色い銀杏《いちょう》の葉を拾ってチョッキのポケットに仕舞う。そのままポケットに手を入れ、飛び跳ねるように歩く、駅前の歩道橋を駆け上ると山手線のホームと同じ高さになる。ホームの人々を見るとはなしに見ながら、歩道橋を渡り、線路下を潜り、直角仙人に500円玉を供え、駅の向こうに至ると、左右を見て赤信号の横断歩道を全力疾走して渡った。

川の側のマンション、その前の道は一方通行になっているが道幅がある程度広く、川沿いに白線で四角く囲った駐車スペースがある。

今は埃まみれの赤いスポーツカーと白いバンが停《と》まっていて、その間に山内《やまうち》登美子《とみこ》が立っているのを見付けると、米平はポケットから手を出して、右手を大きく振った。

登美子は米平をチラッと見て「判った」という顔をする。また路面に視線を落とす。その場所は下着賊が落ちた場所だった。今はもうすっかり平静を取り戻し、そこで人が死んだことなど皆忘れてしまったかのようだが、覚えている者たちが居る。

米平は登美子の隣に立とうとするが、スポーツカーとバンの間はそれほど広くなく、登美子が米平のために数歩前に出てあげるしかなかった。

二人は斜めに並んで立って地面を見つめている。

「なんでこんなところを待ち合わせ場所にしたんですか？」登美子はため息混じりに米平に言う。

「いやあ、だって見たいかと思って」米平は嬉しそうに言う。

登美子はちょっと驚いて米平を見たが、そういう態度も、もうあんまり気にならなくなっていた。賢明な読者諸君はもうお気付きだろうが、山内登美子とは、お嬢さんの本名である。最早彼女を「お嬢さん」と呼ぶ者は居ない、そして登美子自身もその名を使うことがなくなった。

「もうあれから三ヶ月が経つんですね」

米平は出来るだけしんみりとした口調でそう言ったが、三ヶ月しか経っていない。登美子に大した感慨をもたらすことは出来なかった。登美子は別のことを考えているようで、米平の言葉を聞き流した。米平はチラチラと登美子の様子を窺っている。

「おい」

と、声がする。米平は無視する。登美子が振り向いた。

車と川の間にある帯状の植え込み、数十センチおきに細い木が植えてある。手入れが行き届いていないのか、半分くらいが枯れていた。土の上には煙草の吸殻や、コーヒーの空き缶、鼻紙などが捨ててある、大きな黒いゴミ袋が二つ放置されてあるのが、動き出した。

ゴミ袋に擬態したAとBだ。

「Cはどうした？」

「来るわけないだろ」とAが言い終わる前に、「早く先生のところへ行こうぜ」とBが言う。

「そう急《せ》くな、事件はひとまず解決したんだ」

「真那子はどこに行ったんだ？」Aは訊ねたが、米平が答えを持っていないことを知っている、答えを知りたくて訊いたのではない、ただ、口にしたかっただけだ。

真那子の館には今も鉄頭人が住んでいる。もともと、鉄頭人の祖父母の家だった。大層な資産家だったらしい。鉄頭人はあの館で一人、あの鉄釜を被って今も暮らしている。真那子の帰りを待っているのだろう。米平は彼を密かにDと呼びはじめた。

AとBは真那子の行方を探ってはみたが、社会に接することが出来ない二人の捜査には自《おの》ずと限界があった。Aはあれから時々登美子の家を訪ねる。登美子はAを歓迎してくれる。Bも三回に一回は付いていく。登美子の家にはかなりの確率で米平が居た。米平は来るなと言っても来るらしい。まあ、そうだろう。登美子の方でも、米平の訪問をそれほど嫌がってはいないようで、文句を言いながらも楽しそうに見える。

登美子はなんとなく米平や鳩狩りたちの活動を手伝うようになっていた。米平は彼女を少年探偵団に入れたいらしい。

宇宙船はあの事件のあと、しばらく家から出なかった。寝込んでいたようでスーパーの仕事にも出てこなかった。数日経ってやっと宇宙船の気分が少し良くなった日に、米平は宇宙船を訪ね、ことの仔細を初めて聞いた。

登美子もまた、自分以外のお茶会のメンバーがやはり本当に全て死んでいたことを聞き、少なからぬショックを受けた。それもすでにやわらぎ始めている。

真那子の行方は誰も知らない。

苺さんの死は、そのまま自殺として片付いた。もう誰も覚えていないだろう。彼女の死を思い出すのは宇宙船とその仲間たちだけだ。警察も誰も、真那子の犯行を知らない。宇宙船は「事件は解決した」と言った。

息子を変態に殺された真那子は復讐《ふくしゅう》のため世の中の変態を皆殺しにしようとした。真那子は変態を殺すため、自ら変態を装い、変態仲間を使って恐るべき犯罪を実行したのだった。

これがこの事件の真相だという。

「真那子は善良な宇宙人だったのですね？」

という米平の問いかけに、宇宙船は苦々しく顔を歪め、ただ煙草に火を点けただけだった。

善良な宇宙人の存在を理解し信じているのは、宇宙船を除くと米平だけだ。ＡもＢも良く判っていない。Ｃは判ってはいても、まったく信じてなどいない。米平から説明を受けた登美子は、宇宙船の妄想だと確信した。

善良な宇宙人は実在するのだろうか。それは誰にも判らない。

君枝は今、善良な宇宙人の存在に疑いを抱き、これまで築いてきた確固たる世界が壊れていく恐怖と戦っていた。

娘の死を受け入れること。

*

雅春が玄関の扉を開けると、君枝の奇妙な友人たちが立っていた。米平と名乗る美青年と、二人の子供、そこに背の高い女性が増えている。

「先生は御在宅ですか?」米平が大きな声で言う。

「ああ、ちょっと待ってて」彼らを家の前に待たせて、ドアを閉める。

会社に無理を言って、家で出来る仕事は家でさせてもらうことにしていた。事情を知っている会社の皆は嫌な顔一つせず、受け入れてくれた。家のパソコンで仕事をしていると、どうしても効率が落ちる。君枝の世話も家の仕事も同時にしなければならないし、起きてからずっと家に居続ける生活は張り合いがなく、仕事をしていても緊張感がない。それでも、優しくしてくれる会社の皆に報いるために、普段よりしっかり仕事をしようと頑張る気持ちが足枷《あしかせ》のように雅春の自由を奪っている。

雅春は疲れ切っていた。

カーテンの閉まった重い空気の家の中を掻き分けるように君枝の部屋の前まで来ると、一度ゆっくり息を呑み、出来るだけ優しく声を出した。

「君枝」

もう一度。

「君枝」

中でゴソゴソ動く気配がする。君枝は起きている。

「お友達が来たよ」

「帰ってもらって」

君枝の声がする。不機嫌さが滲んでいたがそれはしんどさから来ていると感じ、雅春は哀れに思った。

ボロボロになった君枝が帰って来た夏の終わりの夜、驚き心配する雅春を、君枝は邪険にし、一言も発さずに予備の頭巾を出してきてすっぽり被り、シャワーを浴びると、さっさとベッドに入ってしまった。

悲しくて、心配し疲れて、雅春はもう終わりにしようと思った。これが離婚のきっかけになってくれれば良いと思った。君枝が一線を越えてくれれば、離婚を踏みとどまっている自分を説得出来る。俺は充分我慢した、もう君枝に義理立てることはない、誰が考えても別れて良い状況になる。雅春は自分が他人の目を気にしていることに気付く。

他人に対して離婚の説明がつくようなことが起きるのを待っているのか俺は？　君枝は、俺のそういう冷たい部分を暗に察していたのかも知れない。ことによると俺は本当に宇宙人かも知れない。絶対に違うとは言えない。

馬鹿な考えだとは思うが、自分は昔の自分ではないのかも知れない。まさか宇宙人に入れ替わったわけではないだろうが、果たして君枝の思いに寄り添って生きているだろうか。紀子を失った悲しみを、雅春はもう乗り越えてしまった。君枝はまだあそこに居るのに。

再び玄関のドアを開けると、君枝の仲間たちがお行儀よく立っている。

「会いたくないって言ってるんだけど」と、雅春が言うと、どことなく奇妙な美青年は嫌な顔をして、他の仲間を振り返った。

「会いたくないんじゃしょうがないよ」と、汚い二人のうちの女の子の方が言う。この子は前に来た時より随分女の子っぽくなった。

「先生、新しい依頼です。依頼者から接触がありました。御指示を」美青年が叫ぶ。

君枝は答えない。

「出直そう」と、もう一人の汚い子が言い、小奇麗な女性も頷いて美青年を見た。

美青年は大袈裟に頭をガリガリとかいて「剣呑《けんのん》、剣呑」と言い「今日のところは君子危うきに近寄らずだな」と、大き目の独りごとを言って雅春の方を向き直ると、右手を上げた。

雅春は続きの言葉を待っていたが、それで終わりらしい。

「じゃ、いいかな？」

と退去を促すと、美青年は少し困った表情を見せ、曖昧に頷いた。女の子が彼の服を指でつまんで引っ張って、四人はお辞儀すると帰っていった。

雅春は少し、寂しい気持ちになった。思えば他人と話すのは久しぶりだったかも知れない。

誰かと話したかも知れないがすぐには思い出せない。つまりは、その程度の会話しかしていないということだ。

君枝の部屋のドアの前に立つ。しばらく立っていて、ここは自分の家なんだということを急に実感した。そうか、ここは自分の家の中だった。どこに居てもいいんだ。馬鹿な話だが、そんな当たり前のこともあらためて実感してみると、それまでまるで他人の家に居るような居心地の悪さを感じていたことを知る。

雅春は君枝の部屋のドアの前、廊下の壁に背を預け、ドアと正対し座った。玄関の明り取りから光が差し込んでいる。端に溜まった床のゴミがキラキラと光っていた。

「君枝」

雅春の呼びかけはきっと君枝に聞こえただろう。返事はないけど。

「大丈夫だから」雅春は自分に言ったのか、君枝に言ったのか。

「何が？」と、君枝の声がした。

返事があって驚いた。何が大丈夫か、雅春にも判らない。

「判らないけど、大丈夫だから、俺が付いてるから」

君枝は何も返さない。

「もし俺が、宇宙人だったとしても側に居るよ、君の旦那さんが戻ってくるまで、側に居るよ、ずっと味方でいるよ」

雅春は床に座ったまま、ドアに額を付けた。涙が流れ、嗚咽が上がってくる。

「あなた」すぐ側から君枝の声がする。君枝もドアに頭を付けていた。

ドアを隔てて二人は額を合わせている。

「随分人間に化けるのがうまくなったね」

君枝の声は泣いているように聞こえる。

「本物の雅春と間違えそう」

君枝はそう言って少し笑った。

街のお墓

この街に六十八年住んでいる村田《むらた》カヨさんは、この辺《あた》りのことならなんでも知っている。大崎《おおさき》駅から五反田《ごたんだ》駅にかけての狭い地域について。どこに何があって、そこが昔なんだったのか、誰がそこに居て、いつどこで死んだのか、確かに大抵のことは知っていた。街もカヨさんのことを知っていたし、街の人たちもカヨさんの姿を見たことの無い人の方が少なかった。

この辺りの人口は最近一気に増えた。高層マンションが幾つか続けて建設されて、そこに沢山の人がやってきたからだ。逆に昔から住んでいた人は死んだり、引っ越したりして、あまり残っていなかった。カヨさんの古いマンションにも建て替えの話が何度も出ては消えたりしている。もう住み慣れた家を壊して新しいところに住みたいなどと思わない。でも、カヨさんと同じマンションに住んでいる若い人たちは、新しいマンションに住みたがった。

「それはそうよねえ」

カヨさんはベランダから、ソニーの本社だった空き地を眺めている。鉄のキリンみたいな車が沢山居て、温泉でも掘りそうな工事をしているのが、白く薄い無慈悲な鉄のフェンスの向こうに見える。

今日は随分《ずいぶん》静かだ。そうか、日曜日だ。毎日このくらいの時間に、フェンスに備え付けられたドアに暗証番号を打ち込んで工事の人が入っていく。それを見るのがなんとなくの日課になっていた。

一度空を仰いでから右の方を見ると、御殿山《ごてんやま》小学校も新しい校舎に変わった。

風が吹くと寒い。ベランダで、サンダルを履《は》いている。古いピンク色のサンダルはゴムが劣化して、小さな亀裂が出来、風に運ばれた砂粒が食い込んで足の裏がザラザラする。履いて歩くと、土踏まずの位置にある大きな亀裂が口を開け足の裏の皮膚を噛《か》むことがあった。

大崎駅は随分立派になった。大崎駅といえば山手線の中でも一番地味な駅だった。今も確かに地味だけど。昔は目黒《めぐろ》や恵比寿《えびす》も大分地味だった。恵比寿など、閑散としていたのに、今やオシャレな駅の仲間入りで、大崎もその波に乗りたかったけど、装いを変えてみても地味だ。仕事で用がない限り誰も降りない。

大崎ニューシティが出来たのはもう三十年近く昔のことだろう。

名前にニューとかつけちゃった人は、その建物が古くなるときのことを考えていなかったんだろうか。なんて先見の明のない人かしら。自分の名付けた建物が、人々から長く愛されたいと願うならニューなんてつけないことね。

頭の中で悪態をつく。白に灰色の斑《まだら》のある鳥が工事現場に入って行った。ここからは地面が見えない。ミミズでも居るのだろう。

夫が亡くなってもう五年が経つのについ最近のことのように感じる。でも、そういえばいつのまにか寂しさも癒《い》え、今は一人身の気楽さすら感じるのだった。

お昼までの時間に掃除をして、一時間かけて新聞を読んでもまだ、時間が余ったので、散歩でもすることにした。有り余る時間をどうやって消費するか、そのことばかり考えている。

マンションのエントランスは暗く、タイルを模したビニールのシートが張られている。知らない人からすると不気味で陰鬱《いんうつ》に見えるかもしれない。カヨさんには懐《なつ》かしく、落ち着く雰囲気なのだった。二十五歳で結婚して、夫と一緒にこのマンションに越してきて、以来毎日のようにここを通っている。

カヨさんの実家は五反田駅の有楽街《ゆうらくがい》の辺りにあった。今はビルが建っていて、風俗のお店が入っている。街はページを捲《めく》るように変わった。ボウリング場は今は肌色のマンションになって、エントランスの水槽に熱帯魚が泳いでいる。

夫とボウリング場によく通った。品川《しながわ》駅にもボウリング場があって、カヨさんは品川のボウリング場が好きだったが、夫は五反田が好きだった。二人はスケートをするときだけ品川に行った。

夫は五反田ボウリングセンターのタイル壁画が好きだった。一階の駐車場の壁一面が壁画になっていた。浅黒い男が立っていて、その手がなぜか蟹《かに》の爪のようになっていた。夫は「これは弓を引くための手袋だ」と言う。理屈では納得出来ても、一度そう見えてしまうと腕が蟹になった男にしか見えない。「蟹男」と呼んでいた。蟹男を恐《こわ》がった娘ももうすぐ三十代の半ば。離婚して子と二人で暮らしている。

今でも目黒川の近くを歩くとき、カヨさんと娘は蟹男の話をする。蟹男の他に何が描かれていたのか思い出せない。確かにそこにあったものが、思い出せないとまるで無かったように感じられる。蟹男がただ一人そこに立っていたように思える。

カヨさんが死んで、娘も死んだら、蟹男も死ぬのかもしれない。誰かが蟹男のことを伝えていかない限り蟹男の存在は消えていってしまうだろう。カヨさんは寂しい気持ちになった。自分もそうだ、と思ったからだ。娘も亡くなって、孫も亡くなったころ、カヨさんのことを覚えていてくれる人は誰も居ないだろう。

残像のように、光が消えても少しだけ残る。消えてしまえば誰も思い出せない。これだけ無数の人間が居て、何も残らないなんて。

人が詰まったビルビルを見上げる。腰が痛くて、段々前屈《かが》みになってきた。このままどんどん腰が曲がって地面ばっかり見て歩くようになっちゃうのかしら。見られるうちに空を見ておかないとね。

そういえばカヨさんは蟹を拾ったことがある。生きた蟹だ。携帯電話で写真に撮って娘に見せたら、インターネットで調べてくれた。モクズガニという種類らしい。「美味《おい》しいらしいよ」と言われた。飼ってみようと、水槽に入れて餌をやったがしばらくして死んだ。味噌《みそ》汁《しる》の具にでもしようと思ったが、数日でも一緒に暮らした相手を食べるには忍びなく、どこかに埋《う》めた。どこだったか。

古い工場が二軒並んでいる。一軒はまだ営業している。もう大分前に廃業した大きい方は丸田《まるた》さんのだ。

丸田さんの工場はカヨさんのマンションが建つ前からここにあった。息子さんは何をしているんだろう、会ったことはあるはずだが顔は思い出せない。御殿山小学校だったと思うけど、カヨさんの娘とは学年が離れていたと思う。

丸田さんは袖《そで》ケ崎《さき》の町会長だった。カヨさんも仲良くしていた。確か亡くなったのは夫と同じ年の冬だった。

古い建物の二階と三階が住居になっている。一階の事務所はいつもシャッターが下りている。工場の方には人がいるから、工場だけ別の人に貸しているのだろう。こんな古い工場を借りる人なんているのかしら。

カヨさんはこの辺りで亀も拾ったことがある。もっとも亀は車に轢《ひ》かれてセンベイのようになっていた。これも埋めた。そうだ、あそこに埋めたんだ。いつだっただろうか。

車どおりの多い、都心の道だ。蟹や亀が住んで居るとは思えない。水といえば目黒川くらいで、そこから歩いて来たとも思えない。誰か、ペットを放した人が居るのかしら。

最近気付いたことだけど、こんな都会にも結構沢山の生き物が住んでいる。人間以外の。小さな虫だって種類があって、蟻《あり》にしろ、蜘蛛《くも》にしろ、蠅《はえ》にしろ、一種類ではない。蝙蝠《こうもり》も住んでいる。鷺《さぎ》らしき鳥も見た。猫もいっぱい居る。ネズミも沢山いるし、狸《たぬき》を見たという噂《うわさ》まで聞いた。

夫が亡くなって自分の時間が増えたからだろうか、小さな生き物に目が行くようになった。寂しいからかも知れない。わからないけど。丸田さんの家の玄関が開いた音がする。丸田さんちの玄関は二階にある。振り返ると階段を下りてくる人がある。丸田さんちの奥さんだ。カヨさんよりも少し年上のようだった。小さめのビニール袋を提《さ》げ、赤いサンダルをつっかけている。白いビニール袋の中に赤い何かが透《す》けている。気になって、目を凝《こ》らすがなんだか判《わか》らない。真っ赤とは違う。どこか優しい赤で、白いビニールを通して見ているからか、ふんわりと美味しそうにも見えた。どういうわけかお餅《もち》を想像したが、お餅ではないだろうと同時に思う。

十月のはじめにビニール袋にお餅を入れて歩く人は居ないだろう。これが一月のはじめだったらありえない話じゃないけど。いやでも、十月のはじめだからってお餅を持ち歩いちゃいけないって法はない。法はないけど、やっぱりあれはお餅じゃないんじゃないかしら。じゃあいったいなんだろう。

そう思ってジーっと見ていたら、丸田さんの奥さんもカヨさんに気付いたようで会釈する。カヨさんも慌てて会釈し返した。なんとなくその場を去りがたい雰囲気になって、丸田さんの奥さんが階段を下りきるのを待っていると、奥さんの方も、待たれているものだから、慌てたように足早に階段を下りてくる。手に持ったビニール袋がぶんぶん揺れた。重みのあるものらしい。

「どうも」と言って、もう一度奥さんがお辞儀する。

「こんにちは」とカヨさん。

「寒いわね」

「そうですね」

そこからお互い言葉が繋《つな》がらなくなってしまった。そう言えば、店員さんなどを除《のぞ》くと、血の繋がらない人と会話するのなんて随分久しぶりだった。

奥さんの方も、曖昧《あいまい》な笑みを浮かべて、なんとなく首を縦《たて》に動かした。白髪頭の小柄な人で、少しぽっちゃりとした体型と、健康そうな肌色に好感がもてる。

カヨさんはどちらかと言うとやせて骨ばっていて、黒く染めた硬い髪と、鋭い眼光から神経質で恐い人という印象を持たれがちだった。それは若い頃、と言っても四十代とかそのくらいからだが、周りにそういう印象を持たれると、なんとなく自分はそうなんじゃないかと思ってしまうものなのか、私は神経質で口うるさいと、自分のことを思っていたけど、近頃になって「そうでもないな」と思うようになった。どちらかというとズボラであり、恐いことを他人にした覚えもない。覚えがないだけで、どこかでそうしているのだろうと、最近まで考えていたが、多分きっとしていない。ただ顔が少し恐いだけだ。

丸田さん所《とこ》の奥さんも、顔は柔和《にゅうわ》だが、歳《とし》のせいで目蓋《まぶた》が重いのか目が細く、恐いと思えば恐いなと、カヨさんは恐い顔で奥さんを眺めていたら、奥さんの方はなんだか不気味に感じたのか、笑顔が引っ込み、困り顔に変わっていた。

「暑いですね」

と、カヨさんは今、感じていることを口に出してみたが、さっき「寒い」という会話をしたばかりだった。

「寒いけど日が当ると少し暑いですね」

と、奥さんが言う。カヨさんは頷《うなず》いた。

なんとなく笑顔を作る。

互いの笑いが自然に収まるのにそれほど時間はかからなかった。この笑いが完全に消えてしまえば、また膠着《こうちゃく》状態が訪れるのは明白だった。どうにかせねばとカヨさんが次の言葉を探していると、奥さんはビニール袋を提げた右手をあげ、

「この子を、ちょっと」

と、言って、ビニール袋を見た。

「この子？」

「ええ、金魚なんですよ」

「金魚なんですか？」

とカヨさんは数歩奥さんに近づいた。奥さんは、袋の中身を見せるか戸惑ったみたいで、
カヨさんもそれを察して、立ち止まる。

「見ますか？　ちょっと恐いですよ」と、奥さん。

「恐いんですか？　金魚でしょ？」

「でも三十五歳なの」

「ええ」

　金魚ってそんなに生きるのかしら。何か勘違いをしているか、嘘《うそ》をついているか、もしかすると奥さん、ボケてしまってるのかも知れない。

「ホントなんですよ。息子が五歳の時に、お祭で取ってきて」

　確かにビニール越しに見える赤い塊《かたまり》には迫力があった。女性の靴《くつ》ほどの大きさがあり、重みを感じさせる。言われれば魚の曲線が中からビニールを押しているようにも見える。

　カヨさんは、また数歩近づくと、袋を覗《のぞ》き込むように首を伸ばす。奥さんは見えやすいように広げて、顔の前に持ってきてくれた。

　二人の老女が袋を覗き込む。

　袋のたわみに合わせて曲がった体が横たわっている。嗅《か》いだことのないような臭いがした。嫌な臭いの中に無理やりにでもいい部分を見つけようとするならば、緑茶の爽《さわ》やかな芳香を思わせる部分があるようにも思えた。赤い塊。体から幾つかのイボのようなものが、木に実が生《な》るように生えている。

「イボ？」

「そうじゃないかしら、わからないけど」

「痛かったかしらね」

「どうでしょうね、ランチュウの顔のあれみたいなものだと思うんだけど」

「へえ」

とカヨさんは応えたが、ランチュウって何かしら？　そういう虫だろうか。顔にイボのようなものがある虫かしら。

金魚の死体から顔を離して「どうするの？」と奥さんに尋《たず》ねる。

「どこかに埋めようと思って」

「どこにです？」

「どこか知らないかしら？」

あてもなく出てきたのだろうか、この人は。

「どこもみんなコンクリートでね、これだけ大きなもの埋める場所なんてあるかしら」

カヨさんはもう一度金魚を覗き込む。奥さんは丁寧《ていねい》にもう一度袋を開けてくれた。

「焼こうかとも思ったんだけど、焼き魚になってしまうから」

と、本気なのか冗談なのか判らないことを言う。

「ゴミに出すわけにもいかないしねえ」と、カヨさんは「ゴミに出せばいいのに」と思いながら言う。

「そうなのよ、なにせ三十五歳だからねえ、ゴミに出すってわけにはいかない気がして」

三十五年も一緒に生きていると、金魚に対しても情が湧《わ》くのだろう。なんとなくその気持ちは判った。

「あそこの総合体育館だったところのマンションの植え込みはどう？」

「人様のマンションの植え込みでしょ？」

「うちの娘の友達があそこのマンションに住んでてね、娘が子供の頃、猫が死んだとき、そこに埋めさせてもらったんですよ」

カヨさんはそう言ったが、奥さんは曖昧な表情を浮かべて頷くだけだった。言い返したいこともあるだろうが、そこまで踏みこんで良いか測りかねているようだった。その気持ちは判る。もう少し説明しないといけないだろう。

「どうもそこが、ペットの墓場になっていて、みんなそこに埋めてたみたいなんです」

と、カヨさんが蟹や亀を埋めたことは内緒にした。

奥さんも得心がいったようで、「ああ、へえ」と大きく頷いた。が、実際のところ、奥さんは耳が悪く、話の半分ほどしか聞こえていなかったのだった。「ペットの墓場」という単語は聞き取れたので、どうも近所にペットの墓場があるらしいことは判ったから、ひとまず大きく頷いてみせ、

「ペットの墓場ねえ」

と感心したように言ってみた。

「そこに埋めたらどうです？」

と、カヨさんは心配そうな顔をして言う。顔は心配そうだが、別に丸田の奥さんを心配しているわけではない。私がこんな提案をしても大丈夫だろうか、という心配が顔に出たのだ。

「そうしてみようかしら」と奥さんは言って、そのまま動かない。

カヨさんも動かない。一緒に行った方が良いだろうか？　この奥さんとこんなに話すのははじめてだった。顔を合わせれば会釈くらいはするが、話し込んだ記憶は無い。数年前、いや、数十年前か？　カヨさんのマンションに大手のゼネコンから、辺り一帯を壊して大きなマンションにする話がきた。丸田さんの工場も一緒に壊して、高層マンションを建てるという話だった。景気のいい時期で、カヨさんたちは新しいマンションの部屋を三戸と、引っ越しに関する費用の全てを出してもらえるという話だった。まだ若く、元気もあったので、カヨさんと夫はその話に賛成し、マンションの総意としても賛成で、実際にそうなるはずであったが、丸田さんのところが反対し、この話は流れた。カヨさんのマンションの古い住人たちはそのことで丸田さんの家にわだかまりを持つ者も少なくない。カヨさんだって、少しはわだかまりを持っていた。あの時、あの話がまとまっていたら、もっといい暮らしが出来ていたのに。と、たまに思うこともある。

こうして対峙《たいじ》してみると、なんだか自分が大人げないことをしていたような気になる。実際に大人げないのだけど、特に選んでそうしていたという記憶もないので、こんな気分になるのは理不尽にも感じるのだけど。

「もしあれでしたら、ご一緒しましょうか？」

「え？」

「その、墓場までご一緒しましょうか？」

カヨさんがそう言うと、丸田の奥さんは笑い出した。なるほど、墓場までご一緒するのは変だ。カヨさんも少し笑った。それほど面白いことでもないだろうと、思いながらも、笑ってみると、随分久しぶりに笑った気もする。テレビを見て一人で笑うことはあるが、こうして誰かと笑うのは随分久しぶりなのかも知れない。

「良いんですか？」と丸田の奥さん。

「どうせ暇ですし」と、カヨさん。

二人は並んで歩き出した。最近綺麗《きれい》になった通りを大崎駅の方へ向かって歩く。背中から見ると、二人は全く同じ背丈に見えた。ピンと伸ばせばカヨさんの方が高いが、今は曲がっているので大体同じだ。

「ここは図書館になるみたいですよ」

と、カヨさんは取り壊しが済んだ土地を指差す。今日は工事の音もしなかった。

「ここは昔、なんだったかしら？」と奥さん。

この人はやっぱり少しボケてるのかしら、と、思いながらカヨさんは、ここがなんだったか思い出そうとしたが、思い出せなかった。工場はもっと駅側だったし、あれ？　ここはなんだったかしら。

「なんだったかしら」

「魚屋さんは、あっちのソニー通りの辺りでしょ？」

「魚屋さんじゃないわよね？」

「それは最初の方よ、そのあとここの向かいに引っ越したでしょ？」

「ああ、そうだっけ？」

「そら、そこよ」

と奥さんはビルの一階を指差す。そう言われると確かにそこは魚屋さんだった。

「そうか魚屋さんはここか。あれじゃない？　やっぱり工場だったんじゃない？」

「違うわよ、駐車場がなかった？」

「駐車場？　ああ、あったわね。ここだった？　駐車場はそこらにあるから」

「いや、あったわよ、息子がここの駐車場でよく野球してたもの」

「ええ、こんなところで？」

「そうそう、隙間《すきま》さえあれば野球してたわね」

「うちは娘だから野球はしなかったけど」

「何してたの？」

「バスケットをしてました」

「バスケット？　ピクニックか何か？」

「ピクニック？　ピクニックってあの、サンドウイッチを持っていく？」

「サンドイッチ？　サンドイッチって言ったらあなた、あれ覚えてる？　フルーツサンド」

「フルーツサンド？」

「そうそう、サンジェルマンの」

「サンジェルマンなくなっちゃったのよね」

「そうなのよ」

「お宅は、サンジェルマンでパン買ってたの？」

「そうよ、お宅は？」

「家《うち》もよ」

「寂しいわねえ」

　と言いながら、丸田の奥さんはさっきからこの夫人の名前を思い出そうと必死だった。マンションの人だとは思うのだけど、顔も見たことあるし、でも、名前が出てこない。ともすると元々名前など知らないのかもしれない。

「娘さんて御殿山小学校だった？」

　丸田の奥さんの質問が急だったから、カヨさんは戸惑った。なんの意図でそんなこと聞くのだろう。

「ええ、息子さんも御殿山よね？」

「そうそう、同じ、あれだったかしら」

　同じあれ？　ってなんだろう。クラス？　いや、学年も違っていたはずだけど。あ、そうだ、金魚が三十五歳で、息子が子供の頃に取ってきたとか言ってたから、息子は四十くらいか。うちの娘はまだ三十六になったばかりだから、

「多分、同じ時期に学校には居ただろうけど、どうかしら、同じあれではないかも知れないわ」

同じあれではない？　同じ何のことを言ってるんだろう？　と、丸田の奥さんは考え、

「でも、同じあれだったかも知れないわね」

と、言ってみた。

カヨさんは大きく頷いて、

「そうそう、同じあれだったかも知れない」

「同じあれだった気がしてきたわ」と丸田さん。

「同じあれだったら良かったわね」

「そうねえ」

カヨさんは歩くのが速い。一方丸田さんの方は最近左足の付け根が痛く、あまり速く歩けなかった。頑張ってカヨさんの速度に合わせてはいたが、疲れてしまった。試しに、少し速度を落とすと、カヨさんは合わせてくれた。

昔、総合体育館だった建物は取り壊され、近代的なオフィスビルに変わっている。

「昔、ここに総合体育館があったでしょ？」

「ええ」

「うちの息子がね、そこの生垣《いけがき》でね」

「生垣？」

カヨさんは、総合体育館のことを思い出し、娘が水泳に通っていたことを思い出した。きっと丸田の奥さんも、そんな思い出を話すのだろうと思って自分の連想を膨《ふく》らませていたと

ころに生垣の話が出て、少し戸惑う。

「ええ、生垣、あったでしょこの辺に」

と、奥さんはビルの前の辺りを指す。金魚の入った袋がブラブラした。

「そうだったかしら？」

「あったのよ」

「ええ、そうだったかも知れないわね」

「そこでね、仏壇を拾ってきたの」

「仏壇？　仏壇てあの、仏壇？」

「そうそう、あの仏壇、仏の壇。結構大きい奴」

「なんでそんなところに仏壇があったの？」

「わからないけど、多分、誰かが捨てたんだと思うんだけど、それをね、拾ってきてね、仏壇て、こう観音開きに開くでしょ？　仏壇だから」

「ええ」

「それをね、こう開くから、そこからロボットが出てくることにしてね、ロボットの基地にしちゃったのよ、その仏壇を。それがね、私から見ても本当にちょうどいいの。ロボットの本体が本尊の位置に収まるでしょ？　お線香なんか入れる引き出しに、ロボットと合体する小さな飛行機とかね、パイロットとかね、そういうのがちゃんと納まるのよ」

「へえ」

「だから、緊急事態になって、飛び出す時にね」

「なにが？」

「ロボット」

「ああ、ええ」と、カヨさんは頷く。

「こうゴゴゴって、仏壇が開いてね、中からロボットが出勤するの」

「出勤？」

「私、感心しちゃったんだけどね、さすがに気味が悪くてね」

「あら、なんで？」

「だって仏壇だから」

「でも、仏様だから、ありがたいんじゃないの？」

「でも、なんだか、ほら、罰《ばち》があたりそうじゃない？」

「怒らないんじゃない？　覚《さと》ってらっしゃるから」

「そうね、怒りも空《くう》だって言うしね」

と、丸田さんは感心したように呟《つぶや》いた。

「うちのマンションと、お隣の駐車場、国分《こくぶん》電気さんだったところに、隙間があるのわかる？」と、これはカヨさん。

「ええ、枇杷《びわ》の木がある」

「そうそう、あそこの隙間にね、ベッドを捨てる人がいるのよ」

「ベッドなんてそうそう捨てるもんじゃないでしょ？」

「そうなんだけどね、ベッドが三台も捨ててあるの」

「同じ人かしら？」

「違うと思うわ、だって、最初は一台だったんだもん。しばらくして、二台になってね、今は三台捨ててあるの」

「類は友を呼ぶってことかしらね」

「そうね、最近コタツが捨ててあったから心配なの」

「コタツも増えちゃうかもね」

「やっぱりそう思う？」

「うちはコタツがないから、一台欲しいわ」

「でもでっかい奴よ」

「大は小を兼ねないかしら」

「うちは狭いから兼ねないわね、人様の場所よりも、コタツの場所の方が広くなりそうだもの」

「うちなんか、私一人でしょ？　だから冬はガスストーブ一台で足りちゃうの」

「息子さんは？」

「息子なんて帰って来ないわよ、どこ行ってるんだか」

「あらあら」

「娘さんは？」

「離婚してね、孫と二人で暮らしてるの」

「どこで？」

「お不動さんのところ」

「良いじゃない、あそこのうなぎ屋知ってる？」

「ヤツメウナギの？」

「そうそう、いつも通るといい匂いがしてねぇ」

「繁盛してるわよねぇ」

「あ、頭巾の人」と丸田の奥さんが言う。

「え？」

「ご存じない？」

「知ってますよ。同じマンションなの」

「ほら、あそこ」

頭巾を被った三十代後半くらいの女性が、同年代の男性と二人でスーパーに入っていった。

「あらあら珍しい、旦那さんと一緒だわ」

「あれが旦那さんなの？」

「そうよ、ほら、大変なご不幸があったでしょ？」

「ええ、ええ」

「それで私、心配してたんだけど」

「ええ、ええ、時間だけは、いつでも流れてくれるものね」

「本当に、本当に」

と、二人は目黒川の辺りまでやってきた。

川の前のレンガ色のマンション。

「確かこの辺りだったと思うんだけど」とカヨさん。

「何が？」

「何がってあなた、なんだったかしら？　あれよ、ほら、墓場」

「ああ、ペットの墓地」

「そうそうそれそれ」

二人はマンションと外の境界の辺りに立っている。

「マンションの人に見られたら不審がられないかしら」

丸田の奥さんは弱気になって辺りを見回す。マンションはL字形に二棟建っていて、その懐《ふところ》は駐車場になっている。

「平気よ、お婆《ばあ》さん二人が何を悪いことするの？」と、カヨさんは中に入っていった。奥さんもつづく。

隣の建物との境界に塀が立っていて、塀の前にはちょっとした木が植わっている。そのマンションの棟から一番離れた場所は木の密度が高く、六畳ほどの土地に三本くらいの木が植わっていて、三本の木の中心がちょっとした空き地になっている。

カヨさんの案内で二人はそこに向かった。

周りには鉄とガラスで出来た大きなビルが何本も建っている。宇宙人のお墓みたいだ。

三本の木は低いところから葉が茂っていて、間に割って入るのは一苦労だった。

服に枝が引っかかって、服が汚れるのはかまわなくても、枝が折れてしまいそうで、二人は丁寧に木と木と木の間に入っていった。カヨさんが先に立ち、ついで膝《ひざ》に手をついたまま奥さんがやってきた。

「ここなんだけど」

二人は木と木と木の間に立っている。そこはやっと二人が立っていられるほどの場所で、木の根がからんでいるのか足元の土は固く、締《し》まっていた。

「この下？」

「ええ、確か」

「じゃあ、私たちお墓の上に立っているの？」

「昔は、アイスクリームの棒《ぼう》が何本か立ってたんだけど」

「これじゃあ屈むことも出来ないわ」

「そうね」

二人は、こんなに他人と近づいたのも久しぶりで、なんだか変な気分だった。

「おかしいわね」と奥さんは笑い、カヨさんも楽しくなって笑った。

「私のお墓もここに建てて欲しいわ」

と奥さんは金魚の袋を持ち上げながら言う。

「お墓ないの？」

「あるけど、遠いのよ。夫の田舎でね」

「うちは多磨《たま》霊園よ」

「あら良いじゃない」

カヨさんの夫は多磨霊園に居る。カヨさんにとっては全く思い入れのない町だった。夫もここに埋めれば良かった。

足元にカヨさんの猫、蟹、亀が埋まっている。なんだか、色々な記憶や過去もこの下に埋まっていそうな気がした。あの蟹男も。

「どうする？」

「穴掘れるかしら」

「スコップか何かある？」

「ないわ」

と、丸田の奥さんは屈もうとしたが、お尻が木にぶつかる。どうにか二人は木と木の間にお尻を出して、木と木の真ん中の土地に屈みこんだ。しゃがんで腰を曲げれば地面に手が届くが、二人とも腰がどうしても駄目で、「えい」という気持ちで地面に膝をつく。地面に四つん這《ば》いになるのなんていつ振りだろうか。

なんだか帰って来たような気持ちになる。いったいどこにかは判らない。

指を土に突き立てるが固い。二人は五百円玉ほどの大きさの石を拾って、地面を掘る。表面の部分を数センチ掘ると中から柔らかい土が出てきた。ミミズが耕したのかもしれない。

「ねえ」とカヨさん。

「なに？」

「これって墓を暴《あば》いてることにならないかしら」

そう言われて奥さんは黙ってしまった。しばらく考えて、

「確かにそうだわ、だって、この辺り一面墓地なんでしょ？」

「そうよ」

二人は、顔を見合わせる。カヨさんは地面を触りながら、

「どうする？」

「どうしましょうね、でも、前にも埋めたんでしょ？」

「前に？」

「ええ、猫ちゃん？」

「あ、ええ、でも、猫の後に蟹と亀も埋めたのよ」

カヨさんがそう言うと、奥さんは黙ってしまった。一点を見つめている。

「蟹ってモクズガニ？」

「ええ」

「亀って、これくらいの大きさ？」

「そうよ」

「それ私の家から逃げたやつだわ」

「ええ？」

「家の三階から」

「三階から亀が？」

「そうなの。捜したけど見つからなかったから、どこかの誰かに拾われたか、無事に目黒川までたどり着いたかと思ってたけど」

「あそこの十字路のところで車に轢かれて死んでたわ」

「そう」

奥さんは頷いて、両手を合わせた。この下に亀は眠っている。

「家のベランダね、池があるの。五反田東急《とうきゅう》の屋上にペットショップがあったでしょ？　昔、そこでうちのお父さんが大きなプラスチックの池を買って来てね、色んな生き物を飼ってたのよ」

「蟹とか？」

「そうなの、もう十年も二十年も前よ」

「そんなに？」

ついい、数年前だと思っていた。

「でも、良かった。あなたがお墓に埋めてくれてたのね」

「ええ」

「この金魚も、その池の子だから、ここで再会できるわね」

「あらそうなの」

二人は、金魚の死体を穴に横たえた。穴の大きさが少し足りなかったが、良しとして、土をかぶせる。

手を合わせた。

「いつかここも取り壊されてビルになっちゃうかも知れないわね」

「ええ、そしたらビルが墓標になってくれるわね」

丸田の奥さんはそう言った。

本書は、単行本『異常探偵　宇宙船』として二〇一八年二月に中央公論新社より刊行されました。

このたびの文庫化にあたり、『異常探偵　苺さん殺人事件』と改題し、加筆修正しました。

「街のお墓」は「小説ＢＯＣ８」（二〇一八年一月　中央公論新社刊）に掲載された作品です。

中公文庫

異常探偵《いじょうたんてい》
――苺《いちご》さん殺人事件《さつじんじけん》

2021年2月25日　初版発行

著　者　前田《まえだ》　司郎《しろう》

発行者　松田　陽三

発行所　中央公論新社
〒100-8152　東京都千代田区大手町1-7-1
電話　販売　03-5299-1730　編集　03-5299-1890
URL http://www.chuko.co.jp/

ＤＴＰ　嵐下英治
印　刷　大日本印刷
製　本　大日本印刷

Published by CHUOKORON-SHINSHA, INC.
Printed in Japan　ISBN978-4-12-207034-9 C1193

各書目の下段の数字はＩＳＢＮコードです。978－4－12が省略してあります。

中公文庫既刊より

お-78-4
探偵夜話 岡本綺堂読物集四　岡本綺堂
死んだ筈の将校が生き返った話、山窩の娘の抱いた哀切な秘密、駆落ち相手を残して変死した男の話など、探偵趣味の横溢する奇譚集。〈解題〉千葉俊二
205856-9

お-78-5
今古探偵十話 岡本綺堂読物集五　岡本綺堂
中国を舞台にした義俠心あふれる美貌の女傑の話、新聞記事に心をさいなまれてゆく娘の悲劇「慈悲心鳥」など、好評「探偵夜話」の続篇。〈解題〉千葉俊二
205968-9

あ-79-2
高座のホームズ 昭和稲荷町らくご探偵　愛川晶
昭和五〇年代、稲荷町の落語長屋。噺家連中が持ち込む謎の数々を解き明かすのは、八代目林家正蔵（のちの彦六）⁉　名人の推理が光る洒脱な落語ミステリー。
206558-1

あ-79-3
黄金餅《こがねもち》殺人事件 昭和稲荷町らくご探偵　愛川晶
古典落語の名作「黄金餅」を彷彿とさせる怪事件が雪の東京で発生した！　落語界の大看板にして名探偵・八代目林家正蔵が謎に挑む痛快落語ミステリー第二弾！
206645-8

あ-79-5
高座のホームズみたび 昭和稲荷町らくご探偵　愛川晶
「犬の目」を口演中の二つ目・佃家花蔵が酔客に左眼を殴打され、次いで花蔵の兄弟子・傳朝が暴漢に襲われる。八代目林家正蔵の推理は⁉〈解説〉西上心太
206775-2

き-40-8
死香探偵 尊き死たちは気高く香る　喜多喜久
「キュリー」シリーズ著者・喜多喜久の新たな化学ミステリ登場！　分析オタクのイケメン准教授×死の香りをかぎ分ける青年が不審死事件を《嗅ぎ》解く！
206508-6

き-40-10
死香探偵 連なる死たちは狂おしく香る　喜多喜久
人気作家のサイン本に一冊だけ付いたチョコレートの死香の謎など、分析フェチの准教授×死の香りを嗅ぎ分ける美青年の〈匂い〉に特化した化学ミステリ！
206693-9